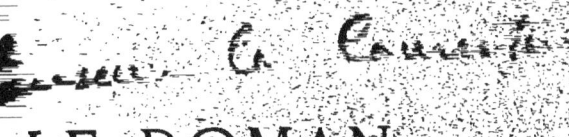

LE ROMAN

D'UN BLASÉ

PAR

GEORGES PELLERIN

Avec une Préface par

EUGÈNE D'AURIAC

PARIS

AUGUSTE GHIO, ÉDITEUR

PALAIS-ROYAL, 1, 3, 5, 7, GALERIE D'ORLÉANS

—

1879

LE ROMAN

D'UN BLASÉ

DU MÊME AUTEUR :

Pour paraître prochainement et à la même librairie :

LA PHYSIOLOGIE DU BAS-MONDE

(4 PARTIES)

1re Partie : Une Maîtresse par actions. . . . . . 1 vol.
2e — Les Vendeurs d'amour. . . . . . 1 vol.
3e — La Traite des Femmes. . . . . . . 1 vol.
4e — L'Amant de cœur. . . . . 1 vol.

Chaque partie contiendra un roman séparé et se vendra comme telle. Prix du volume. . . . . 3 fr.

DU MÊME AUTEUR : *le Monde dans deux mille ans*, 1 vol. grand in-18, jésus. — Prix. . . . . 3 fr. 50

Paris.— Imp. MALVERGE et DUBOURG, rue du Cardinal-Lemoine, 41

LE ROMAN
D'UN BLASÉ

PAR

GEORGES PELLERIN

Avec une Préface par

EUGÈNE D'AURIAC

PARIS

AUGUSTE GHIO, ÉDITEUR

PALAIS-ROYAL, 1, 3, 5, 7, GALERIE D'ORLÉANS

—

1879

A MON MEILLEUR AMI

ANTONY BEAUDOUIN

PRÉFACE

Un jour, je me suis demandé pourquoi le roman tenait un des premiers rangs dans la littérature de ce temps, pourquoi on lui faisait une place si grande. Est-ce à cause de la valeur des œuvres, que l'on s'en occupe tant? me disais-je, ou bien est-ce parce que leur nombre augmente de jour en jour? Je me posais ces diverses questions, lorsque l'auteur du *Roman d'un Blasé* a cru pouvoir me communiquer les épreuves de son livre. J'ai lu cet ou-

vrage avec intérêt, et je vais essayer aujourd'hui d'exprimer mon opinion sur ce
point.

Mais devais-je, à propos d'un livre nouveau, analyser toute une branche impor-
tante de la littérature contemporaine et la
suivre dans ses nombreuses ramifications?
Fallait-il aussi examiner l'état intellectuel
et moral de la société, et voir jusqu'à
quel point cet état se reflète dans des
peintures ou des récits romanesques?

Je n'ai pas pensé qu'il en dut être ainsi.
Qu'importe, en effet, qu'un auteur essaye
une étude de mœurs pour la laisser s'évanouir dans un tourbillon d'aventures romanesques, ou qu'il substitue tout d'un
coup à ses personnages bien pensants un
héros de fort mauvais exemple; que tel
autre se plaise dans des causeries philosophiques, tandis que son voisin nous fait
encore une fois le récit des crimes de

cours d'assises ; que celui-ci traite la guerre maritime et les aventures de fantaisie ; que celui-là fasse de charmantes nouvelles courtes, à côté du fabricant de romans interminables. Ce qui est certain, c'est que le roman réaliste s'est emparé de l'esprit du public et qu'il a détrôné le roman historique, auquel nous devons tant de chefs-d'œuvre, tels que les impérissables modèles donnés par Walter Scott, *Le Cinq-Mars*, d'Alfred de Vigny ; *Le comte de Toulouse*, de Frédéric Soulié ; *Les Trois Mousquetaires*, d'Alexandre Dumas ; *Notre-Dame de Paris*, de Victor Hugo.

Assurément, on ne saurait affirmer que le roman historique soit mort, mais, après avoir joui d'une grande vogue, dont il a peut-être abusé, on reconnaîtra sans peine qu'il s'est discrédité. Ajoutons bien vite, cependant, qu'il n'est pas absolument abandonné. Bien loin de là, nous le verrons revivre tôt ou tard, parce qu'il doit rester l'un des types les plus estimables de la littérature du roman et l'un des meilleurs auxiliaires de l'instruction populaire. Il prête, ainsi qu'on l'a dit, à l'étude approfondie d'une époque, d'un pays ou d'un grand homme, et permet l'exposition de tableaux pittoresques, de belles et fortes scènes et des coups de théâtre, aussi bien que la peinture des sentiments intimes, des passions sympathiques et des caractères les plus nobles; il rehausse la fantaisie de l'écrivain par la grandeur des événements historiques, auxquels il la mêle; enfin, il anime l'histoire réelle par l'intérêt qui s'attache aux héros souvent imaginaires ou aux victimes d'une intrigue.

On a, dans maintes circonstances, déclaré que les Grecs et les Romains avaient connu ce genre de littérature qui consiste dans le mélange de l'histoire et du roman.

C'est une erreur, si l'on veut prendre la chose dans le vrai sens du mot. A vrai dire, le roman historique, tel que nous le comprenons aujourd'hui, n'existait pas chez les anciens. Ils n'ont pas connu ce procédé savant qui, faisant de l'imagination elle-même l'auxiliaire de l'érudition, sait allier les faits historiques aux circonstances fictives, de manière à tirer de ce mélange la peinture saisissante et vraie d'une époque. Lorsqu'ils mêlaient des fictions à l'histoire, c'était dans le seul but d'amuser et de plaire, pour célébrer quelques héros, quelques grands hommes, ou bien encore pour développer certaines questions philosophiques, politiques ou sociales.

Le *roman* proprement dit n'existait pas dans les temps anciens, puisque le mot lui-même ne remonte pas au-delà du moyen âge; mais l'antiquité a cultivé plus d'un genre de narrations fabuleuses. En effet, nous trouvons chez elle, outre la fable, le conte et la nouvelle, le roman historique ou philosophique, le roman d'amour ou d'aventures, le roman fantastique ou pastoral. Ces divers genres étaient donc connus, mais ils ont subi une foule de modifications en se perpétuant à travers les siècles, et nos écrivains modernes ont surtout complètement transformé le roman historique aussi bien que le roman d'amour.

Aujourd'hui l'amour est, pour le roman, le fonds qui manque le moins, et ce qu'il y a de singulier, c'est que tous les romanciers, depuis le débutant jusqu'à l'écrivain le plus rompu à ce genre de littérature, tous, dis-je, mêlent à leurs intrigues et à leurs récits l'amour, la passion ou l'entraînement. La femme est pour eux un sujet inépuisable d'observations personnelles ou

de banales redites. Et, à ce propos, qu'il me
soit permis de le rappeler, le roman a plus
d'une fois attiré des hommes sérieux, déjà
célèbres par leurs ouvrages ou par leur
vie publique. Des diplomates, des juris-
consultes, des prêtres, des voyageurs, des
historiens, des philosophes se sont faits
romanciers dans leurs heures de loisir, et
nul d'entre eux n'a manqué de célébrer
l'amour. Ils reposaient ainsi peut-être leur
esprit d'un travail fatiguant, d'une idée qui
les obsédait, et le cadre du roman leur
paraissait alors la forme la plus favorable.

Sans doute M. Georges Pellerin n'est
pas un de ces hommes arrivés qui cher-
chent à se décharger d'un fardeau pénible,
en composant des récits plus ou moins
véridiques. Mais il s'était fait déjà connaître par un ouvrage justement remarqué :
Le Monde dans deux mille ans, et tout portait
à croire qu'il continuerait des études de

philosophie et d'économie politique si bien commencées. Quel motif a poussé le jeune écrivain à nous donner le *Roman d'un Blasé?* Je l'ignore; mais je ne saurais l'en blâmer, car son livre, écrit avec soin, avec élégance, annoncerait un talent délicat et distingué, si l'auteur n'avait déjà fait ses preuves. En le lisant, on y reconnaîtra l'œuvre d'un homme qui raconte ce qu'il a vu, peut-être même des scènes où il a été quelque peu acteur.

Quoi qu'il en soit, M. Georges Pellerin me paraît digne de prendre place dans cette phalange vraiment littéraire de romanciers qui, dédaignant les combinaisons arbitraires de l'imbroglio dramatique, prennent une situation, la développent, la creusent, la fouillent, et savent en mettre en lumière les moindres éléments.

Certes, je ne saurais faire ici l'analyse complète du *Roman d'un blasé;* ce n'est pas le lieu, et d'ailleurs, bon nombre de critiques la feront, assurément, beaucoup mieux que moi. Toutefois, je crois pouvoir, dès à présent, classer l'auteur parmi nos écrivains réalistes. Il doit prendre rang dans cette école qui commence à M. Alexandre Dumas fils, pour arriver à M. Emile Zola, en passant par MM. Ernest Feydeau, Gustave Flaubert et les frères de Goncourt. On remarquera, sans doute, qu'il se sépare de ces écrivains à divers points de vue, car il n'a pas leur passion pour cette espèce de photographie littéraire qui s'acharne aux détails. Je ne saurais dire non plus que les peintures qu'il trace de la vie soient réelles, mais elles ont la prétention de l'être.

M. Georges Pellerin semble ne voir partout que des forces, des attractions, des répulsions. Certains critiques lui reprocheront peut-être même de n'avoir pas l'air de se douter que l'homme puisse être ici-bas pour faire autre chose que de se laisser aller à la pente de ses passions. Mais je répondrai d'avance à cette objection, en signalant le caractère de Julien Flavel, l'honnête homme, qui n'a qu'un tort à mes yeux, celui de ne pas être assez souvent en scène. Quand à Camélia, l'héroïne principale du roman, c'est un type charmant, que l'auteur a fort habilement mis en opposition avec la princesse Palmiéri. Sa beauté et la pureté de son cœur ouvrent pour elle le paradis de l'amour dans le mariage.

Si maintenant je parle du blasé, je me plais à constater que le personnage est parfaitement posé, et que son caractère est tracé d'une manière supérieure. Raoul de Vassenay, ayant recueilli une jeune fille, qu'il fait élever, et la retrouvant femme et belle au-delà de tout rêve, finit par être vaincu. Il voulait se faire aimer, en pensant que son cœur flétri dans tous les boudoirs, ne pouvait se réveiller. Mais, en revoyant Camélia, en la sentant auprès de lui aimante et caressante, candide et innocente, il ne tarde pas à reconnaître qu'il est impossible de rester froid aux séductions qu'il a pris soin de féconder lui-même. A force de jouer avec l'amour, il s'y blesse; la contagion d'une âme pure s'infiltre peu à peu dans son cœur, et il aime d'autant plus profondément qu'il s'en est longtemps défendu.

En résumé, on trouve, dans le livre de M. Georges Pellerin, toutes les sources de l'intérêt et de l'émotion : l'analyse patiente, infatigable, l'inépuisable peinture du cœur humain, de la passion, des instincts, des sentiments, des sensations qui se concentrent à certain moment de la vie, sous l'empire d'une surexcitation nerveuse

ou morale. Les faits se déroulent d'eux-
mêmes, au milieu de quelques tableaux
pleins de vérité; mais le drame est surtout au dedans, dans le cœur ou dans les
sens, dans les entraînements et les retours
de la passion, dans les ardeurs et les réac-
tions du tempérament. On sent, à chaque
pas, que l'auteur du *Roman d'un blasé* cherche à prendre une place dans la grande
école, dans l'école des maîtres, et l'on ne
saurait trop lui tenir compte des efforts
qu'il fait pour y parvenir.

Au point de vue de l'art, M. Georges
Pellerin ne manque ni d'entrain, ni d'un
certain talent. On ne lui reprochera pas
d'avoir multiplié les types-accessoires autour de ses principaux personnages, ni
d'avoir varié à l'excès les situations. Les
descriptions des lieux, celle du théâtre
Apollo, par exemple, sont exactes, sans
étalage de pittoresque. L'analyse des sen-

timents est pénétrante et vraie, et presque tous les personnages restent sympathiques. Oserai-je dire que, si l'auteur touche parfois au réalisme, il reste constamment dans la réalité? Oui, sans doute, et je terminerai en reconnaissant que son style a de la couleur. Plus on avance dans la lecture du roman, plus on reconnaît que le ton général en est naturel. En outre, la vivacité du récit n'exclut pas la pureté du style, ni le soin de la forme, ni ce sentiment de la langue française, sans lequel les plus belles compositions littéraires ne sauraient avoir aucune valeur.

EUGÈNE D'AURIAC.

LE ROMAN D'UN BLASÉ

I

— Où pourrions-nous bien aller maintenant?

— Nous coucher, parbleu !

— Nous coucher ! comme les poules !

— A minuit et demie, il me semble que c'est
une heure raisonnable.

— Eh ! mon cher, si, dans ce monde, on ne
faisait que ce qui est raisonnable, on s'ennuie-

rait mortellement. Tiens, j'ai une idée. Allons finir la nuit chez Péters.

— Je te prie de croire que je la finirais plus volontiers dans mon lit.

— Ah! tu me fais pitié. Tu parles comme un provincial, au sortir du coche.

Ce dialogue était échangé entre deux jeunes gens d'allures diamétralement opposés : l'un, distingué, élégant, bien pris, sentant son gentilhomme; l'autre, mal tourné, l'air gauche, le dos voûté, un vieillard anticipé. Le premier était le comte Raoul de Vassenay ; le second, Julien Flavel, deux amis de collége.

Raoul et Julien avaient dîné ensemble dans un restaurant des boulevards; de là ils avaient été voir une opérette en vogue.

D'un caractère aussi opposé que leur personne, ils étaient liés d'une de ces amitiés d'enfance qui, au collége, les avait fait désigner, par leurs camarades, sous le nom collectif de « copains.» Le fait est qu'ils étaient inséparables: partout à côté l'un de l'autre, en classe, à l'étude, au réfectoire, au dortoir, au préau. Tout leur était commun ; ils se parta-

geaient mutuellement leurs petites provisions.
Mutuellement n'est pas le mot. Le pauvre Flavel n'avait ni parent, ni correspondant, ni ami
qui corrigeât par quelques friandises le régime
frugal de la maison. Son père et sa mère étaient
en Amérique. Il n'avait à Paris qu'une tante, à
la mode de Bretagne, vieille fille maniaque,
dont toute l'affection se déversait sur un chien
paralytique, un chat de gouttière et un perro-
quet déplumé. C'est à peine si, une fois par an,
elle venait apporter à son neveu un sac de pru-
neaux secs et une demi-livre de chocolat espagnol, à deux sous la tablette. Raoul était donc
le véritable pourvoyeur de la communauté.
En revanche, Flavel l'aidait à faire ses devoirs, ou plutôt, poussait le dévoûment jusqu'à
en faire deux au lieu d'un, afin d'éviter que l'œil
exercé du professeur ne s'aperçût de la super-
cherie, au moyen de ces coïncidences inévita-
bles qui trahissent toujours l'élève qui a copié
sur son voisin, et il lui soufflait régulièrement
ses leçons, au risque d'expier par un pensum
cette obligeante camaraderie. Enfin, ils for-
maient un duo parfait.

Ces sortes de liaisons ne sont pas rares au collège. Deux jeunes gens, attirés par une mutuelle sympathie, fraternisent au point de se laisser punir l'un pour l'autre. Et ces amitiés-là sont les plus durables ; elles commencent au seuil de l'adolescence pour s'éteindre avec la vie. La cause en est qu'elles résultent d'un sentiment spontané chez de jeunes cœurs encore fermés aux calculs mesquins, aux intérêts égoïstes de la société. Presque toujours, elles unissent un fort à un faible, le protecteur au protégé, et le protégé, en reconnaissance des services rendus, se fait le chien couchant de son protecteur, sans que ce dernier pousse la suprématie plus loin que les limites d'une affection tutélaire. C'est dans une circonstance où le fort avait couvert le faible de son égide que cette amitié avait pris naissance.

Flavel venait d'entrer au collège. En qualité de « nouveau », à sa première apparition au préau, il était l'objet des quolibets et des horions de ses camarades. Raoul vit, du fond de la cour, un petit être malingre, pleurant au milieu d'un groupe acharné contre lui. En un clin d'œil il se fit jour à travers les assaillants et, prenant par la main Flavel, dit froidement aux autres, en leur montant le poing : « Le premier qui touche au «nouveau» aura affaire à moi. » Aussitôt le groupe s'éparpilla, comme par enchantement.

A partir de ce jour, Raoul et Flavel devinrent une paire d'amis. Flavel, profondément touché par cet acte de générosité, s'était fait l'esclave de son protecteur. Pour lui éviter une heure de punition, il se fût déclaré coupable à sa place.

Doués tous deux d'une intelligence d'élite, ils avaient monté ensemble de classe en classe pendant dix ans, étaient arrivés à la fin de leurs études et avaient subi leurs examens. Raoul, n'ayant jamais su ce que c'était qu'une heure de travail consécutif, échoua une première fois, et ne réussit une seconde qu'après avoir été « chauffé », dans une maison spéciale, par un professeur qui lui mâchait ses devoirs et ses leçons et le remontait comme une serinette. Flavel, ne sentant derrière soi aucune autre ressource que la modique pension de 100 francs que son père lui faisait remettre tous les mois par un notaire, s'occupa de suite de se créer une position. Il se prépara à l'École normale, concourut et fut admis dans les premiers.

Aujourd'hui, il est professeur de philosophie au lycée Henri IV. C'était là toute son ambition.

Raoul suivit la voie contraire, c'est dire qu'il n'en suivit aucune. Son unique besogne fut de se ruiner avec des drôlesses et de tourner le champ de ses études vers la physiologie du bas-monde. — Ce genre de science a son aridité, mais elle n'ajoute rien à l'esprit et au cœur, quand elle ne leur retire pas ce qu'ils ont de bon.

S'il eût été maintenu dans ses écarts par une main de fer, peut-être fût-il devenu autre chose qu'un philosophe de boudoir. Mais, pour son malheur, sa mère était morte, avant qu'il eût eu le temps de la connaître, et son père n'avait pas tardé à la rejoindre. A dix-huit ans, il s'était vu, avec des goûts très-prononcés pour la sainte paresse, en possession d'une fortune considérable, et sous la coupe d'un tuteur débonnaire, qui la lui laissait écorner à son aise. Ce modèle des tuteurs prétendait que, pour qu'un homme fût homme, il fallait qu'il eût passé par le laminoir des passions, — il disait même des vices ; — que, pour gagner la sagesse, il devait payer tribut à la folie. Raoul avait longtemps goûté les conseils de ce vieil épicurien et s'était montré trop généreux en toutes façons, si bien que sa fortune, son moral et sa santé en avaient ressenti une atteinte profonde. — Après tout, les pots fêlés sont souvent ceux qui résistent le plus longtemps.

Sortis du collége, les deux amis ne se rencontrèrent plus que rarement. Leur genre de vie ne pouvait plus se convenir, l'un menant grand train, l'autre travaillant dans l'ombre. Cependant la vieille amitié d'autrefois avait laissé de telles racines dans leur cœur qu'ils se revoyaient de loin en loin ; et alors, l'absence doublant le plaisir, c'était une fête pour eux d'évoquer les souvenirs du bon vieux temps.

C'est ainsi qu'après six mois de silence, Raoul avait écrit à Flavel, et ils avaient passé la soirée ensemble.

Tout en causant, ils étaient arrivés au bas de l'escalier de Péters, Raoul remorquant Flavel.

— Non, laisse-moi, disait ce dernier. Je ne puis entrer ici sans compromettre ma dignité de professeur. C'est bon pour toi, qui es un jeune beau, un voluptueux.

— Ah! tu m'amuses avec ta dignité! Est-ce qu'on en a à ton âge? Morbleu! mon cher, il faut parcourir tous les échelons de l'échelle sociale, pour acquérir de l'expérience.

— Ce genre d'expérience n'est ni dans mes moyens, ni dans mes goûts.

— Allons, mon révérend, tu continueras ton sermon là-haut, au milieu du cliquetis des verres, des éclats de rire et des chansons d'amour; ce sera original.

Ce disant, il le tirait par un bouton de son habit.

Flavel se laissait faire, comme un agneau qu'on mène à l'abattoir.

Enfin, ils entrèrent dans le grand salon du prémier étage. Flavel insistait pour un cabinet particulier, mais Raoul s'était mis dans la tête de donner à son ami le baptême du monde galant, selon le rituel des grands offices.

1.

II

Les voilà installés à une petite table,
entre le jambon d'Yorck et le champagne
traditionnels.

Flavel promenait autour de lui un regard
hébété. Cette société interlope, *panachée*
d'hommes du meilleur monde et de femmes
du plus mauvais, le sortait de ses habitudes
méthodiques : il était stupéfié, ahuri.

Au fond de la salle, une femme, décolletée
jusqu'à la ceinture, fumait la cigarette, un bras
passé autour du cou d'un monsieur en habit et

en cravate blanche, une jambe étendue sur la
table. Au milieu, une grande brune effrontée,
à l'œil provocant, un pan de sa robe relevé
sur le bras, exécutait un pas de cancan, en
chantant d'une voix éraillée par la boisson
et le tabac :

> Voyez ce beau garçon-là,
> C'est l'amant d'A, c'est l'amant d'A,
> Voyez ce beau garçon-là,
> C'est l'amant d'Amanda.

Devant une glace, une petite blonde aga-
çante, au nez retroussé, déployait sur ses
épaules une nappe de cheveux jaunes, les tordait et les roulait sur sa tête en forme de pyramide. De tous côtés; des groupes d'hommes et
de femmes, couchés pêle-mêle sur les divans,
buvant dans le verre les uns des autres.

Quelques unes, — les non-valeurs, — allaient de table en table quêter une tranche
de jambon à celui-ci, une coupe de champagne à celui-là, une cigarette à un autre.
D'étape en étape, elles arrivaient à faire un
copieux souper, en un nombre infini de ta-

bleaux. Pour emmagasiner une telle provision
de liquide et de solide, il faut vraiment que
ces créatures aient un estomac élastique.

Et c'était un feu roulant de jeux de mots,
de quolibets, de refrains en vogue, où les ex-
pressions les plus mal sonnantes, lancées par
des lèvres de vingt ans, s'entrecroisaient et
se répercutaient sur dix tons différents!

Une forte odeur de tabac, de vin et de musc,
mêlée aux âcres émanations de la chair humaine, saisissait à la gorge. La fumée se dégageait en spirales et montait au plafond,
pour se condenser en un brouillard épais, qui
descendait sur les soupeurs, comme la brume
sur la campagne, un matin d'hiver.

A travers ce nuage, se détachaient vaguement des silhouettes se mouvant dans un désordre pittoresque, avec accompagnements
de chants, de cris et d'éclats de rire.

Les garçons, impassibles, circulaient entre
les groupes, sans qu'une seule des plaisan-
teries jaillissant autour d'eux fît tressaillir
un muscle de leur visage. Ils étaient faits à
ces sortes de scènes et, spectateurs forcés,

ne les regardaient plus qu'avec un magnifique dédain, du haut de leur dignité.

Flavel eut un mouvement de dégoût.

— Tout cela t'amuse donc? dit-il.

— Moi! Pas le moins du monde.

— Mais alors?...

— Que veux-tu? L'habitude... Et l'habitude
est une seconde nature. Ne le répètes-tu pas
chaque année à tes élèves, mon savant ami.
C'est comme le tabac, le vin, le jeu, enfin toutes ces passions incompréhensibles, qui abais-
sent l'homme au niveau de la bête. On y goûte,
on trouve cela mauvais ; n'importe, on y re-
goûte, pour faire comme tout le monde. Puis,
on s'y fait peu à peu ; cela devient une manie,
et bientôt, on ne peut plus s'en passer. On
cherche alors à s'en déshabituer, on se fait à
soi-même des serments solennels. Serments
d'ivrogne ! Cela dure huit jours, quinze jours,
un mois; puis la nostalgie de la boue vous reprend de plus belle, et on recommence. Moi,
j'en suis arrivé à avoir toutes les nostalgies
en général, et celle-là en particulier. Ces
plaisirs factices me dégoûtent, mais plus ils

me dégoûtent , et plus je m'y cramponne, plus je trouve un certain charme à ce dégoût, plus je le savoure comme une amère jouissance. Cela me fait du bien de mépriser l'humanité, de contempler le néant dans sa crudité, et de me croire au-dessus de lui. Je dis de me croire, car, à ce contact malsain, je souille un cœur que la gangrène a déjà presque entièrement rongé, et, à tes yeux, je dois être bien méprisable moi-même. Aux miens, je me trouve relativement meilleur.

Il est, cependant, des heures où l'âme indignée se révolte. C'est l'heure des serments solennels. Alors, je boucle ma valise, et je prends la route que m'indique le hasard. De bonne foi, je pars avec la certitude de trouver l'oubli au terme de mon voyage. Bah ! à peine ai-je quitté Paris que la nostalgie, cette maudite nostalgie, me reprend plus que jamais. Je reboucle ma valise et je reviens... Ce qui me rappelle, je ne saurais le dire au juste. Je subis cette attraction irréfléchie qui ramène l'homme à son milieu, comme la pierre, lancée dans les airs par une main vigoureuse, retombe d'elle-même, d'après les lois de la pesanteur. J'en suis arrivé à me demander si j'ai un cœur, ou si la nature m'a mis un caillou à la place. Il me semble qu'au rebours du système de Darwin, j'ai dépassé le règne animal et que je frise le point extrême où le règne végétal se confond avec le règne minéral.

Au début de ma vie mondaine, je me suis aperçu que l'égoïsme de la société jetait un crêpe de tristesse sur mon âme, qu'on n'était heureux qu'à la condition de vivre pour soi. Alors, je me suis mis au pair, j'ai cherché le bonheur dans l'indifférence, et l'indifférence dans le plaisir à outrance. L'indifférence, je l'ai trouvée; mais le bonheur, point. Le plaisir ne m'en a même pas laissé le coloris. Je me suis tellement saturé de toutes choses, que rien ne me tente plus. J'ai épuisé l'amour jusque dans ses derniers raffinements, j'ai forcé la nature, j'ai lassé l'impossible, j'ai tué l'émotion. Je suis usé, fané, flétri. Le moral est insensibilisé, le physique ne se soutient que par les nerfs. Enfin, j'ai vécu mille ans en quelques années. Avec mes allures de jeune beau, je suis un vieillard. Si c'est toi qui en as l'air, c'est moi qui en ai la chanson.

— Il est un moyen bien simple de te guérir.

— Lequel ?

— Te marier.

— Me marier! moi! Oh! tu viens de pro-noncer un gros mot. De tout autre que toi, je le prendrais pour une plaisanterie de mauvais goût, mais je respecte ta candeur; elle a le privilége de me faire rire. Tu as la chance de dire sérieusement des monstruosités et d'y croire, en toute conscience. « *O fortunate nimium!* »

— Et toi? ce que tu dis-là, le penses-tu, en toute conscience? Ne fais-tu pas plutôt le fan-faron de vice? Voyons, entre nous, franche-ment, es-tu sincère?

— Parole d'honneur.

— Je te plains.

— Merci.

— Eh! que veux-tu que je te réponde? Il est des passions inconscientes, tu l'as dit toi-même, contre lesquelles l'homme subit la lutte du pot de terre contre le pot de fer. Il sait fort bien qu'il fait fausse route, qu'il n'a qu'un pas à faire, qu'un effort de volonté à imprimer à sa pensée, pour sortir de l'ornière, mais cela contrarierait son esprit de routine, et, pour se disculper auprès de sa propre conscience qui le tenaille, il s'en prend à la destinée, il invective la nature, jusqu'à ce que, sentant que les reproches qu'il jette vers le ciel lui retombent, grossis par l'amertume croissante, il se forge une cuirasse de septicisme, et, de parti-pris, se mette à railler les choses les plus pures et les plus sacrées, avant même de s'en être rendu compte.

— Bravo! Bravo! Tu parles comme un des sept sages. Mais tu dois avoir le gosier sec.— Garçon! un grog! — Si tu étais Thalès par la métempsychose?

— Tu vois, toujours la raillerie!

— Du tout, je goûte fort ton éloquence simple et touchante. Elle a un parfum de chrétien des premiers temps qui ne manque pas de saveur.

— Encore la raillerie! Voilà ton arme. Aie

donc le courage de tes opinions, fais face à l'ennemi, mais ne combats pas à la manière du Parthe, qui décoche, en fuyant, une flèche perfide et se retourne sur vous, quand vous croyez le poursuivre.

— Eh bien ! oui, tu dis vrai, fit Raoul, dont la physionomie se contracta, avec une expression d'amertume farouche, et je veux avec toi lever le masque. Oui, plus je réfléchis, et plus je trouve cette existence creuse. Oui, il me manque quelque chose, ce je ne sais quoi d'insaisissable, de subtil, d'indéfini qui fait le bonheur et qui se vaporise dès que j'y veux mettre la main, cet oasis qui recule à mesure que j'avance et est sans cesse présent à ma vue éblouie par un mirage trompeur. Oui, je sens en moi un vide que je voudrais combler. Je rêve à une inconnue idéale, que je crée à ma façon. Hélas ! elle serait trop parfaite pour être de ce monde ; il faudrait la commander exprès, et nous ne sommes plus au temps des Prométhée ! Je cherche quand même, je fouille, en vrai limier, les recoins de la société, enfin je flaire la piste de ma chimère, comme Diogène, une lanterne à la main, scrutait les rues d'Athènes, pour y trouver un homme.

— Et c'est dans ce milieu-là que tu la cherches? s'écria Flavel, jetant autour de lui un regard scandalisé.

— Pourquoi pas? je la cherche un peu partout. Parfois j'ai des accès de philanthropie et je médite la régénération de la femme perdue.

— Pauvre fou! allons! tu es incurable.

— Que fait l'enveloppe? Que fait le passé? Que fait le présent? pourvu que sous la cendre couve une étincelle, que, sous la honte, végète un cœur ignoré. Est-ce que je m'arrête aux préjugés, moi?

— Tu as tort. Ils ont plus de force que les lois, parce qu'ils sont inhérents à la nature même de l'homme.

— Pour toi, qui es un nuageux, un éthéré. Mais moi, qui suis un réaliste, je prends les choses pour ce qu'elles sont, pour ce qu'elles pourront devenir. Je ne te cache pas que je préférerais une primeur, mais à tout prendre, j'accepterais un fruit piqué, si l'avenir me faisait bien présager d'une seconde culture.

— Et si tu découvrais ce fruit, même piqué, si la femme que tu rêves renaissait de la femme perdue, tu l'épouserais ?

—Ah ! tu y reviens. Quelle nécessité y a-t-il ? Vierge ou piquée, je ne le ferais pas. Si je me mariais, ce serait sérieusement, après y avoir mûrement réfléchi, sans arrière-pensée. Suis-je sûr d'être sérieux à cette heure décisive ? L'expérience m'a appris à ne plus ajouter foi à mes propres serments. Donc, pour accomplir un acte que je pourrais regretter un jour, autant ne pas l'accomplir du tout, autant m'en tenir à ma chimère, et, si je suis assez favorisé du hasard pour la saisir au passage, en faire une maîtresse, non pas une femme.

Le fruit défendu a une certaine saveur, conventionnelle, je te l'accorde, qu'il perd aussitôt qu'il devient loisible à tous. La banalité est l'écueil de l'amour-propre. Or, avant le cœur, avant la raison, l'homme écoute l'amour-propre, parce que l'amour-propre est le point de mire qui le désigne aux piqûres d'épingle de la société. Indépendamment de ces considérations, le véritable secret du bonheur n'est-il pas de tenir toujours un désir en réserve! L'amour exige autant d'économie de soi-même que l'argent, sinon, il se blase : j'en suis la preuve. Quand la fortune a fourni tous les plaisirs possibles, quand elle est impuissante à offrir des nouveautés, on la dédaigne; il en est de même du cœur, quand il a jeté sa dernière étincelle, quand il a palpité de son dernier battement, quand il s'est fermé sur sa dernière impression, il est pétrifié. L'ennui, en s'y infiltrant goutte à goutte, l'a recouvert d'une carapace qui le rend insensible aux passions. Ah ! plus tard, je ne dis pas... quand je serai vieux — si jamais je deviens vieux, — lorsque je sentirai l'urgence de m'attacher une garde-malade...

— Egoïste !

— Ne le sommes-nous pas tous plus ou moins? L'égoïsme entre dans la nature de l'homme, dans la même proportion que l'arsenic dans les végétaux. Question de fractions, voilà tout. Deux fois j'ai été sur le point de me marier, — j'avais vingt ans alors et j'étais libre ! — deux fois, j'ai rompu, sur le bord de l'abîme, à huit jours de la date fatale. Deux fois, j'ai appris de ces révélations foudroyantes qui rasent à jamais le champ des illusions. Oh! je ne nie pas la femme honnête, elle doit être, c'est nécessaire à la régularité de l'œuvre de la création; mais il faut la trouver. Tout existe en ce monde, mais la plus grande partie de ce qui existe reste encore à découvrir. Cette sorte de recherche, vois-tu, c'est comme la pêche à la ligne. Il y en a qui y ont la main, moi, je ne l'ai pas. Fixer des heures entières un petit bouchon de liége, c'est une distraction de momie. Remplace le bouchon de liége par une femme, — leur désespérante légèreté les rapproche singulièrement l'un de l'autre ; cela réclame la même patience. Laissons ce passe-temps aux sourds-muets ou aux Chinois.

Te dire pourquoi je me mariais, je ne l'ai jamais su. Je m'ennuyais, c'était nouveau. Maintenant que je raisonne à froid, je vois le mariage sous un tout autre aspect. Me marier!

devenir un homme rangé! un pilier de ménage!
me caserner dans la vie domestique! roucouler des duos d'amour à l'eau de rose! avoir
des enfants qui me grimperaient dans les
jambes et me tireraient la barbe! Oh! jamais!
jamais!

— Et maintenant? as-tu plus de repos?

— Non! certes, mais cette fièvre continuelle
qui me brûle le sang est l'essence de ma
vie. Enfin, je suis libre; ce qui me gêne,
je le rejette sans scrupule. Le mariage me
conviendrait peut-être pendant huit jours,
pendant un mois, pendant un an; cela me
changerait d'air. Mais cette maudite nostalgie me reprendrait en pleine conversion, et
je ne me sentirais pas capable de remplir jusqu'à la fin les devoirs de ma nouvelle condition, car j'ai encore assez d'honneur pour
n'entreprendre que ce que je pourrais tenir.
L'honneur, c'est tout ce qui me reste dans
le cœur, et j'y tiens. Dans notre famille,
cela se transmet de père en fils. Malheur à
qui n'en respecterait pas le dépôt! Tandis

que, faisant une maîtresse de mon idéal, je reste libre.

Enfin ce qu'il me faut à moi, c'est la vie échevelée, la vie insouciante, la vie au jour le jour, la vie à la cote.

— Mais puisque cette vie-là te dégoûte ?

— Raison de plus pour que je m'y cramponne. L'homme n'étant que de la boue, n'est-il pas dans l'ordre des choses qu'il se complaise dans son élément ?

— Pardon, tu parles pour toi.

— Tu te figures donc qu'il y a beaucoup de naïfs de ta force ?

— Je l'espère.

— Espère toujours, mon cher, espère le plus longtemps possible, n'épouse qu'*in extremis* la chaste ménagère que tu as entrevue dans un coin de ton ciel bleu, sous peine de reconnaître un jour que son cœur était trop hospitalier envers tes amis, et qu'il est certains rameaux qui poussent en toute saison. Voyons, regarde-toi dans une glace. As-tu la moustache en croc, les cheveux à la Capoul, l'œil fripon, la tournure luronne? Non, tu n'as rien de tout cela. As-tu, dans le passé, un scandale et un coup d'épée, donné ou reçu ? Passes-tu pour un casseur d'assiettes ? Encore moins. Sais-tu jongler avec les mots, sans réflexion, par habitude, comme ferait un clown avec des boules dorées? De moins en moins. Tu pèses tes moindres paroles avec la précision du chimiste préparant ses drogues, au fond de son laboratoire. Tu ne possèdes aucun des défauts requis pour fixer le feu follet. Car, grave-toi bien ceci dans la tête : pour plaire aux femmes, il faut être pourri de vices.

— Ainsi, selon toi, toutes les femmes ?..

— Oh! mon Dieu! Dans la proportion de 97 1/2 sur 100.

— Qu'entends-tu par une 1/2 ?

— J'entends celle qui n'est demeurée honnête que parce qu'elle n'a pas eu l'occasion de faillir.

— Et sur quoi bases tu cette probabilité? Sur ces malheureuses créatures qui dénaturent ton cœur; allanguissent ton intelligence, empoisonnent ta tranquillité. Sors un peu de ce milieu vicié, jette les yeux autour de toi, mets au service d'un monde qui en vaille la peine l'esprit d'observation que tu sais si bien appliquer au demi, au tiers, au quart de monde. Tu y verras des femmes honnêtes, des mères de famille, qui n'ont ni le temps, ni la pensée d'écouter de mauvais instincts. Ces exemples ne sont pas si rares, je t'en réponds. Moi aussi, j'en sais quelque chose. Quoique tu me le fasses entendre très-spirituellement, je ne suis pas un imbécile.

— Oh ! oh ! tu te fâches !

— Entre nous ! allons donc ! seulement ton injustice me révolte ; je ne puis concevoir qu'un homme qui eût pu être quelque chose se butte à n'être rien.

— Je t'ai dit mes raisons.

— Elles sont mauvaises.

— Deux exemples les confirment victorieusement.

— Et où les as-tu choisis ces exemples ?

— J'avoue que j'ai été obligé de me baisser un peu pour les ramasser. Le premier était la fille d'un boursier véreux, le second celle d'un limonadier.

— Est-il possible qu'avec un grand nom, une belle fortune, une haute intelligence, tu te sois torturé la cervelle à chercher en dehors de ta sphère un bonheur que tu avais sous la main ?

Raoul sourit ironiquement.

— Oui, répondit-il, tu veux dire une de ces femmes insignifiantes, qui, de jeunes filles, deviennent mères et grand'mères, en accomplissant machinalement l'ordre immuable de la destinée? La vertu est devenue pour elles une habitude tellement invétérée, qu'elles n'ont jamais songé qu'il y eût des femmes qui pussent comprendre la vie autrement qu'elles. Ont-elles du mérite à rester honnêtes femmes ? Non. Vertueuses elles sont nées, vertueuses elles mourront, sans savoir pourquoi : par tradition.

— Cependant...

— Ou bien alors une de ces fortes têtes qui, domptant leur nature et escomptant leur beauté, savent attendre un riche parti ? Ou encore une de ces filles altières qui, par orgueil, par crainte de la honte et du mépris, ne veulent pas qu'il soit dit qu'elles ont appartenu à quelqu'un ? Ou enfin, une de ces tendres gazelles qui, par timidité, conservent une chasteté qu'elles n'ont pas eu le courage de perdre. Non, je n'aime ni les chétives fleurs de serre chaude, ni les audacieuses fleurs des tropiques. J'aime les fleurs des climats tempérés.

— Qu'entends-tu par fleurs des climats tempérés ?

— J'entends celles qui sont vertueuses, avec connaissance de cause, sans calcul, sans fierté, sans arrière-pensée, celles qui savent ce qu'elles valent et ne se font pas un jeu de discuter leurs charmes, pour les faire remarquer, celles enfin qui sont naturelles et se donnent spontanément, suivant leur cœur. Deux fois, j'ai été le jouet d'une illusion ; c'était une leçon pour l'avenir, j'en ai profité. Maintenant je ne crois plus même à ce juste milieu qui me semblait être la vraie vertu.

— Eh ! la vertu n'a pas tant de nuances,

elle est ou elle n'est pas. Mais d'où tenais-tu ces jolies connaissances?

—Oh! c'est bien simple. Le boursier véreux me prêtait de l'argent à cent pour cent, dans les moments de gêne, et les rendez-vous avaient lieu chez le limonadier qui tenait un petit café, boulevard Sébastopol. Lorsque j'eus rompu avec la fille du boursier, je me rejetai sur celle du limonadier. Deux belles filles, ma foi! De ces beautés matérielles, qu'à vingt ans, nous croyons s'adresser à nos cœurs, quand elles ne s'adressent qu'à nos sens.

—Ce qui me surprend en toi, remarqua Flavel, c'est un singulier mélange de profondeur et de légèreté. Par moments, tu as l'air d'avoir de l'expérience, mais, à bien analyser cette expérience, elle n'est qu'une composition d'ingrédients étrangers, que tu t'es fabriquée avec l'expérience des autres et que tu as érigée en dogme.

—Tu peux avoir raison. Mais qu'importe? Je suis lancé, je ne puis plus m'arrêter. Voilà le fait.

—Et l'avenir?

2.

— L'avenir ! Je le pressens. Il n'est pas précisément couleur de rose. Du train dont je vais, je serai ruiné dans dix ans. J'ai fait le calcul de sang-froid, je ne serai donc pas pris à l'improviste.

— Et alors ?

— Alors ! le dénoûment coule de source.

— Le suicide ?

— Tu l'as dit. Je n'ai rien à regretter, je ne laisse personne après moi qui verse une larme de regret sur ma tombe : pas de femme, pas d'enfants, pas de famille. La vie m'ennuie, je la quitte. Quoi de plus naturel ?

— Pas d'amis ?

— Allons ! allons ! je sais bien que tu aurais le courage d'entendre tout du long une messe en musique et de faire deux kilomètres à pied pour suivre mon convoi jusqu'au cimetière.

— Qui parle, ici, de cimetière ? interrompit une voix de femme. Ça n'est pas drôle ce que tu dis-là, mon cher. Verse-moi une coupe de champagne pour effacer cette lugubre perspective. Tiens ! Raoul !

— Eliane !

III

— Mon cher, dit Raoul, en se tournant vers Flavel, je te présente mademoiselle Eliane, la seule femme que j'aie aimée.

— Ah! fit Eliane, je suis fort aise de l'apprendre. Première nouvelle. Donne-moi donc du feu. — Et, allumant sa cigarette au cigare de Raoul, elle lança un tourbillon de fumée au visage de Flavel, qui cligna les yeux et fut pris d'un accès de toux.

Celui-ci lui jeta un regard du Jupiter tonnant.

— Ah! te voilà! beau ténébreux, c'est ainsi que tu me fais des traits! s'écria une autre voix de femme.

Et une petite blonde coiffée en fouillis, que son minois chiffonné et son allure frétillante faisaient ressembler à un petit chien de la Havane, vint s'asseoir sur un coin de la table.

— Encore une harpie, dit Raoul à mi-voix; elles sont comme les corbeaux; elles s'abattent par compagnies. — Eh! ma chère Laura, ne me dévore pas. Réserve ton appétit pour faire honneur à notre souper. Tu ne perdras rien au change. Voici, d'ailleurs, un ami, ajouta-t-il, en désignant Flavel, qui est à la piste de l'idéal et qui ne demande pas mieux que de le voir en toi pendant une heure. — Mon cher, je te présente mademoiselle Laura, la seule femme que j'ai aimée.

— C'est pour ça que tu me repasses à ton ami, fit celle-ci, jetant ses bras autour du cou de Flavel et glissant sur ses genoux.

Celui-ci se laissait faire, avec un air de victime résignée.

— Ah ça, riposta Eliane, ton cœur a donc une comptabilité en partie double?

— Mais oui, repartit Raoul. C'est très-commode, ça me permet de balancer l'une par l'autre. — Ce disant, il emplissait les coupes de champagne.

Flavel portait machinalement la sienne à ses lèvres. Ses yeux commençaient à briller d'un éclat vitreux.

— Voyons, dit Raoul à Eliane, je viens de subir les sermons de mon révérend ami, c'est tellement élevé que j'en ai le vertige; aide-moi à revenir à la réalité.

— Est-ce aux femmes à égayer les hommes? répondit-elle, en riant d'un rire sonore, comme la trompette du jugement dernier.

— Assurément, c'est bien le moins qu'elles nous en donnent pour notre argent. A nous la bourse! à elles l'esprit! Tiens, je brûle d'envie d'entendre la femme peinte par elle-même et surtout par une femme..... comme toi. Voyons, esquisse-nous ton idée sur la femme?

— Franchement?

— Bien entendu. Sans cela, où serait le piquant de la chose?

— Eh bien! commença gravement Eliane, renversant la tête sur le dossier du divan, et lançant vers le plafond une bouffée de tabac, la femme est un oiseau chatoyant, qui se laisse prendre au miroir, comme les alouettes, et qui s'échappe à tire d'ailes, sitôt qu'on ouvre la main qui l'emprisonne. Pour la retenir prisonnière sur parole, il faut des prévenances, des plaisirs et de l'argent.

— A qui le dis-tu?

— Négligez une de ces conditions, et l'oiseau saisira la première occasion de dénicher, en compagnie d'un prince russe ou d'un beau jeune homme à tête de cire. Remplissez-les sans restrictions, alors vous aurez quelques chances de le retenir. En un mot, pour prendre la femme, il faut aller au devant de ce qu'elle pourrait désirer, il faut se plier à ses moindres caprices, de façon à ce qu'elle n'ait pas le temps de songer à exiger davantage.

— Pas mal.

— C'est un être tellement nuancé que la plus belle n'est pas toujours la plus recherchée. Ce qui séduit l'homme chez la femme, ce n'est pas la régularité des lignes du visage, c'est ce je ne sais quoi, de passager, de journalier, qu'il trouve en l'une un jour, qu'il retrouve en une autre le lendemain, et qui s'évanouit chez les deux comme un météore à travers l'espace.

— Il me semble qu'on a donné un nom à ce je ne sais quoi, objecta malicieusement Raoul.

— « Le chien », je n'osais le dire, de peur de blesser les chastes oreilles de monsieur, dont l'air académique m'a jeté un froid au premier abord, continua-t-elle, en désignant de l'œil Flavel.

Celui-ci ne put s'empêcher de rire. Le champagne aidant, sa philosophie commençait à se dérider.

— Et en combien de catégories divises-tu les femmes? reprit Raoul.

— En deux : les étoiles fixes et les étoiles filantes.

— A qui empruntes-tu cette classification ?

— Monsieur, vous saurez que je suis une femme rangée. Je ne dois rien à personne.

— Alors, c'est à toi qu'en revient le brevet?

— A moi seule.

— Continue.

— Les étoiles fixes, poursuivit-elle sententieusement, se prenant au sérieux comme un professeur dans sa chaire, sont celles que leur infinie perfection dans les moindres détails, en beauté, en grâce, en esprit, place au premier rang, sans discussion. Celles-là, on les aime. Les étoiles filantes sont les pléïades de jolies femmes qui font l'ornement de la société, — j'allais dire de nos salons.

— C'eût été risqué.

— Celles-là n'inspirent que le caprice; mais le caprice fait commettre plus de folies que l'amour. Elles composent une charmante volière, dont les couleurs et le gazouillement charment les yeux et les oreilles. Suivant l'influence de la mode, de leur instinct, ou même du hasard, leur plumage prend les tons variés du caméléon, et les badauds, captivés par l'attrait du moment, se laissent prendre à la lumière.

— Et toi? Dans quelle catégorie te ranges-tu? Es—tu une étoile fixe ou une étoile filante?

— Une étoile filante, hélas! à moins que tu ne te décides à me fixer.

— A qui la faute? Tu es trop vacillante, ma chère.

— Essaye encore.

— Merci! Ces essais-là sont comme les inventions; ils ne profitent qu'au successeur.

Pendant cette profession de foi, Laura ne cessait de verser du champagne à Flavel, qui, distrait par l'originalité des théories d'Eliane, vidait sa coupe, aussitôt remplie. Son bras s'était passé de lui—même autour de la taille de Laura, ses lèvres effleuraient sa gorge, son regard fouillait ce que les sinuosités du corsage ne laissaient que deviner.

Ce n'était plus Flavel. L'ermite se faisait diable.

A l'entour, l'orgie se traînait expirante. Les vaincus s'étaient allongés sur les divans ou avaient roulé sous les tables, entraînant avec eux les nappes qu'ils bouchonnaient dans leur poing. Leur ronflement régulier mêlait ses notes de basse aux notes stridentes de l'ivresse éveillée.

Les invincibles buvaient, chantaient, riaient, criaient, brisaient les verres, faisaient sauter les bouchons de champagne, se bombardaient des épluchures éparses sur leurs assiettes. Ils émergeaient des débris humains, gisant autour d'eux, semblables à des oiseaux de proie sur un champ de bataille.

Parmi les femmes, les unes s'étaient assoupies dans la posture où le sommeil les les avait terrassées, le corps flasque, la tête sur la poitrine, une coupe au bout de leur main pendante, les lèvres sèches et décolorées s'entr'ouvrant et se refermant avec un bruissement de feuille morte qu'on froisse, comme implorant une goutte d'eau. Les autres se pendaient au cou des survivants, donnaient à l'amant du moment le nom de celui de la veille et bégayaient des mots d'amour dans le hoquet d'un baiser..

Quatre heures sonnèrent à l'horloge de la Trinité.

— Garçon ! cria Raoul, l'addition et deux voitures.

Le garçon revint bientôt avec l'addition que Raoul paya, et annonça que les deux voitures étaient avancées.

Les deux hommes enveloppèrent les dames de leurs fourrures et sortirent, Raoul donnant le bras à Eliane, Flavel à Laura.

IV

Quand ils furent dehors, un air vif et piquant les cingla au visage. La neige, tombant à gros flocons, couvrait le sol d'un épais tapis blanc. A travers les mouchetures d'hermine, qui tachetaient l'air, tremblottait la lueur blafarde des becs de gaz. Des stalactites de glace pendaient mélancoliquement aux rameaux dépouillés des arbres et leur donnaient un aspect désolé. A peine, de temps à autre, quelques piétons attardés faisaient-ils grincer la neige sous leurs pieds, ou quelques fiacres

plus rares encore glissaient-ils sur la chaussée avec un bruit sourd.

Cette perspective des boulevards se dérou-
lant, aussi loin que la vue pouvait s'étendre,
comme un long ruban blanc dont l'extrême
bout se perdait brusquement dans les ombres
mourantes de l'horizon, ces milliers de points
blancs, trouant le fond gris du ciel, tout cela
formait un tableau lugubre, monotone, fatiguant à la vue ; c'était d'une tristesse impo-
sante; cela serrait le cœur, mais c'était beau.

Et quel étrange contraste ! Dans la masse
des maisons, à travers les jointures des vo-
lets, filtraient les feux des lustres du grand
salon de Péters. Au milieu du silence de la
nuit, résonnaient les éclats de l'orgie. D'un
côté, la vie à outrance; de l'autre, la nature
morte.

Les deux couples passèrent, les femmes relevant d'une main leurs longues jupes, dont
les traînes balayaient la neige derrière elles.

Flavel et Laura étaient déjà en voiture.
Raoul aidait Eliane à monter dans l'autre, lorsque, faisant quelques pas en arrière

pour ramasser un gant qu'elle avait laissé tomber, il distingua, sur les marches du Vaudeville, blotti dans l'encoignure de la porte, un petit être chétif, ramassé sur lui-même, enfoui sous un amas de haillons, que la bise glaciale faisait voltiger autour de lui.

Fut-ce pitié ou simplement curiosité? Il approcha et lui frappant sur l'épaule :

— Hé! petit, tu dors?

L'enfant se réveilla en sursaut, se frotta les yeux, les leva d'un air craintif vers lui et répondit :

— J'ai froid, j'ai faim.

Deux grosses larmes roulaient le long de ses joues. Il y avait dans sa voix une inflexion si profondément triste, que lui, Raoul, l'homme au cœur de bronze, se sentit ému. Il le tira par la main et l'amena sous un bec de gaz.

C'était une adorable petite fille de douze à treize ans, une femme en formation. Une forêt de cheveux, noirs de jais, crépus, débordant sous le lambeau qui les emprisonnait, encadrait un visage d'une ovale parfaite, dont les grands yeux veloutés, frangés de longs cils, ensoleillaient la pâleur mate. Leur regard humide avait une expression suppliante et craintive. Sur sa bouche mignonne, aux lèvres sanguines et charnues, découvrant une double rangée de petites dents nacrées, errait un sourire malheureux, ce sourire résigné de l'enfant qui souffre sans se plaindre, qui ne connaît de la vie que les épines, ce sourire céleste du martyr qui appelle la mort comme une délivrance. Elle avait avec cela un air souffreteux qui prêtait à sa pauvre petite personne un charme intéressant. Ses veines gonflées sillonnaient de filets bleuâtres ses joues marbrées de points rouges. Ses jambes nues montraient leur maigreur maladive à travers les trous de ses loques, et ses pieds, nus également, violacés par le froid, s'enfonçaient dans la neige, à laquelle ils semblaient insensibles. Elle grelottait; ses dents claquaient à se briser, ses mains raidies ramenaient autour d'elle quelques lambeaux; tout son corps était secoué par le frisson de la fièvre, on eût dit qu'un souffle la renverserait.

Raoul la contemplait. Un sentiment irré-sistible l'attirait vers cet être délicat et charmant. Il vit que la petite allait mourir.

Mais Eliane s'impatientait dans la voiture.

— As-tu assez examiné cette petite mendiante? cria-t-elle. Allons, dépêche-toi, donne lui deux sous, et que ce soit fini!

Raoul ne répondit pas; il songeait.

—Eh bien! est-ce pour aujourd'hui? reprit-elle, d'une voix aigre.

— Laisse-moi, riposta brusquement Raoul.

— Est-ce que par hasard?..

— Malheureuse!..

— Alors, viens.

— Laisse-moi, te dis-je!

Et retirant sa pelisse fourrée, il en couvrit l'enfant, qu'il prit dans ses bras.

— Ah! c'est ainsi! bonsoir, cher! Et jetant une adresse au cocher, elle ferma la portière.

La voiture partit.

Flavel et Laura n'avaient pas attendu. Ils étaient déjà loin.

Raoul resta seul avec la petite à moitié morte dans ses bras.

Une idée bizarre venait de germer dans son esprit.

Voilà bien longtemps qu'il cherchait la maîtresse idéale. L'occasion ne se présentait-elle pas sur son chemin? Ne le servait-elle pas à souhait? Pouvait-il trouver une créature plus parfaitement, plus originalement belle que cette petite mendiante, recueillie sur le pas d'une porte. Enfant, elle réunissait déjà toutes les qualités physiques que l'on peut exiger de la femme; et ce charme sauvage, qui l'avait captivé au premier abord, promettait d'en faire une maîtresse différente des autres. L'avenir ne pouvait manquer de finir l'ébauche du présent.

Il avait le bloc; à lui, nouveau Prométhée, de le dégrossir, de le tailler, de le façonner, de le sculpter, de le limer, de le polir. Ce bloc renfermait une âme à l'état brut; à lui de la dégager de la gangue qui l'encroûtait, de la laver, de l'épurer, de la pétrir, de la mouler, de l'animer de l'étincelle de l'amour.

Il avait sous la main un projet de femme; à lui de l'exécuter. D'ici à ce qu'elle eût atteint le degré de perfection voulu, il la placerait dans un pensionnat à la mode, où elle

3.

apprît les bonnes manières et devînt, par l'é-
ducation, une femme de son monde. A seize
ans, il l'en retirerait presque à point et, lui-
même, y mettrait la dernière main. Il travail-
lerait le détail, après avoir confié le gros à des
mains étrangères. Puis, quand la femme aurait percé sa chrysalide, il lui inoculerait ses
goûts, ses sentiments, ses idées. Il provoquerait sa curiosité, la piquerait, l'aiguillonne-
rait. Il enflammerait son imagination, en ali-
menterait le brasier, l'attiserait. Il éveillerait
son cœur, y injecterait l'amour goutte à goutte,
le laisserait fermenter et n'en recueillerait la
quintessence que distillée par la jalousie. Il oc-
cuperait, bouleverserait, dominerait sa pensée,
il l'emplirait de lui, jusqu'à ce qu'elle en fît
son héros, son maître, son créateur, son Dieu.

Enfin, quand l'élève, mûrie par ses leçons,
réaliserait son rêve, quand son chef-d'œuvre
atteindrait les régions de l'idéal, quand son-
nerait l'heure solennelle, il abattrait son jeu et
passerait une existence de pacha, auprès d'une
favorite élevée, dressée, instruite sous son œil.

Et quelle douce occupation de suivre pas à

pas sa pupille, d'observer ses progrès journa-
liers, de guetter l'éclosion de la femme, avec
la même sollicitude que l'horticulteur surveille
les bourgeons de ses fleurs ! Quelle étude atta-
chante d'être professeur pour son compte, et
professeur d'amour ! Avec quels raffinements,
quelle patience d'artiste, il cisèlerait ce bijou !
Quant à elle, abandonnée, n'ayant que lui,
tout entière à la reconnaissance, elle arriverait fatalement à l'amour, se donnerait sans
remords, naturellement. Elle aurait la pureté
l'innocence de la jeune fille, jointe à l'ardeur
de l'amante. Il goûterait, lui, les douceurs de
la lune de miel, avec la saveur du fruit défendu.
Cette femme-là n'aurait connu que lui, n'aurait
aimé que lui, ne vivrait que par lui et pour lui,
ne comprendrait pas l'homme autrement que
lui. Cette femme-là serait à lui, à lui seul. Elle
n'aurait été déflorée au profit d'un autre, ni
de fait, ni d'intention Elle lui appartiendrait
vierge de corps et d'esprit.

Appuyé contre le pilier du bec de gaz, ser-
rant son précieux fardeau sur sa poitrine,
il se laissait bercer par sa rêverie.

Ainsi, sa bonne action n'avait qu'un but d'intérêt vulgaire. Elle était effrayante, infâme de cynisme. Elle spéculait sur l'innocence. Elle espérait pour récompense la honte. Bah! que lui importaient à lui, le sceptique, le blasé, les conventions sociales? Son égoïsme fondait tout un avenir sur cet enfant. Il tenait peut-être le bonheur. Il serait bien sot de ne pas saisir la perche que lui tendait la destinée.

Une rafale, le fouettant au visage d'un tourbillon de neige, le fit sortir de ses réflexions.

Il regarda autour de lui : pas une voiture. Les maraudeurs de nuit n'osaient s'aventurer par un pareil temps. Il n'avait qu'un parti à prendre : revenir à pied, et c'était loin. Son hôtel était au coin de la rue de Lisbonne et de l'avenue de Messine.

Il se décida cependant et, pressant la petite contre lui, la réchauffant de son haleine, il se mit en route.

Il crut qu'il n'arriverait jamais. L'enfant, sans être lourde, le fatiguait beaucoup et, vingt

fois, glissant sur la neige, il faillit y rouler
avec elle. Ses membres commençaient déjà à
se raidir sous l'action du froid. Il n'avait plus
de manteau; il en avait enveloppé l'enfant.
La bise le pénétrait et le glaçait jusqu'aux
moëlles.

Lorsque la fatigue l'emportait, lorsqu'il sentait le sang se figer dans ses veines, il s'arrêtait, déposait son fardeau sur un banc et
s'étirait les bras, à la manière des cochers,
pour ramener le sang dans ses muscles en-
gourdis.

Puis, il reprenait sa route.

Enfin, il atteignit l'hôtel, sonna, franchit la
cour comme un trait, escalada le perron et
déposa la petite sur une banquette, dans le
vestibule.

Pierre, son vieux valet de chambre, que
son père lui avait légué dans son héritage,
l'attendait les deux coudes appuyés sur une
table, la tête inclinée au-dessus d'un journal,
sur lequel il s'était endormi.

Au bruit de la porte ouverte brusquement,
il tressaillit et se réveilla.

— Une petite fille! s'écria-t-il, à la vue du nouveau genre de paquet que son maître venait d'apporter.

— Une petite mendiante que j'ai ramassée sous une porte. Elle meurt de froid et de faim.

—Oh! la jolie créature! Monsieur le comte a fait là une bonne action.

Et le vieux serviteur essuya avec le revers de sa main une larme qui humectait le coin de sa paupière.

— Fais un bon feu dans la chambre verte, ordonna Raoul, couche-la, couvre-la, frictionne-la au besoin; et demain, je veux dire aujourd'hui, dès qu'il fera jour, porte-lui un consommé. Si je ne suis pas levé, ne crains pas d'entrer dans ma chambre, viens me dire comment elle aura passé la nuit.

Pierre enleva l'enfant comme une plume et la porta dans la chambre verte.

Raoul monta dans la sienne et, harassé, se jeta tout habillé sur son lit.

V

Il était neuf heures quand Pierre entra discrètement chez son maître.

— Eh bien? demanda celui-ci.

— La petite a pris un consommé, monsieur le comte; elle s'est rendormie.

— Bien, laisse-la dormir. Aide-moi à m'habiller.

Pierre le déshabilla d'abord,--il n'avait pas pris le temps d'ôter ses vêtements, tant la fatigue l'avait emporté,— puis le revêtit d'un pantalon à pieds et d'un veston à brandebourgs, et le chaussa de babouches turques.

Cette toilette terminée, Raoul monta à la chambre de l'enfant, s'assit au pied du lit et l'examina longuement.

La petite ouvrit les yeux. Elle regarda autour d'elle, de l'air de quelqu'un qui ne se souvient pas et qui cherche à se rappeler ; l'apercevant, par un sentiment prématuré de pudeur, elle ramena les couvertures sur ses épaules amaigries. Il entrevit sur le bord du drap une petite main effilée, quoique rougie et crevassée, dont le contour délicat se dessinait sous le hâle.

Elle demeura d'abord confuse et muette, puis levant timidement ses grands yeux noirs :

— Monsieur, balbutia-t-elle, je ne sais pas vous dire combien je suis reconnaissante des bontés que vous avez pour moi. J'allais mourir, et Dieu m'a placée sur votre chemin. Vous m'avez recueillie. Vous êtes si bon, que je n'ose croire au bien-être qui m'entoure, tant la misère m'avait habituée à me familiariser avec l'idée de la mort. Je suis une pauvre fille sans parents, je n'ai rien, mais si ma vie entière suffit à m'acquitter de votre bienfait, disposez-en; elle est à vous.

— Ton nom?

— Camélia.

— Tu n'en as pas d'autres?

— On ne m'a jamais donné que celui-la.

— Ton âge?

— Entre douze et treize ans; je ne sais pas au juste.

— Ton père? ta mère?

— Je n'ai pas connu mon père. Ma mère m'a abandonnée, en me disant : « Va, petite, maintenant tu es assez grande pour gagner ta vie. Tu es gentille; avec cela on ne meurt pas de faim. »

Raoul réprima un geste d'horreur.

— Pourquoi ne l'avoir pas vendue? c'eût été complet, pensa-t-il. — Et tu as saisi le sens de ces paroles?

— Non, monsieur ; elles me reviennent chaque jour à l'esprit, depuis que j'ai quitté le pays, mais cela ne m'a pas servi jusqu'ici d'être gentille, à moins que vous...

Cette audacieuse naïveté le fit sourire.

— Ton pays ?

— La Bohême.

— Combien y a-t-il de temps que tu l'as quitté ?

— Trois mois, lorsque ma mère m'abandonna, au tournant de la forêt.

— Pourquoi es-tu venue à Paris, de préférence à toute autre ville ?

— J'ai marché tout droit devant moi, sans savoir où j'allais, me confiant à Dieu, et après bien des jours, je suis arrivée ici.

— Comment as-tu vécu, durant ce long voyage ?

— Quelquefois, sur mon chemin, une bonne femme me donnait un morceau de pain et m'invitait à le manger au coin de son feu. Quelquefois les moissonneurs me permettaient de me réchauffer à la flambée et de passer la nuit dans une grange, sur une botte de paille. Le lendemain, ils me renvoyaient, après m'avoir admise à partager leur soupe, et je reprenais mon chemin, tout droit, toujours tout droit. Dans les villes que je traversais, je chantais de vieux airs du pays, et les passants me mettaient dans la main quelques pièces de menue monnaie.

L'hiver vint, je n'avais plus de vêtements, mes pieds étaient déchirés par les cailloux de la grand'-route, j'avais froid, mais je marchais toujours. Une voix intérieure me disait que j'approchais du terme de mes misères.

Enfin, du haut d'une butte, un soir, j'aperçus une ville immense, au-dessus de laquelle planait une auréole lumineuse. C'était Paris.

Je fis un dernier effort et, m'aidant de mon bâton, j'y entrai à la suite d'un convoi de charrettes. Longtemps, je suivis les charrettes, et j'arrivai sur une place magnifique, entourée de becs de feu, dont l'éclat m'éblouissait. Au milieu de cette place, s'élevait un monument en pierre, ressemblant à une porte à plusieurs faces. Une infinité d'avenues, sillonnées par de longues lignes de feu, en rayonnaient.

J'en fis le tour, et je pris l'avenue où je vis le plus de monde, le plus de voitures.

Que c'était beau ! De ma vie, je n'avais rien vu de semblable. Le long des charmilles qui s'étendaient à perte de vue, de chaque côté de la chaussée, étaient assis de beaux messieurs et de belles dames.

Je m'approchai d'un groupe et je chantai un de ces vieux airs bohêmes, qui m'avaient si bien réussi dans les autres villes. Mais, au lieu de me donner une pièce de monnaie, on me chassa en me disant : « Va t'en ! petite mendiante. » Je m'approchai d'un autre groupe; on me menaça de la police. La police ! je ne compris pas, mais je devinai que si je persistais, il m'arriverait malheur.

Alors, je me mis à courir de voiture en voiture, implorant la charité et me cramponnant aux portières. On ne fit pas attention à moi. Un cocher, irrité de mon obstination, m'allongea un coup de fouet, dont je porte encore la marque sur mon bras, — soulevant la couverture, elle montra, sur son bras, une longue trace noire. — Désespérée, folle, je me jetai au hasard, dans la mêlée, résolue à mourir. Une voiture me renversa. Le cocher arrêta ses chevaux; voyant que je n'avais rien, il repartit en grommelant. La mort ne voulait pas de moi. Je regagnai une allée et me laissai tomber sur un banc, la tête dans mes mains. Quand je relevai les yeux, une vieille femme était devant moi, me regardant attentivement. Le sourire railleur qui plissait sa figure jaune et ridée, ses yeux méchants me firent peur; je me levai pour partir. Mais elle, m'arrêtant par le bras :

— « Tu as faim, petite ? me dit-elle. — Oui, madame. — Veux-tu venir avec moi? — Où? répondis-je. » Ma voix intérieure m'avertissait de me défier de cette femme.—« Dans une belle maison, où tes pieds fouleront des tapis moëlleux, où tu t'étendras sur des meubles capitonnés de soie, où l'on te servira les mets les plus délicieux. Tu auras des robes de velours, des dentelles, des colliers, des bagues, des bracelets. Les beaux messieurs te diront qu'ils t'aiment et te donneront beaucoup, beaucoup d'argent. »

Je réprimai un geste de dégoût. Cette femme, avec ses offres insinuantes, me faisait l'effet d'un reptile. Un moment, cependant, je fus sur le point de céder. La tentation !... la faim !... mais aussitôt, sans bien me rendre

compte de ce qu'il y avait de mal dans les
propositions de cette vieille, je sentis, à
l'impression que j'éprouvais, que ce marché
était honteux, dégradant. — « Non, non, fis-je
résolûment, vous me faites horreur. » — Et les
paroles de ma mère me revinrent à la mémoire : « Tu es gentille, petite, avec cela on
ne meurt pas de faim. » Ainsi, c'était là ce que
ma mère avait voulu dire. Quel mal y avait-il
à cela? Je ne savais pas, je ne sais pas encore,
mais il devait y en avoir, ce devait être de
l'argent mal gagné, sinon, pourquoi le rouge
me serait-il monté à la figure, aux offres de
cette femme?

Tout le monde me repoussait. La seule personne qui m'eût tendu la main, ne l'avait fait
qu'avec une arrière-pensée que je ne parvenais
pas à définir, mais que ma voix intérieure
se refusait à accepter. Que faire ? Je n'avais
plus qu'à me laisser guider par la volonté de
Dieu, jusqu'à ce que je tombasse d'inanition
et de fatigue. Je continuai donc à marcher
sans voir, laissant aller machinalement mes
jambes, et, vaincue, je tombai sur les marches

d'une porte, où je m'endormis. Vous vîntes à moi. Il était temps ; je n'avais pas mangé depuis trois jours.

Tandis qu'elle parlait, son regard humble et doux réfléchissait les sensations diverses que ces souvenirs évoquaient en son âme. Evidemment, cette enfant était belle, très–belle, d'une de ces beautés étranges, indéfinissables, composée d'un ensemble harmonieux de dissonances, qu'un peintre eût envié, tout en désespérant de reproduire ce je ne sais quoi qui échappe aux règles de l'art. C'était bien le type bohémien dans sa luxuriante extravagance. Ces cheveux noirs, mousseux, rebelles, ces grands yeux veloutés, aux traits de flammes, cette bouche mignonne, charnue, voluptueuse: tout cela trahissait la race. Il y avait dans cette enfant un mélange de sang espagnol et tzigane. Son père devait être Espagnol.

Raoul lui prit la main dans les siennes et lui dit quelques paroles affectueuses. Tout en parlant, il ne pouvait se rassasier de la détailler.

Camélia perdit contenance sous ce regard qui la fouillait comme une sonde.

— Comment se fait-il, reprit Raoul, après un temps de silence, que tu parles le français?

— Ma mère m'a emmenée en France, avec une troupe de saltimbanques, et y est demeurée deux ans. J'étais toute petite et je ne me souviens que vaguement de ce temps-là. Pendant ce séjour, elle apprit la langue et s'habitua à me parler indistinctement en français ou en slave.

— Tu n'as aucun souvenir précis de cette époque?

— Un seul. Je me rappelle que, quand je refusais d'avancer sur la corde où l'on me faisait danser, un homme à barbe rouge me piquait la plante des pieds avec une épingle.

— Et voudrais-tu toujours rester auprès de moi? fit Raoul.

— Oh! oui! s'écria-t-elle, en frappant joyeusement des mains.

— Eh bien! je te garde.

— Oh! quel bonheur!

— Mais, comme je veux que tu deviennes une petite fille bien élevée, je te mettrai en pension.

— En pension ! Qu'est-ce que la pension ?

— C'est une maison où l'on met les petites filles, pour les instruire et les dresser aux bonnes manières. Tu t'y feras des amies et tu y seras très-heureuse.

— Il me faudra vous quitter ?

— Oui, mais pas pour longtemps.

— Pour combien de temps ?

— Pour un an, répondit évasivement Raoul.

— Et après ?

— Après, tu ne me quitteras plus.

— Est-ce bien utile d'apprendre ?

— Très-utile. Veux-tu donc être toujours une ignorante et rester inférieure à ces belles dames qui t'ont dédaignée, lorsque tu leur tendais la main.

Un éclair jaillit des yeux de Camélia.

— Non, non, s'écria-t-elle, je veux m'élever à leur hauteur, afin de les traiter d'égale à égale. Ce sera ma vengeance. Ah ! Camélia ! tu auras des robes à traînes, des fleurs dans tes cheveux, des souliers de satin, des bijoux, des gants, un éventail, une ombrelle! Toi ! la petite mendiante, tu passeras, comme une

4

reine, dans une voiture à deux chevaux, avec des laquais sur le siége, et l'on te saluera jusqu'à terre !

Elle débita cette tirade avec un accent si comique, que Raoul ne put s'empêcher de rire.

— Vous vous moquez de moi, dit-elle, rougissant ; je m'oublie, je perds la tête ; c'est l'excès de joie. Tous ces grands airs me conviennent peu, c'est vrai. Je n'ai rien, je ne suis rien, je ne sais rien : merci de me le rappeler.

Raoul l'embrassa sur le front et la laissa livrée à ses réflexions.

Le caractère de Camélia, aussi bizarrement nuancé que sa personne, avait des impromptus, des audaces, des naïvetés, qui le subjuguaient. Les choses les plus monstrueuses, dans sa bouche, prenaient une tournure de simplicité enfantine. Elle avait effleuré la fange, comme une hermine, sans y tacher sa candeur, avertie seulement par cet instinct de la conscience, qui nous dénonce l'abîme, sans nous en montrer le fond, qui veille devant notre âme comme une sentinelle et crie : Qui vive ! quand elle pressent au loin le danger, sans nous dire au juste sous quelle forme il se présente. La hideuse réalité n'avait même pas terni son imagination ; elle l'ignorait encore. Elle avait obéi aux conseils de ce qu'elle nommait ingénûment « sa voix intérieure ».

Raoul ne pouvait en détacher sa pensée. Etait-il déjà amoureux de l'enfant, lui, qui s'était tellement abreuvé au poison, qu'il s'y enivrait impunément, lui, dont la force consistait à traverser la flamme sans se brûler, à communiquer ce qu'il ne ressentait pas?

Lui, amoureux ? Allons donc ! Etait-ce pour en arriver à ce dénoûment mesquin, qu'il avait dépensé sa santé, sa jeunesse et sa fortune ? Non. Il était trop-foncièrement égoïste pour ne pas réagir. Ce qu'il voulait, c'était être aimé, mais ne pas aimer.

VI

Camélia était dans l'âge moyen où la femme commence à poindre. — En Bohême et en Espagne, comme dans la plupart des pays du midi, les filles sont formées à douze ans; il faut se rappeler qu'elle tenait de l'une, peut-être des deux. — Raoul, craignant de blesser sa pudeur naissante, en la confiant aux soins d'un homme, voulant enfin, dès aujourd'hui, l'élever au rang qu'il désirait lui assigner dans la suite, avait envoyé Pierre à la recherche d'une femme de chambre.

Pierre ne fut pas long à la trouver.

Deux heures après, elle se présentait dans la chambre de la jeune fille et se mettait à ses ordres.

Elle, donner des ordres! c'était nouveau; elle eût été bien embarrassée de savoir comment on s'y prenait. Aussi, prit-elle le meilleur parti, celui de se laisser faire docilement.

Sur les siéges, étaient empilés du linge et des vêtements. Sur un guéridon, étaient rangés les menus objets indispensables à la toilette d'une femme.

Raoul avait fait ces emplettes, le matin, dans un grand magasin de nouveautés et les avait fait déposer dans la chambre de Camélia, pendant son sommeil. Celle-ci, tout entière aux événements de la veille, n'avait accordé qu'un regard distrait à sa chambre et n'avait pas aperçu les merveilles qui l'attendaient.

Elle demeura d'abord interdite. Du linge blanc! une robe ajustée à la taille! des rubans! pour elle, qui n'avait jamais porté que de misérables hardes, bariolées de toutes couleurs, et ne possédait, en fait de garde-robe, que ce qu'elle portait sur elle!

Puis, ce furent des oh ! et des ah ! variant d'intonation, suivant la. gamme de son admiration. Elle touchait et retouchait chaque chose, comme un enfant qui n'est pas encore convaincu que tout ce qu'il voit est bien à lui et qui, volontiers, serait tenté de se mordre le doigt, pour s'assurer qu'il ne rêve pas.

Elle se rappelait ce qu'elle était la veille, ses fatigues, son voyage à pied, son enfance ; elle ne pouvait se faire à l'idée que, elle, la petite mendiante déguenillée, dont la vie dépendait de la charité des passants, fût passée aussi subitement de la misère à l'opulence. Elle se regardait presque avec effroi dans la glace et se répétait à elle-même, comme Marguerite, trouvant sur le pas de sa porte les bijoux de Faust : « Camélia ! Camélia ! Est-ce bien toi ? »

La camériste attendait respectueusement que cette effervescence d'enthousiasme fût apaisée. Elle profita d'un temps d'arrêt pour revêtir sa maîtresse d'un joli peignoir de cachemire bleu de ciel, orné de rubans bleu pâle, et la faire

passer dans la pièce voisine, où un bain par-
fumé était préparé.

Camélia se plongea avec délices dans l'eau
tiède d'où s'exhalait un doux parfum de Lu-
bin. Il y avait si longtemps que son pauvre
corps, meurtri, calciné, n'avait été rafraîchi !

La camériste la frotta des pieds à la tête
de mousse savonneuse, avec une large éponge,
baigna ses longs cheveux dans des flots d'eau
athénienne, et la sortit du bain, blanche et
rose comme un marbre de Carrare veiné de
porphyre.

Après le bain, elle l'habilla. Tout alla bien
jusqu'au corset. Mais, quand Camélia se sentit
emprisonner dans une cuirasse de baleines
qui lui comprimait la gorge et lui étreignait
la taille, quand elle vit la camériste se mettre
en devoir de resserrer cet étau, à l'aide de lacets, elle se révolta.

— Aïe ! aïe ! Vous me faites mal, criait-elle,
je ne puis plus respirer, j'étouffe ; cela me
gêne.

— Il faut souffrir un peu pour être bien ha-
billée, mademoiselle.

— Ah! il faut!... soupira Camélia. C'est donc cet instrument de torture qui rend la taille si fine?

— Oui, mademoiselle. Le corset, faisant fondre la taille, accentue les rondeurs de la gorge et des hanches. Sans corset, les jupons tombent ou forment à la ceinture des bour-relets, qui donnent à la jupe une tournure dis-gracieuse; le corsage, n'étant pas maintenu, poche et fait des plis.

Cet argument était irréfutable.

Camélia se rappela le proverbe : *Il faut souffrir pour être belle*, et accepta le rôle de victime obéissante, non sans se trémousser, avec tous les signes d'un violent malaise, à mesure que les lacets rapprochaient les œillets du corset.

Enfin, la camériste lui passa une jolie robe grenat deux tons, releva ses cheveux, bouclés naturellement, au moyen d'un ruban même nuance, et lui mit aux pieds de petites babou-ches turques, brodées d'or.

Camélia qui grillait d'impatience de se voir ainsi transformée, s'échappa de ses mains et vint se mirer dans la glace. Elle se reculait, se rapprochait, afin de mieux juger de l'effet, se reculait encore, revenait de nouveau, se tournait en tous sens, et, jamais complètement satisfaite, défaisait pour refaire, refaisait pour défaire. Elle se souriait à elle-même, s'envoyait des baisers, minaudait, prenait des poses de grande dame, retenait sa jupe d'une main, la faisait bouffer de l'autre et se disait tout haut : « Ah ! Camélia, je ne te croyais pas si belle ! »

Mais, peu habituée à porter tant de jupons l'un sur l'autre, à chaque évolution, elle s'y empêtrait gauchement les jambes ; se baissant alors pour se dégager, elle sentait l'étreinte de fer du corset, et le sourire, voltigeant sur ses lèvres, se changeait subitement en une grimace.

La cameriste, une jeune et jolie fille, à l'air déluré, qui n'avait pas ses yeux dans les poches de son tablier, la toisait avec une moue de pitié dédaigneuse, signifiant clairement : « Il n'y a que ces vagabondes pour avoir une pareille chance. »

A la fin, Camélia, rassasiée de se contempler, descendit dans le cabinet de Raoul.

VII.

Ce cabinet était un petit musée. Il en renfermait pour tous les goûts : des antiquités grecques, romaines, étrusques, égyptiennes, hindoues, mexicaines, chinoises ; des objets d'art de toutes sortes.

Contre les murs, tendus de drap rouge encadré de bandes noires : des bahuts florentins et vénitiens, surchargés de mille petits riens. Au-dessus des bahuts : des tableaux de maîtres ; des panoplies de flèches indiennes, surmontées d'un arc gigantesque ; des éventails africains, en palmier tressé ou en plumes d'autriches ; des yatagans japonnais, des kriss malais, des poignards corses, écossais, arabes ; des fusils kandiotes, des mousquets du temps de la reine Anne, des rapières du temps de la Ligue, des hallebardes du temps de la garde suisse, enfin un arsenal des plus variés.

Dans les angles : des statues de bronze, grandeur naturelle.

A terre : un épais tapis de Smyrne. Sur la table du milieu : un cachemire des Indes brodé à la main. Ça et là : des tabourets incrustés de nacre, des sofas turcs avec piles de coussins, des stalles moyen-âge à dossier sculpté, des fauteuils Louis XIII ; le tout pêle-mêle, dans un désordre artistique.

Camélia furetait partout, dérangeait les bibelots qui encombraient la cheminée, les consoles, les bahuts, les examinait et les replaçait.

Elle avisa, dans une panoplie, un superbe kriss malais à lame recourbée et, fièrement campée devant un miroir de Venise, le pied en avant, le regard flamboyant, elle brandit son arme avec des gestes de tragédienne, chantant d'une voix farouche une mélopée guerrière de son pays.

Raoul l'observait du salon voisin, par une glace sans tain, qui le séparait de son cabinet. En la voyant manier ce kriss, il ouvrit brusquement la porte, courut à elle, et lui saisissant le bras :

— Imprudente !

Camélia, confuse, laissa tomber le kriss, baissa les yeux et rougit.

— Imprudente ! répéta-t-il, ce kriss est empoisonné; la moindre piqûre de sa lame donne la mort instantanément. Il est dangereux de jouer avec les armes; je te croyais plus raisonnable.

Elle fondit en larmes, et se jetant à ses pieds :

— Oh ! pardon ! dit-elle, je ne sais plus ce que je fais. La joie, le bonheur me font tourner la tête.

Et elle lui prit la main, qu'elle porta religieusement à ses lèvres.

Ce singulier mélange de vivacité et de douceur plut à Raoul. Il la prit par le menton et l'embrassa.

Flavel entra sur ces entrefaites.

VIII.

— Tiens ! toi ! s'écria Raoul, en lui tendant la main.

— Oui, moi, cela t'étonne ? Tu devais pourtant t'y attendre après l'orgie d'hier et les folies que tu m'as fait commettre, bien malgré moi. Ton maudit champagne m'a monté au cerveau et tu es cause...

—Que tu en es réduit à pleurer ta vertu. C'est de l'histoire ancienne. Eh ! morbleu ! mon cher, toi qui es professeur, tu devrais savoir que, pour enseigner, il faut avoir appris, mieux que cela, il faut s'être exercé. Comment veux-tu faire l'éducation de ta femme, si vous êtes aussi novices l'un que l'autre ?

— Eh ! qui te dit que je me marierai?

— Oh! tu as une tête à cela.

— Allons ! c'est encore toi qui vas avoir raison.

— Mais certainement, comme toujours.—Je reprends la filière de mon raisonnement. Le rôle du mari n'est-il pas d'instruire sa femme de ses devoirs conjugaux? Comment peut-il s'acquitter de cette tâche, s'il est encore à instruire lui-même? Pour être professeur, n'est-il pas indispensable d'avoir été élève? C'est de la logique. Et puis, vois-tu, il faut passer par là tôt ou tard. Quand on n'y passe pas avant, on y passe après, c'est fatal, et mieux vaut que ce soit avant qu'après, parce qu'avant, on n'en rend victime que soi seul. Je te citerai à ce sujet un axiôme de mon regretté tuteur : « L'homme s'épure par la fange, comme l'eau se filtre à travers le charbon. »

— Au diable tes aphorismes !

—Ils ont du vrai. Je ne fais pas, comme toi,

de la philosophie dans les nuages, moi, je raisonne terre à terre.

— C'est-à-dire qu'au lieu de monter, tu descends. Mais quelle est cette enfant? observa Flavel, remarquant Camélia.

— Je vais te le dire. Laisse-nous, petite.

Camélia se sauva dans le jardin.

— Ah! ça! m'aurais-tu caché quelque paternité?

— Nullement. Cette enfant est une petite mendiante, que j'ai recueillie, la nuit dernière, en te quittant, sur les marches du Vaudeville.

— Ah! mon ami, c'est bien, c'est très-bien. Tu as fait là une bonne action; je me réconcilie avec toi.

— Attends, attends, ne te presse pas de me féliciter.

— Comment! tu aurais une arrière-pensée?

— Écoute et ne te fâche pas. En deux mots, voici : à la vue de cette petite, à moitié morte de froid et de faim, sous une porte, un sentiment de pitié profonde s'est d'abord emparé de moi, puis, à bien examiner l'enfant, j'ai songé que, plus tard, j'en pourrais tirer parti.

— Comment ?

— Je t'ai dit que j'avais épuisé jusqu'à la lie la coupe des plaisirs, que vainement je cherchais la femme idéale, entrevue dans mes rêves. Eh bien !...

— Tu comptes l'épouser ? De mieux en mieux.

— L'épouser ! Tu es adorable avec tes naïvetés antédiluviennes. Non, je ne suis pas pour le roman banal. L'épouser ! Ah ! Dieu merci ! je suis revenu de ces folies-là. C'est déjà bien, assez de les endurer, quand on ne peut pas faire autrement, sans les commettre de gaîté de cœur. J'ai pensé tout bonnement que cette enfant promettait beaucoup, que son type étrange la distinguait des autres femmes, qu'en lui faisant donner une éducation soignée, qu'en dirigeant les premiers ébats de son cœur, avec les raffinements dont tu me sais capable, je pourrais obtenir une maîtresse accomplie, d'autant plus accomplie, qu'elle serait mon œuvre.

— Mais c'est monstrueux !

— Bah ! cela dépend du point de vue où l'on

se place. Quel mal y a-t-il après tout ? Qu'elle soit ma femme ou simplement ma maîtresse, au fond cela revient au même. Préjugés que tout celà! Sera-t-elle plus malheureuse, parce que les conventions sociales n'auront pas été suivies? Non, elle m'aimera, c'est forcé. Elle se donnera à moi, spontanément. Elle n'a personne à ménager : pas de parents, pas de famille, pas d'amis. Elle n'a pas connu son père; sa mère l'a abandonnée. Elle n'a donc rien à perdre. Elle allait mourir, je l'ai rappelée à la vie. Elle me devra tout; elle paiera sa dette de reconnaissance, sans que je le lui impose, avec la simplicité d'un cœur qui n'y voit pas malice.

— Assez! assez! s'écria Flavel indigné. Ton plan est machiavélique. Abuser de l'innocence d'une enfant! Fausser son jugement, en vue de la perdre! La prendre sans défense! Oh! c'est infernal! c'est infâme! c'est lâche! Toi, avant tout! Tu traites toutes choses du haut de ton égoïsme. Ta charité se paye par la honte.

— Julien!...

— Ainsi, froidement, tu vas calculer l'heure précise où tu dois la déshonorer ?

— La déshonorer! Grand mot!

— Voyons, ce n'est pas sérieux, tu plaisantes?

— Du tout.

— Mais ton cœur est donc mort? Tu ne sais donc plus discerner le bien du mal, le juste de l'injuste?

— Je sais que tu es en retard avec le siècle et que tu dépenses des torrents d'éloquence, pour une cause qui n'en vaut vraiment pas la peine.

— Alors, c'est décidé?

— C'est décidé.

— Adieu!

— Comment! tu me quittes? comme cela?

— Je préfère ne plus te voir, n'ayant plus le courage de t'estimer.

— Julien!

— Oh! cela m'est pénible, je t'assure, mais le souvenir du passé est impuissant à effacer l'odieux du présent. J'ai de la conscience, moi! c'est la seule fortune que je possède. Accepter cette infamie, ce serait en être complice. Non, je ne le puis pas! je ne le puis pas!

— Julien ! Julien ! Rompre une vieille amitié de quinze ans, pour une niaiserie, pour une femme !

— Une niaiserie ! Tu qualifies cela de niaiserie ! couver l'enfant pour souiller la femme ! J'appelle cela un crime, moi !

Et, prenant son chapeau, il s'enfuit.

Raoul demeura longtemps, les yeux fixés sur la porte par laquelle son ami venait de sortir.

Les dernières paroles de Flavel vibraient douloureusement dans son cœur. Le remords s'y était inopinément glissé par le défaut de la cuirasse. Il réfléchissait, les bras croisés sur la poitrine, et mesurait toute l'énormité de son action. Tout en songeant, il contemplait Camélia, qui folâtrait dans le jardin, courant de fleur en fleur, et le remords harcelait son cœur de coups répétés et aigus, comme des piqûres d'épingle. Mais, sa nature cynique reprenant le dessus, il l'écartait avec cette ténacité de l'homme égoïste qui ne veut pas s'arrêter à un bon sentiment, de peur d'avoir à le regretter.

Pierre, venant annoncer que le déjeûner était servi, l'arracha à cette rêverie obstinée.

Il appela Camélia, et tous deux passèrent dans la salle à manger.

Le repas fut silencieux. Raoul ne parlait pas ; il songeait. Camélia n'osait élever la voix, sans qu'il l'interrogeât. Seuls, ses yeux inquiets cherchaient à lire sur son visage la cause de cette mélancolie.

A peine eurent-ils quitté la table que Raoul commanda sa voiture et emmena Camélia à la pension.

5.

IX.

Il la présenta à la directrice, comme une jeune parente étrangère, confiée à sa garde, et la désigna sous le nom fantaisiste de Camélia Morawitz. — Il fallait bien remédier au manque d'état civil. — Il recommanda qu'on lui donnât une éducation aussi complète que possible, sans négliger les arts d'agrément pour lesquels elle montrerait quelques dispositions; il insista surtout pour qu'il lui fût réservé une chambre, en dehors de ses compagnes, redoutant les conversations pernicieuses, qui, dans les pensionnats les mieux tenus, gâtent la pureté des jeunes filles et les rendent femmes avant l'âge.

Cependant, il permit qu'on lui laissât fréquenter quelques jeunes filles choisies, sous la surveillance d'une sous-maîtresse.

La directrice lui fit observer qu'il était contraire aux usages de la maison d'avoir des pensionnaires en chambre, que toutes les jeunes filles vivaient en commun, mais que, exceptionnellemént à la règle, elle accèderait en tous points à ses désirs. La somme ronde de 6,000 francs par an, offerte par lui, avait été d'un grand poids dans la décision de l'honorable directrice.

Camélia écoutait, et ses yeux s'emplissaient de larmes.

Quand il lui annonça qu'il ne la ramènerait pas avec lui, qu'il resterait peut-être longtemps absent de Paris, les larmes contenues à grand'peine débordèrent. La pauvre petite eut une attaque de nerfs.

Elle se cramponnait à ses vêtements, le suppliait de ne pas l'abandonner. — Elle n'avait que lui au monde ; il était tout pour elle ; sans lui, elle ne pourrait pas vivre.

Cette scène était navrante. Raoul dut user de toute son énergie pour faire entendre raison à Camélia. — Il l'embrassa tendrement, presque avec émotion, l'assura qu'il lui ferait tenir régulièrement de ses nouvelles, jusqu'à ce qu'elle sût écrire assez passablement pour entrer en correspondance avec lui, et lui glissa, tout bas, de ne jamais révéler à personne qui elle était, d'où elle était et comment il l'avait recueillie.

Elle courba la tête, étouffa un sanglot et lui serra convulsivement la main.

Lorsque la porte du parloir se fût refermée, il entendit un grand cri, suivi de la chute d'un corps sur le parquet.

L'enfant aimait déjà !

X.

Le soir même, il prit, à la gare du Nord, l'express de huit heures, à destination de Saint-Pétersbourg, laissant Pierre à Paris, avec ordre de veiller sur Camélia et d'aller, toutes les semaines, s'informer de ses nouvelles, à la pension.

Bientôt le spleen s'empara de lui, — on était au cœur de l'hiver; — il quitta Pétersbourg et vint se fixer à Rome, en attendant que les seize ans de sa pupille le rappelassent à Paris.

Pendant les premiers mois, il reçut de la maîtresse de pension des lettres qui exaltaient l'intelligence de Camélia et en auguraient des merveilles.

Un jour, il en décacheta une d'une écriture inconnue, et, courant à la signature, il lut : Camélia.

Il la parcourut d'abord sommairement, puis, satisfait de cette première lecture à vol d'oiseau, il la lut plus attentivement et la relut. C'était plein de délicatesse et de cœur.

Sa bonne action promettait de gros intérêts.

Voici cette lettre :

« Je ne sais qui vous êtes, mon cher tuteur,
« mais, pour moi, vous êtes plus qu'un père,
« plus qu'une mère, plus qu'un frère : vous
« êtes tout. Vous êtes le seul être au monde
« qui fasse battre mon cœur à son souvenir.

« Je ne sais quel sentiment j'éprouve,
« quand je pense à vous. D'après ce que j'en-
« tends dire à mes compagnes, d'après ce que
« j'apprends dans mes lectures, d'après mon
« cœur que j'interroge, il n'a rien d'ordinaire;

« il est plus pur, plus noble, plus élevé que
« les autres; il me grandit. Enfin, plus je
« pense à vous, et plus je suis heureuse de
« vivre.

« Ingrate! j'ai dit heureuse. Oh! ne le
« croyez pas sans restriction. Heureuse, cer-
« tainement, parce que tout ce que j'apprends,
« tout ce que je sais, tout ce que je suis, c'est
« à vous que je le dois, et qu'il m'est doux de
« vous le devoir! mais je ne le serai réelle-
« ment que lorsque vous serez revenu, que
« lorsque je pourrai vous répéter chaque jour
« que ma vie entière ne sera pas assez longue
« pour vous aimer.

« Qu'il m'est doux de vous exprimer tous
« les sentiments qui m'emplissent le cœur !
« Et pourtant ma plume est impuissante à les
« traduire. Il est des choses qu'on ne peut
« écrire telles qu'on les sent.

« Et vous? mon cher tuteur, serait-ce indis-
« cret de vous demander si votre absence doit
« se prolonger longtemps encore? Oh! dites-le
« moi franchement, j'aurai plus de courage
« que le jour où vous m'avez laissée à la pen-

« sion, car je vis d'espérance, et cela me soutient.

« CAMÉLIA. »

Cette lettre d'une fillette de treize ans l'étonna.

Quelles nuances exquises de sentiments ! Quelle simplicité de style ! Quelle passion brûlante, dite avec l'innocence d'un cœur qui ne se devine pas encore !

L'orthographe de cette lettre était suffisante, mais bien des jeunes filles de famille l'écorchent davantage, au sortir de la pension ou du couvent. Avec de tels progrès, Camélia, en trois ans, apprendrait ce que d'autres mettent huit ans à se caser dans la tête.

A Rome, Raoul passait son exil volontaire le plus agréablement possible, reçu et fêté par le monde, où sa réputation d'homme à bonnes fortunes l'avait d'ailleurs précédé. Quand il y fit son entrée, les femmes ne furent nullement désillusionnées sur son compte.

C'était bien le type de Don Juan qu'elles avaient rêvé, le beau ténébreux au regard d'aigle, tour à tour pénétrant comme l'acier et voilé comme la nuit, mais fixe comme une étoile au ciel ; aux lèvres relevées par un sourire railleur ; au visage pâle, teinté de mélancolie, gravé de fierté dédaigneuse et quelque peu tiré par les excès ; à la tête caractéristique : cheveux coupés court, frisés à la Titus, moustache retroussée, royale Louis XIII, ponctuant l'ovale de la figure, comme une virgule ; aux allures sobres et grandes, portant haut, oubliant ses conquêtes avec la discrétion d'un confesseur, égrenant l'amour sur son chemin sans s'y arrêter, sûr de lui, s'imposant sans prétention, laissant des regrets toujours, n'en éprouvant jamais.

Raoul, dans le monde, n'était plus le même homme que dans le demi : il se dédoublait. Dans le demi, il ne se donnait pas la peine d'être lui-même, il s'y promenait en déshabillé, y semant l'esprit, mais ne l'y compromettant pas ; surtout observateur. Dans le vrai, au contraire, quand ses bonnes fortunes

l'y ramenaient après de fréquents écarts, il se
révélait orateur, diplomate, stratégiste.

Il était doué d'un coup d'œil infaillible. Il
dressait ses batteries avec le sang-froid d'un
guerrier consommé, devinait le joint de chaque
nature et possédait l'art difficile de tourner la
place avant de l'investir. Il n'engageait la lutte
qu'avec un adversaire qui en valût la peine,
dédaignant de vaincre sans combat. L'amour
n'était rien pour lui : il le considérait comme
une reddition. Les escarmouches étaient
tout.

Il n'y a pas de ville comme Rome et de
pays comme l'Italie, où la haute noblesse
reçoive avec plus de magnificence simple,
de sans-façon distingué, d'affabilité vraie.
Les femmes surtout ont le tact souverain
d'être partout chez elles.

Dans les salons lambrissés des vieux palais
romains, on cause bruyamment peut-être, —
c'est un défaut italien, — mais avec une gaîté
si franche, si communicative, qu'un étranger
s'y sent de suite à l'aise. L'esprit vient facilement, sans effort; on ne le cherche pas; il

coule aussi doucement que la langue dont il
est habillé.

Raoul n'eut pas le temps de regretter Paris.
C'était la première fois qu'il ne fut par par-
jure avec ses serments Cette fois, il s'était
imposé trois années d'exil, afin de se ménager
la surprise de la métamorphose de Camélia
— calcul de raffiné — et de se faire la main
au grand jeu qu'il allait entreprendre.

La princesse Palmieri fut la femme sur
laquelle il jeta les yeux.

La princesse était une de ces beautés écra-
santes qui s'annoncent, dans les salons, sans
qu'il soit besoin de les voir, à la pression magnétique qu'elles exercent C'était une étoile
fixe, eût dit Eliane. — Elle avait le nez ro-
main, au profil légèrement recourbé en bec
de vautour ; la bouche fine, aux lèvres rouges
et serrées ; le teint blanc de lys, pas même
coloré d'un reflet rose ; les cheveux de ce noir
bleuâtre, dit aile-de-corbeau, lisses, soyeux,
luisants ; et sous des soucils d'ébène, nettement arqués et rapprochés au point de se
confondre, des yeux d'oiseau de proie, que la

passion ou la haine allument d'un éclair qui foudroie.

Mettez cette tête sur le corps de la Vénus antique, et vous aurez la princesse en pied.

Détails intimes : vingt-cinq ans, veuve, colossalement riche.

A la première rencontre, ces deux natures hautaines, dédaigneuses, cyniques, se heurtèrent du regard. Elles se cabrèrent. La lutte commença.

Ce fut à qui dompterait l'autre. La princesse eut le succès de la première passe. Elle amorça Raoul, l'amena à une déclaration, l'écouta jusqu'au bout et lui rit au nez.

Celui-ci ne perdit pas son sang-froid ; il rit avec elle de sa défaite. Mais ce n'était pas un homme de qui l'on pût se jouer impunément. Il jura de lui infliger la peine du talion.

L'occasion ne tarda pas à se présenter.

Voici dans quelles circonstances :

XI

C'était à la villa Palmieri, située en-dessous du Quirinal, sur le penchant de la colline du même nom.

Cette villa mérite les honneurs d'une description. Nous pardonne le lecteur !

Elle était de style gréco-romain, construite sur le modèle de la villa de Diomède, dont les ruines ont été récemment déblayées à Pompéï. Pour la reproduire, scrupuleusement exacte dans les moindres détails, d'après les vagues indications des assises, qui donnaient bien la coupe, horizontale et la distribution des pièces, mais non l'altitude et la décoration, il avait fallu le talent et la science archéologique d'un Viollet-Leduc.

L'architecte avait dû déduire des débris de fresques, léchés par le temps, les tons des couleurs et l'harmonie des dessins ; des fragments de bas-reliefs, l'ensemble des groupes ; des pans de corniches, l'ornementation architecturale, et des tronçons de pilastres, l'ordre auquel appartenaient les colonnes. Chaque pierre avait dû être l'objet d'une étude hypothétique et servir de point de départ pour la reproduction totale de la bâtisse.

Elle était carrée, comme presque toutes les demeures particulières de ce temps-là, élevée d'un seul étage, le rez-chaussée, et surmontée d'une toiture plane, enclavée de châssis vitrés distribuant le jour aux diverses pièces de l'habitation, et bordée par une balustrade de pierre.

Sur le devant, exhaussé de quelques marches, s'avançait un vestibule au plafond ouvragé de rosaces en relief et supporté par des colonnes cannelées, aux chapiteaux d'ordre corinthien.

Ce vestibule ouvrait sur un vaste atrium, dallé en mosaïque et entouré d'un hémicycle de colonnettes doubles d'ordre composite, en phorphyre et en jaspe alternés, assez distantes du mur pour former des portiques.

Sous ces portiques, étaient pratiquées trois entrées, donnant accès aux différentes pièces de la villa : deux sur les côtés, une au fond. Celle de droite conduisait aux appartements particuliers de la princesse ; celle de gauche, aux salons de réception ; celle du fond, faisant face au vestibule, se prolongeait jusqu'au péristyle, sous forme de large galerie cintrée,— anciennement nommé *fauces*, — décorée de fresques et bordée, à fleur de mur, de colonnettes d'ordre ionique.

Le péristyle occupait le centre de la villa C'était une enceinte de portiques d'ordre corinthien , s'étendant autour d'une petite serre plantée de palmiers, de camélias, de magnolias, de yucas et autres arbustes des tropiques, sablée de poussière de corail, rafraîchie par un

jet d'eau, et recouverte d'un châssis vitré.
Toutes les pièces à la villa le contournaient et y
débouchaient par des portes de bronze. Du côté
opposé, dans l'alignement de la galerie de
l'atrium et du vestibule, était la porte du triclinium, sur lequel nous reviendrons plus loin.

Les salons de réception, compris à gauche,
entre l'atrium et le triclinium, étaient séparés
les uns des autres par des colonnades fer-
mées au moyen de draperies de pourpre.
Ils étaient ornés de vases étrusques, à dessins noirs sur fond brique, et meublés de
divans à pieds de bronze ciselé et de chaises
d'ivoire. Des peaux de lions, de tigres et de
panthères étaient jetées çà et là sur la mosaïque. L'aspect en était sévère, mais l'élégance
grecque en corrigeait la rudesse romaine.
C'était un mélange harmonieux des deux
styles. Et ce mélange ne produisait pas une
hérésie archéologique; il existait à Pompeï et,
bien avant Pompeï, à Rome, où il avait pris
naissance, à la prise de Corinthe. De là, ce style
composite, formé de deux éléments contraires
et se fondant sans choquer l'esthétique.

Les appartements particuliers de la princesse étaient appropriés aux exigences du confortable moderne, suivant la dernière mode de Paris. La vie d'intérieur à l'antique eût été trop incommode et trop primitive. C'était assez de conserver aux salons le cachet caractéristique du monument, parce que les salons ne sont que le cadre de la vie extérieure, de la vie accidentelle. Et encore, en petit comité, la princesse recevait-elle dans ses appartements particuliers.

La villa, bâtie, comme nous l'avons dit plus haut, sur le penchant du Quirinal, dominait les jardins du haut de sept terrasses superposées et déclinant par étages jusqu'au bas de la colline, comme les jardins suspendus de Sémiramis, à Babylone. Ces terrasses, à balustrades de marbre, étaient emboîtées l'une dans l'autre ; elles montaient en se rétrécissant graduellement vers la villa, comme les gradins d'une pagode hindoue. Un large escalier de de marbre, les coupant par le milieu, les reliait entre elles et descendait de l'esplanade supérieure, vis-à-vis le vestibule, jusqu'aux soubassements de la dernière terrasse; de sorte que, vue du bas de la colline, la villa semblait posée au dernier degré d'un escalier gigantesque.

De chaque extrémité de l'esplanade supérieure, partait une allée reservée aux voitures, glissant en pente douce contre les murs d'enceinte des jardins. Ces deux allées se rejoignaient à la grille d'entrée, juste en face du grand escalier, au-delà d'un immense bassin creusé au-dessous des terrasses.

La princesse, ce soir-là, donnait une fête vénitienne. Les jardins étaient éclairés *à giorno* de girandoles à verres de couleurs. Ces guirlandes de feu, serpentant le long des terrasses et aboutissant au palais, qui se détachait au sommet comme un fantôme, dans un rayon de lumière électrique, semblaient une pyramide de feux d'artifice, couronnée par un palais *des Mille et une Nuits.*

Sur les marches du grand escalier, dégringolaient des masques, aux costumes multicolores, représentant toutes les nationalités.

Un japonais donnait le bras à une sultane,

un seigneur Henri III à une mariée finlandaise, un chevalier bardé de fer à une andalouse. Un esquimeau coudoyait un Chinois; un guerrier grec, un Rajah; un poëte Florentin, un moujick; un roi Charles-Quint, un marquis Louis XV. Un peau-rouge intriguait une patricienne de Venise, un amiral suisse une Marguerite de Gœthe, un comte Almaviva une Zingara. Des moines, à la robe de bure, le visage caché par leur cagoule, des cierges à la main, erraient par bandes, mêlant les glapissements des psaumes des morts au refrain d'une chanson à boire.

Quelques jeunes *monsignori*, vêtus de la soutanelle des prêtres galants, à collet plissé négligemment relevé sur le bras gauche, avec jabot et manchettes de dentelles, bas de soie violets, souliers à boucles d'argent, calotte microscopique, coquettement perchée sur le sommet de la tête, papillonaient autour des dames, récoltant des promesses de confession et distribuant des absolutions à pleines mains. Au milieu d'un groupe, un Triboulet, armé de sa marotte et agitant ses grelots, lançait de piquantes vérités à chacun, sous le couvert de la folie. Plus loin, l'enchanteur Merlin, coiffé de son entonnoir traditionnel, couvert de sa robe sombre, semée d'étoiles d'or, disait la bonne aventure gratis pour les hommes, se payant des femmes par un baiser.

Dans les deux allées latérales, c'était une procession d'équipages. Ils montaient par l'une et redescendaient par l'autre, après avoir versé les masques sur les degrés du vestibule.

Sous le vestibule et dans l'atrium, une haie de laquais dorés et poudrés constrastait singulièrement avec l'allure antique de la villa.

Dans les salons, les draperies de séparation avaient été enlevées. On y dansait aux sons de l'orchestre du théâtre *Apollo*.

A minuit précis, la porte des appartements particuliers de la princesse s'ouvrit à deux battants. Une litière romaine, à rideaux de pourpre hermétiquement clos, en franchit le seuil, portée par huit esclaves, l'anneau de fer au pied, précédée de vingt-quatre porteurs

de torches et suivie d'une escorte d'hommes
et de femmes esclaves, à la livrée de l'époque.

Elle traversa l'atrium et le vestibule, descendit les degrés du perron et s'arrêta au
milieu de l'esplanade, où les esclaves la dépo-
sèrent.

Les rideaux s'écartèrent. Deux femmes de
l'escorte s'approchèrent. La princesse en sortit,
s'appuyant sur leurs épaules : « *duobus innixa
ancillis.* »

Elle n'avait pas de masque. Les convenances exigeaient qu'elle reçût ses invités à
visage découvert.

Son costume était celui d'une patricienne
romaine, et il s'harmonisait si bien avec le
style de sa villa, qu'on eût dit un portrait
dans son cadre.

Une longue tunique de lin blanc, bordée
d'une bande de pourpre, tombait jusqu'à ses
pieds nus, aux doigts chargés de bagues, et
posés à plat sur des sandales d'ivoire fixées
à la jambe par des bandelettes croisées.

Par-dessus la tunique : une palla, s'arrêtant
un peu plus bas que la ceinture, se rattachait

6.

aux épaules par trois agrafes d'or incrustées de saphirs, laissait les bras nus. Autour de ces bras d'albâtre, entre le coude, et la tombée des épaules, s'enroulaient des bracelets d'or massif, en forme de serpents.

Un peplum de pourpre, bordé d'une grecque émaillée de pierreries enchassées dans la broderie, était artistement drapé sur le tout, passant sous le bras gauche, couvrant l'épaule droite et retombant dans le dos en pans flottants.

Sur la tête : un diadème d'or mat, d'où les cheveux se divisaient en deux bandeaux sur le front, pour se renouer sous la nuque, au moyen de trois bandelettes, espacées en arrière du diadème.

Un long murmure approbateur, suivi d'une salve de bravos, accueillit cette apparition et la proclama reine de la fête, par droit de beauté.

Elle l'était déjà par droit de naissance et d'hospitalité.

La noble patricienne s'avança jusqu'au bord de la dernière marche du grand escalier et prit une fusée des mains d'un laquais.

La fusée allumée traça dans le ciel une trajectoire de feu. A ce signal, des gerbes incandescentes s'élancèrent de tous les coins des jardins, s'entrecroisant dans le ciel et retombant en une pluie d'étincelles.

Au bas des terrasses, le bassin s'enflamma de feux de Bengale, les grandes eaux jaillirent de la bouche des dieux marins, montés sur leurs dauphins.

Le disque d'argent de la lune, fixé à la voûte étoilée, comme un globe de lumière, semblait un œil de cyclope fixé sur cette féerie.

Un seigneur Louis XIII se promenait mélancoliquement sur l'esplanade.

Il était vêtu d'un pourpoint de drap gris, crevassé de satin noir, aux manches bouffantes et serrées au poignet par de hautes manchettes. Son col de point était rabattu sur un ruban de moire bleue qui tenait suspendu sur la poitrine l'ordre du Saint-Esprit. Son petit manteau de velours violet, jeté en arrière des épaules, était soulevé, un peu plus bas que les hanches par une rapière

à coquille, qu'il portait à gauche. Son haut-
de-chausses, même nuance que le pourpoint,
mais sans crevés, était rattaché sur les côtés
par des ganses de soie noire, et se terminait,
au-dessus du genou, par une haute dentelle
aux plis flottants. Des chausses de tricot noir
moulaient sa jambe fine et cambrée. Des souliers à bouffettes et à talons très-élevés emprisonnaient son pied. Un chapeau de feutre
gris, forme mousquetaire, orné d'une longue
plume blanche, retenue sur le devant par un
gros diamant et retombant derrière sur ses
cheveux annelés, complétaient le costume.

Ce costume seyait, d'ailleurs, merveilleusement au personnage. C'était bien le sombre
et taciturne Louis XIII, dans sa majesté
ténébreuse. C'était lui jusque dans la coupe
de la figure, dont le haut était masqué par
un loup et dont le bas était ponctué par la
royale. Il paraissait étranger à la foule
bruyante qui gravitait autour de lui. On s'é-
cartait sur son passage; il jetait un froid.
C'était Louis XIII, sorti de la tombe pour distraire son humeur brumeuse par une plai-

...terie sépulcrale. Ce n'était pas un masque,
...était un revenant.

Instinctivement, on portait la main à son
chapeau et on s'inclinait, tant ce personnage
inspirait de respect par sa gravité sinistre et
son aisance souveraine.

La princesse l'aborda, et lui touchant le
bras :

— Comte, dit-elle, deux mots : je m'ennuie.

— J'en ai autant à votre service, princesse.
À quoi m'avez-vous reconnu?

— Qui ne vous reconnaîtrait entre mille, à
vos allures de fantôme?

— Alors, je pose le masque. — Il retira son
loup. — Cependant je cherchais une intrigue.

— Jeu d'enfant !

— Histoire de me distraire.

— Eh bien !distrayons-nous tous deux.

Et lui prenant le bras, elle le ramena à la villa.

XII

Après l'avoir guidé à travers ses appartements particuliers, elle s'arrêta dans un boudoir reculé.

Là, elle s'étendit sur une chaise-longue, et
l'invita de la main à prendre un siége à côté
d'elle.

— C'est ainsi que vous recevez vos invités ?
dit-il, en s'asseyant sur un pouf.

— Mes invités s'amusent sans moi. J'ai
paru ; cela suffit.

ourquoi donnez-vous des fêtes, si vous
assistez pas ?

— Noblesse oblige. Il faut bien vivre un
peu pour le monde.

— Avouez que vous ne vous éclipsez que
pour mieux briller à l'apothéose.

— Bah ! que me font les hommages ? C'est
comme les parfums, ça s'évapore et il n'en
reste rien.

— Oh ! permettez-moi de douter de ce superbe dédain. Vous choisissez mal votre in-
terlocuteur pour jouer au désintéressement. Je
connais le cœur de la femme. J'y lis couram-
ment.

— Je ne m'en suis guère aperçue, ces jours
derniers. Votre double-vue avait sans doute
la cataracte.

— Qui sait si ce prétendu échec que vous
m'imputez n'était pas une expérience que je
tentais ?

— Oh ! oh ! vous devenez fat, prenez garde !
la fatuité touche de bien près au ridicule !

— On n'est jamais ridicule quand on dit la
vérité. A quoi bon la déguiser ? N'ai-je

pas posé le masque en entrant ici? D'ailleurs nous ne sommes plus dans l'enceinte de la fête.

— Vous persistez, malgré votre échec, à vous croire invulnérable?

— Comme Achille.

— Ah! vous avouez un point sensible? Il y a progrès.

— Je le suppose. Sinon, je serais parfait. Or, comme la perfection n'est pas de ce monde, ma cuirasse doit forcément avoir un défaut.

— Et qui vous a donné cette assurance de vous-même?

— L'étude.

— Quel genre d'étude ?

— L'étude de l'amour.

— Vous en faites une science?

— La plus abstraite de toutes, attendu qu'on n'y procède que par inconnues, comme en algèbre.

— Ainsi, pour vous, l'amour est une affaire de mathématiques?

— Un calcul de probabilités, pas autre chose. Je pose le problème, j'établis les formulés, et je dégage l'inconnue. Rien de plus simple.

— Vraiment vous mériteriez une chaire au Collége de France et un fauteuil à l'Institut... le quarante-unième....

—Cela viendra peut-être, en reconnaissance des services rendus. Je compte ouvrir, à mon retour à Paris, une clinique des maladies morales à l'usage des infirmes de l'amour.

— Et vous traiterez vos malades gratis ?

— Naturellement.

— C'est très-philanthropique. Mais le remède ?

— Le remède c'est, pour les gens oisifs, de ne considérer la femme que comme un jouet, un meuble de luxe; pour les gens sérieux de n'en faire qu'un ustensile de ménage, une machine à reproduction.

— Vous parlez de nous avec une désinvolture.....

— Que voulez-vous? Je ne crois pas à l'amour, n'ayant pas encore trouvé de femme qui me l'ait inspiré.

— Et vous l'avouez?

7

— On me connaît. Malheur à qui tombe sous ma griffe. On sait que je ne pratique que par amour de l'art.

— Par amour de l'art! ingrat. Mais toutes ces femmes que vous avez séduites, elles vous aimaient peut-être, vous.

— Hélas!

— Comment! hélas!

— Oui, au moment de la séparation, il y a toujours des pleurs, des cris, des attaques de nerfs, des grincements de dents, des cheveux arrachés....

— Autant de preuves d'amour.

Il se leva et, s'appuyant sur le dossier de la chaise-longue où la princesse était étendue :

— Vous y croyez? princesse, vous qui en faites une jonglerie? — j'en ai acquis la preuve à mes dépens. — Ah! nous ne pouvons pas nous regarder sans rire.

— Certainement, j'y crois, — à mes heures. Chez vous, c'est l'amour-propre qui est en jeu; chez nous, c'est le cœur.

— Le cœur! Non, l'esprit.

— Est-ce un compliment? Dispensez-vous-
en ; j'ai horreur des banalités.

— Loin de là. C'est la marque de votre
faiblesse, car cet enivrement continuel de
l'esprit vous transporte au-delà de la réalité et nous donne sur vous l'avantage du
sang-froid.

— Dites tout de suite que nous sommes des
poupées à remontoir.

— Toujours de l'esprit. C'est cela qui vous
perd. L'homme qui sait en profiter et y répondre ne rencontre jamais de cruelles.

— Alors, vous avez été bien maladroit. La
théorie, c'est fort joli, mais la pratique, c'est
beaucoup mieux. Vous croyez être un général
d'action, mon cher comte, et vous n'êtes qu'un
général en chambre.

— Ne sonnez pas si haut la victoire; atten-
dez. Il est des généraux qui se laissent vaincre
à la première escarmouche, afin d'essayer leurs
forces et de juger de celles de l'ennemi.

— Enfin, vous prétendez avoir raison de
toutes les femmes?

— De toutes, à part les vertus granitiques,

et elles sont rares. — Cela dépend de la manière de s'y prendre, de la méthode ; — il faut de la méthode en tout, même en amour.

— De qui tenez-vous cette recette ? Est-ce quelque fakir hindou qui vous en a confié le secret à son lit de mort?

— Ma recette n'est que le résultat de mes observations personnelles.

— Voyons-la.

— Pardon, où serait l'avantage si je vous la livrais?

— C'est une invention ; je vous l'achète.

— Votre prix ?

— Ma main à baiser.

Et elle lui tendit une main qu'il effleura des lèvres.

— Maintenant que le contrat est signé, reprit-elle : la recette?

— Mon Dieu, princesse, pour séduire les femmes, il y a trois moyens : l'audace, le respect, la fascination. Avec ces trois moyens, on est toujours sûr de réussir, à la condition d'être assez intelligent pour s'en servir habilement, suivant chaque nature de femme.

Voilà les trois moyens que j'ai toujours
employés et que l'usage m'a garantis. Avec
les femmes dominantes, j'ai usé de l'audace.
Avec les femmes timides, j'ai usé du respect.
— On prend la femme en entrant de plain-pied
dans son élément. — Enfin, avec les femmes
supérieures, j'ai usé de la fascination.

— La fascination? demanda la princesse,
tendant curieusement la tête vers Raoul.

— C'est ma réserve, quand j'en suis réduit à
la dernière extrémité. Mais rarement je me
trompe sur les cœurs de femme. Au premier
coup d'œil, je vois de quelle arme je dois me
servir, dans quelle catégorie je dois les
classer. Maintenant, il y a des combinaisons
comme à la roulette : l'audace respectueuse,
le respect fascinateur, le respect audacieux
même. Ah! princesse, je devine à votre sourire ce que vous pensez de moi. Vous vous
dites : « Ce pauvre comte, est-il assez fat! »
Eh bien! vous reconnaîtrez plus tard que je ne
l'étais qu'à bon escient.

— Oh! jamais je ne vous prendrai au sérieux. Au lieu de me convaincre, vous m'amu-

sez, mais vous m'amusez beaucoup. Et tout le monde n'a pas ce privilége.

Raoul arpentait la pièce à grands pas. Sa voix s'animait.

— O femmes ! s'écria-t-il, toujours la légéreté ! cette maudite légéreté qui s'attache après vous, comme le lierre à la vigne, vous empêche de jeter un regard pénétrant au fond des choses qui vous paraissent frivoles. Vous croyez qu'il ne faut pas de la philosophie, de l'observation, de la réflexion, pour prendre chaque femme suivant sa nature. Savez-vous que j'ai étudié le cœur humain à mes risques et périls, avec la même patience que le médecin disséquant un cadavre, le scalpel à la main. — Un sourire sardonique plissa le coin de ses lèvres, et il ajouta : — Justement, je suis en train de mettre la dernière main à un opuscule ayant pour titre : *Le manuel de l'apprenti* Don Juan. Vous me permettrez de vous l'offrir, princesse, dès qu'il aura paru ?

— Merci, de votre cadeau à la mode du Japon. Revenons à la fascination.

— Je vous ennuie, princesse ?

— Du tout, cela m'intéresse infiniment. Je me figure que je suis à une conférence; c'est à la mode.

— La fascination , poursuivit-il , est un don magnétique qui n'existe pas chez toutes les natures. Pour qu'elle puisse s'exercer fructueusement sur un sujet quelconque...

— Un sujet?

—.J'emploie les termes scientifiques. Cela vous choque?

— Non, continuez.

— Pour qu'elle puisse s'exercer fructueusement sur un sujet quelconque, dis-je, il faut que le fascinateur ait une nature nerveuse, irritable, impérieuse, qu'il soit doué d'une énergie morale supérieure à celle du sujet fasciné.

— C'est tout bonnement du magnétisme.

— C'est de l'électricité animale, d'où dérive le magnétisme. C'est l'influence d'une volonté supérieure sur une volonté inférieure. Que l'homme est donc niais de s'escrimer à conquérir le cœur d'une femme par des bouquets par des madrigaux, par des déclarations

ineptes, quand la pression naturelle de la
main à une température moite, quand un regard d'une fixité profonde, peut, sans aucun
autre effort, lui assurer une victoire qu'il
mettra deux ans à gagner... ou à perdre. Voilà
bien la bêtise humaine! On aime et on ne sait
pas ce que c'est que l'amour. On s'étonne de
ne pas être aimé, et on ne s'est pas serv
des dons que la nature a mis à notre disposi-
tion. Ah! princesse, le vrai langage de l'amour
n'est pas celui de la parole, c'est le langage
des yeux.

— Bravo! orateur, mais assez de théorie,
je voudrais un exemple pratique à l'appui.

— Qu'à cela ne tienne. Vous le verrez sur
vous.

— Sur moi! Oh! de plus fort en plus fort!

— Cela vous étonne? Si je vous disais que
demain vous m'aimerez.

— Franchement, monsieur le comte, je ne
vous croirais pas.

— Et que vous me le direz.!

— Encore moins. Ainsi, c'est un pari?

— C'est un pari, dont l'enjeu est la conséquence de ce pari.

— Je n'aime pas les équivoques; expliquez-
vous.

— C'est-à-dire que le perdant sera à la
merci du gagnant, que, si c'est moi qui gagne,
vous serez le prix de la gajeure.

— Et si je n'acceptais pas?

— Vous me feriez croire que vous n'êtes
pas sûre de vous. Or, quand on doute de soi,
on est bien près de perdre. Dailleurs, vous me
devez une revanche.

— C'est juste. — Eh bien ! J'accepte; mais,
à votre tour, si vous perdez ?....

— Vous disposerez de ma fortune et de ma
vie, je les tiendrai à votre discrétion.

— Votre fortune! je n'en ai que faire. Mais
votre vie.... vous y tenez donc bien peu ?

— Si peu que je n'ai plus qu'une curiosité :
la mort, parce que la mort est l'inconnu.
Qu'est-ce que la vie ? Un ressort qui se dévide
dans le même cercle jusqu'à la fin de son remontoir. Boire, manger, dormir, débiter un

7.

certain nombre de mots classés dans un voca-
bulaire invariable : voilà les phénomènes que
ce ressort ramène aussi périodiquement dans
l'existence de l'homme, que les heures sur le
cadran d'une horloge. Est-ce donc bien amu-
sant? Cela me fait l'effet d'une vieille maîtresse
que l'on conserve par habitude, et dont on est
enchanté d'être débarrassé, quand un ami
obligeant veut bien vous rendre ce service.

Il n'y a, entre la vie et la la vieille maîtresse,
que cette différence : c'est que la vieille maîtresse, on y revient quelquefois; la vie, jamais.
Vous voyez que je n'aurais pas grand mérite
à vous en faire l'abandon. Cependant....

Son front s'assombrit, un soupir coupa la
phrase commencée.

— Cependant? insista la princesse.

— Rien.

— Vous alliez manifester un regret.

— Non, non.

— Le pari tient toujours?

— Plus que jamais.

— Et la lice sera close ?

—Demain, même heure, si cela vous convient.

La princesse jeta les yeux vers la pendule, enclavée dans le marbre de la cheminée :

— Minuit et demie. Soit ! répondit-elle. — Puisque la vie vous pèse tant, saisissez l'occasion de vous en défaire, perdez.

— Et l'amour-propre !

— C'est vrai, j'oubliais que l'amour-propre est le régulateur de votre conduite, messieurs. — Me direz-vous de quelle arme vous allez vous servir ? De l'audace, du respect, de la fascination.

— Si je vous le disais, vous seriez prévenue, et d'ailleurs vous êtes assez perspicace pour le deviner. N'est-ce pas assez déjà de n'avoir qu'à parer?

— A quand la bataille ?

— Peut-être demain, peut-être dans une heure, peut-être dans deux, vous verrez.

— C'est de la guerre de francs-tireurs, cela.

— Tenez-vous sur vos gardes.

— Et si, dans l'ardeur du combat, l'Amour vous décochait un trait perfide et vous atteignait au défaut de la cuirasse ?

— Pour le viser, il faudrait le connaître, et je ne le connais pas moi-même.

— Mais enfin, le hasard...

— Eh bien! je remercierais le hasard.

La princesse eut un soubresaut, et le fixant avec un air de réelle stupeur :

— Comment! vous! un blasé!

— Eh! pourquoi suis-je blasé? s'écria-t-il avec un rire forcé, comme exhumant ses impressions de la tombe de son cœur. Parce que, cherchant l'amour, je n'ai rencontré que le caprice. Et le caprice n'est que « l'article de Paris » de l'amour. Il y ressemble à s'y méprendre, comme de loin le strass ressemble au diamant. Parce que, lancé trop jeune dans le tourbillon des passions, j'ai voulu goûter à tout et que, dans ma fièvre d'inconnu, je ne me suis arrêté qu'à la surface des choses, trop pressé de vivre pour prendre le temps d'approfondir et trop inexpérimenté pour discerner le vrai du faux. Mes vingt ans me poussaient à l'amour, mon imagination me le faisait entrevoir comme le bonheur suprême, et, séduit par le miroitement de mes illusions, je gaspillais à tort et à travers les étamines de ma jeunesse. Chaque fois, je me figurais avoir mis la main sur l'élue de mon âme, et chaque fois, je reconnaissais que plus j'avançais, plus je me trompais.

Au lieu de me laisser aller au libre courant de mes impressions, je me forçais l'imagination, je voulais aimer à tout prix. Je me persuadais que la première venue était la femme de mes rêves, et quand, épuisé par cette contrainte morale, je redevenais moi-même, l'incendie s'éteignait comme un feu de paille. J'ai devancé les âges de la vie, je n'ai pas eu la patience d'en attendre les phases; voilà mon tort. Mais mon jugement était faussé; il était trop tard. Alors, le découragement m'a saisi tout à coup, mon cœur s'est contracté, j'ai réfléchi, et le passé m'a semblé si ridicule, si mesquin, que j'en ai ri, mais de ce rire aigu qui déchire au lieu de cicatriser. Qu'est-ce que l'amour? me suis-je dit. Un enfantillage qui se traduit par un désir honteux que l'imagination poétise. Qu'y a-t-il, au fond, de plus vil, de plus bas, de plus immonde, que cette

attraction bestiale qui unit deux êtres dans
une étreinte écœurante? A quoi bon s'absorber
dans des extases mystiques, pour arriver
à cette solution dégradante? — Eh bien!
non, je mentais! je mentais à moi-même!
C'était l'envie qui me faisait parler ainsi. J'as-
pirais encore à l'amour, et si je m'en moquais,
si je le vilipendais, si je le traînais dans la
fange, c'était par dépit. Je le voyais s'épanouir
autour de moi et j'enrageais. Tout le monde
en aura eu sa part, pensai-je, et moi, je mourrai sans avoir su ce que c'est. Alors la tentation me faisait faire un pas en avant, mais le
spectre de mes erreurs surgissait en ricanant,
et je reculais, craignant une nouvelle déception.
Cela devait être si bon pourtant! Ah! quelle
femme saurait comprendre que l'enveloppe du
blasé n'était que factice? quelle femme briserait
la couche de glace qui entourait son cœur?
quelle femme le ferait renaître de ses cendres?
Je l'appelais, cette femme! et au pressentiment de l'amour, je la fuyais, je me renfermais
en moi-même, comme une sensitive à l'approche
de la tempête. Ah! tenez, princesse, puisque je

vous fais ma confession, autant vous la faire jusqu'au bout. Dussé-je souffrir, dussé-je me tromper encore une fois, j'aime!...

A ce coup droit, il s'était arrêté net. Le dos appuyé contre le marbre de la cheminée, la tête rejetée en arrière avec un abandon plein de grâce, l'œil étincelant au fond d'un abîme d'amertume, une main sur la garde de son épée, l'autre dans l'entre-bâillement de son pourpoint il était réellement beau, beau d'une de ces beautés surnaturelles, où l'âme transpire à travers le corps et le revêt de son rayonnement.

La princesse, sous le charme de sa parole, s'était soulevée sur le coude, le corps en avant, la tête tendue.

Il reprit lentement, tandis que son regard se rembrunissait, comme si un nuage l'eût éclipsé soudain : — Oui, j'aime, et c'est ma punition. Pour la première fois, ma conscience me crie : « Es-tu heureux, aimé, estimé? Non. Que de victimes tu as laissées sur ton passage ! que de larmes tu as fait couler, pour la gloriole de ton amour-propre! Ne te sens-tu pas seul, abandonné? As-tu des amis? Non, tu en as eu trop pour en avoir un vrai. Es-tu tranquille? Non, chaque jour, une créature perdue par toi accuse ta lâcheté. Oh! n'attends pas que la vieillesse dessèche les cordes de la sensibilité. N'attends pas que ton égoïsme fasse le vide autour de toi. C'est si triste de mourir sans espoir, sans consolation! Réveille ton cœur engourdi, réchauffe-le au contact de l'amour. Alors tu seras heureux.

— Vous avez des remords, vous? Héla prince cessé avec une pointe d'ironie.

— Raillez, raillez, répondit-il, avec un accent d'amertume croissante, vous en avez le droit. Moi, l'homme blasé, j'ai un cœur, je souffre, et ma douleur se dissimule sous le vernis d'un sourire. Mon cœur se brise, et je ris et je plaisante. L'habitude de la souffrance m'a fait tomber dans le cynisme. On me croit insensible parce que je me raidis, on me croit fort, parce que je m'étourdis, et je ne suis qu'un homme. Apparence! mensonge! comédie! toujours comédie! La vie n'est qu'un long bal masqué. Ces plaisirs dont j'entends l'écho grincer à mes oreilles m'irritent et m'énervent. Le spectacle du bonheur des autres, de ce bonheur bête tant il est simple, envenime ma jalousie. J'essaye de me prouver qu'il est ridicule, mais au fond, je l'envie. Ah! je suis las de poser pour le monde. J'ai assez de vivre avec les nerfs, je veux vivre bêtement, je veux me reposer, en reprenant mon naturel. A bas le masque! — Pas de famille! pas de femme! pas d'enfants! pas d'amis! Ma famille se réduit à un oncle que je n'ai jamais vu. Des femmes que j'ai séduites, aucune ne m'a aimé; elles ont toutes succombé à un moment de délire pour me maudire après. Des enfants, j'en ai peut-être, mais je ne les connais pas. Mes amis d'aujourd'hui se diront demain, au milieu d'une conversation: « A propos, vous ne savez pas la nouvelle? le comte est mort. — Ah! » Ce sera toute mon oraison funèbre. Je suis un trouble-fête, je bouleverse les ménages, je brise souvent l'existence d'un honnête homme; de tout cela que me revient-il? La haine du monde et le mépris de moi-même.

— Pauvre ami!

Il poursuivit, comme se parlant à lui même:

— Qui me tendra la main? Qui me croira maintenant? Il est trop tard; je suis à l'index. Je suis l'homme suspect que l'on se montre au doigt et dont on se gare. Si l'on m'entoure, si l'on me fête, si l'on me flatte, c'est parce que l'on redoute la griffe du lion. Voilà le seul sentiment que j'inspire: la crainte. Ah! si, pourtant, j'amuse quelquefois; on m'encense devant et l'on me déchire derrière. Mais à quoi bon rouvrir la plaie? Le bonheur n'est pas pour moi.

Il alla, fiévreux, s'adosser contre l'embrasure de la fenêtre et huma longuement l'air frais de la nuit, le regard noyé dans les vagues de sa pensée.

Il y eut un temps de silence.

La princesse contemplait cet homme qui venait de se rendre d'une façon si pathétique, si touchante, si vraie, ce fort qui s'avouait faible, qui descendait de son piédestal, qui abdiquait et n'en était que plus grand.

Elle était émue, elle sur qui la pitié n'avait plus prise depuis longtemps.

Quel empire exerçait-il donc sur elle?

Il continua, voyant passer les masques à travers la jalousie baissée :

— Heureux masques! ils chantent, ils rient, ils dansent. Ils croient à quelque chose, quand ce ne serait qu'au plaisir du moment. Cela doit être bon de croire, cela doit éviter ces fatigues de l'esprit qui n'aboutissent qu'au désenchantement. Oui, pour être heureux, il ne faut pas réfléchir, il faut croire, croire aveuglément, croire en Dieu, croire au bien, croire à l'amour, croire à n'importe quoi, enfin croire. Tout le temps qu'on croit, on se repaît d'illusions, on se figure ce qu'on désire, on vit des fantaisies de l'imagination, et à force de se les imposer, on leur donne une couleur de réalité. Je voudrais bien croire, moi, mais je ne puis pas ; le doute traverse obstinément mon esprit. Non, je ne puis pas, c'est plus fort que moi.

Il vint se rasseoir aux pieds de la princesse.

— Je ne puis pas, pourquoi? Parce que personne ne m'aide. Mais si celle que j'aime se donnait la peine d'entreprendre cette résurrec-

tion, je me laisserais conduire par un fil, comme
un enfant ; je ne verrais que par ses yeux, je
croirais à tout, du moment que je croirais en
elle ; je marcherais dans un sentier de roses.

Il lui prit les mains et les serra convulsivement, puis, attachant ses yeux aux siens avec
une expression de tendresse suppliante :

— Oh! comme je saurais aimer cette femme !
Comme je dégonflerais mon cœur des trésors
infinis de tendresse accumulés depuis si longtemps ! Je l'aimerais d'autant plus sciemment,
que j'ai vécu, que j'ai vu, que j'ai comparé,
que j'ai souffert. Son amour serait le salut !
Qu'elle ne repousse pas ce malheureux ! Qu'elle
étanche la plaie sanglante de son cœur !
Qu'elle ne le rejette pas dans les tortures du
passé ! Qu'elle change la face de l'avenir ! Il
attend, palpitant à ses pieds, l'arrêt qui doit
décider de son sort. Sa vie est suspendue à
ses lèvres. Elle n'a qu'un mot à dire. Ah ! ce
mot qu'elle le dise !

En parlant, il s'était glissé à ses genoux.
Il avait enroulé un bras autour de sa taille,
couvrant de baisers de feu une main qu'elle

lui abandonnait. Sa voix avait des inflexions suppliantes et impérieuses. Ses yeux, renfoncés dans leurs orbites, comme pour mieux darder, plongeaient sur elle et la clouaient. Ils brillaient, comme l'éclair, de cet éclat intense qui brûle la vue.

Eblouie, prise de vertige, elle baissa les paupières, renversa la tête et murmura :

— On vous aime ! on vous aime !

Aussitôt, il se releva. Son regard s'éteignit et devint dur et froid comme l'acier. Un sourire railleur se dessina sur ses lèvres. il croisa les bras sur la poitrine et d'une voix sifflante :

— Eh bien ! princesse, ne vous avais-je pas dit que vous m'aimeriez et que vous me le diriez ?

A cette pointe aiguë, la princesse se redressa comme mue par un ressort. Ses yeux s'ouvrirent démesurément. Elle le regarda avec effarement et demeura bouche béante, suffoquée, étranglée, ne pouvant articuler un son, tant le choc avait été violent et inattendu.

Enffn, dès qu'elle fut un peu remise, une

larme de rage roula sur ses joues, elle mit en lambeaux son mouchoir de dentelles, en le tordant dans ses mains crispées, et se ramassant sur elle-même, elle bondit avec un élan de tigresse :

— Ah ! comte, c'est une infamie ! c'est une lâcheté !

— Non, princesse c'est un pari. Souvenez-vous. La lice a été ouverte à minuit et demie et devait être close demain, même heure. Il n'y a que deux heures de cela ; j'ai gagné haut la main et je réclame l'enjeu.

Elle le toisa, et hautaine :

— C'est bien, je paierai, monsieur le comte.

Puis, la réaction opérant subitement, elle éclata d'un rire nerveux, jeta ses bras autour du cou de Raoul, et appuyant avec avidité ses lèvres sur les siennes, elle s'écria avec enthousiasme :

— Eh bien ! oui, je t'aime ! Je t'aime ! parce que tu m'as vaincue. J'ai trouvé mon maître et j'en suis fière ! Votre bras, comte ; allons souper !

XIII.

La foule des masques, se bousculant sur le grand escalier, affluait dans l'atrium, pour se déverser dans les pièces destinées au souper.

Des tables avaient été dressées jusque sous les portiques du péristyle et dans la serre qu'enceignaient ces portiques, tout autour du jet d'eau.

Le triclinium avait été réservé aux intimes.

Des draperies de pourpre, frangées d'or, aux plis artistement creusés, rehaussées de guirlandes de verdure, entremélées de camélias, en tapissaient les murs.

A intervalles réguliers, la draperie s'écartait, soulevée par une embrasse, et démasquait une loge profonde , pratiquée dans l'épaisseur de la muraille.

A l'intérieur de ces loges, était une petite table ronde, entourée, sur trois côtés seulement, de trois lits, et laissant libre un côté pour le service, celui qui était contre le velum de l'entrée.

Chaque lit, couvert d'un moëlleux matelas en plumes, accompagné d'un coussin pareil, avait place pour trois convives. Total : neuf convives pour chaque loge.

Au plafond , une lampe romaine à sept becs était suspendue par une chaînette dorée.

En dehors, contre les panneaux plains qui les séparaient les unes des autres, étaient alignées des statues de dieux.

Tout autour du triclinium, s'étendait une galerie aux colonnades d'albâtre, élevée à mi-hauteur de la pièce, de façon à former portiques en dessous et tribunes en dessus.

Ces tribunes étaient accessibles par un escalier à deux branches, convergeant d'en bas

vers un large palier et divergeant ensuite de
ce palier vers les tribunes.

Face à face : la porte d'entrée, en bronze,
ornée de sujets mythologiques en repoussé, et
encadrée d'un rectangle de moulures.

Au milieu : un buste de Bacchus, en onyx,
sur piédestal de marbre.

Une immense table en fer à cheval l'enser-
rait dans ses deux bras.

Contre la face externe de cette table, étaient
rangés des lits à une place et des chaises d'i-
voire, alternés, — l'usage antique ne permet-
tant pas aux femmes d'assister aux festins,
couchées sur des lits, comme les hommes.

Inutile d'ajouter qu'en temps ordinaire, le
triclinium redevenait salle à manger, les draperies retombaient sur les loges, les lits cé-
daient la place aux chaises, et une table à
rallonges remplaçait le fer à cheval. Le dieu
Bacchus, lui-même, était irrévérencieusement
relégué dans un coin. Les murs seuls gar-
daient leur aspect antique, mais ils étaient
témoins de toutes les commodités du confortable moderne.

8

La princesse tenait le haut du fer à cheval, ayant à droite Raoul, en qualité de noble étranger, et à sa gauche, un ex-ministre des Beaux-arts d'Italie, le commandeur Risotto. Les autres convives étaient échelonnés par ordre de distinction jusqu'aux extrémités des bras du fer à cheval.

Au début du souper, les esclaves avaient offert aux convives des couronnes de roses qu'ils s'étaient posées sur la tête.

Des échansons circulaient, une amphore sur l'épaule.

Quand ils eurent empli toutes les coupes, la princesse leva la sienne :

— A toi ! Bacchus, à toi les honneurs de ce souper ! A toi, la première libation !

Et elle épancha à terre quelques gouttes de vin.

— Puisses-tu ne pas changer le Falerne en Sabine ! C'est tout ce que je te demande, dieu débonnaire, s'écria à son tour le commandeur, un lettré érudit, latiniste, helléniste, archéologue, paléographe, etc., qui d'accord avec

la princesse, s'était costumé en poëte du temps
d'Auguste.

— Que Bacchus emprunte la foudre de son
père, riposta Raoul, et m'en frappe à l'instant,
si tout le monde ne convient pas que la première libation revient de droit à très-haute
et très-noble princesse Léonora Palmieri.

Les coupes s'élevèrent, et un hourrah una-
nime répondit à ce toast.

Le premier service commença par un hors
d'œuvre qui avait quelque ressemblance avec
le caviar.

— Ah! ah! des œufs d'esturgeon! fit le
commandeur. Princesse, c'est à croire que
nous sommes chez Lucullus.

— Je n'ai qu'un regret, mon cher commandeur, c'est de ne pouvoir vous offrir des murènes engraissées de la chair de mes esclaves,
mais la sottise des hommes a inventé une formule qu'on appelle la loi, et cette formule a
l'audace de prétendre que l'esclave est un
homme, et que sa peau lui appartient.

— On ne comprend plus la vie, soupira le
commandeur. Mais j'y pense, peut-être qu'un

nègre serait toléré, car le nègre tient plus de la bête que de l'homme ; c'est une variante de l'espèce des singes. Enfin, princesse, si jamais la fantaisie vous prenait de jeter un nègre en pâture aux murènes de vos viviers, j'en retiens la peau.

— Pourquoi faire ?

— Il y a une éternité que je caresse le rêve de faire relier ma bibliothèque en peau de nègre. Il me semble que ce serait plus doux et plus lisse que le maroquin.

La princesse partit d'un éclat de rire.

— Il y aurait encore plus doux et plus lisse, répondit-elle : la peau d'une jolie femme.

— J'y ai bien songé, mais je n'en ai trouvé aucune qui consentît à insérer ce legs dans son testament. Les unes ne sont pas décidées à en finir avec la vie, les autres préfèrent la poussière du temps à l'immortalité d'un bon tannage.

Mais le commandeur se dandinait sur son lit avec des marques de mécontentement.

Il portait sa coupe à ses lèvres, l'en éloignait, la rapprochait, la reposait sur la table et

la reprenait, buvant à petits coups, comme
pour en déguster le contenu. A la fin, convaincu que ce contenu avait été baptisé à
l'office, il interpella un esclave en ces
termes :

> Toi qui verses le vieux Falerne,
> Esclave, verse-le moins terne :
> Ainsi le veut la reine du festin.
> Qu'une eau sans goût n'altère pas ce vin.
> N'est qu'un Caton qui s'en arrange.
> Bacchus n'admet pas de mélange.

La princesse se retourna.

— Vous vous prenez donc au sérieux ! mon
cher commandeur ? lui dit-elle. La tarentule
poétique ne vous laisse donc pas de trêve ?

Le commandeur était atteint de la déplorable manie de mêler les poëtes latins, surtout
Catulle, à toute conversation, sous forme de
traduction en vers.

— 'Princesse, répondit-il, c'est un souvenir
de Catulle, ode XXVII, livre I. Il s'applique
fort bien à ce maraud d'esclave qui boit votre
Falerne à l'office et remplace par de l'eau le
liquide absorbé.

8.

— C'est le devoir de tout bon esclave. Mais je vais vous désillusionner, en vous apprenant que mon Falerne est tout bonnement du Chiante.

— Ah! laissez-moi me figurer tout du long que je suis Catulle chez Lesbie et que ce Chiante est du Falerne. C'est une illusion qui ne fait de tort à personne et qui me rajeunit de dix-huit cents ans.

La princesse frappa des mains.

Aussitôt, une douce musique se fit entendre derrière une draperie, et un essaim de bacchantes, vêtues court, une peau de panthère sur les épaules, les cheveux dénoués et emmêlés de pampres, s'avança sur la pointe du pied dans la cambrure du fer à cheval et s'ébranla en chaîne autour du buste de Bacchus, qu'elles saluaient de leurs thyrses enguirlandés.

C'était l'orchestre et le corps de ballet du théâtre Apollo.

— Bravo! bravo! cria le commandeur, ̃+! complet! ma lyre! esclave, ma

En faisant mine de s'accompagner sur une écaille de tortue, tendue de nerfs, il déclama:

Vivons pour nous aimer,
O ma chère Lesbie,
Car bien courte est la vie,
Le bonheur passager.

Mais, nous pouvons encore
Revoir, pour notre amour,
Se lever, chaque jour,
Et se coucher l'aurore.

Lorsque pour nous, mortels,
S'éteindra la lumière,
A notre heure dernière,
En baisers éternels,

Dans cette nuit glacée,
Notre bouche, à jamais
Condamnée à la paix,
Demeurera scellée.

Donne-moi cent baisers,
Puis cent autres, puis mille,
Charmante jeune fille,
Donne-m'en des milliers.

Et lorsqu'enfin le nombre
En deviendra trop grand,
De crainte qu'un méchant
Ne vienne d'un œil sombre

Envier ce baiser,
Echangé dans nos fièvres,
Nous brouillerons nos lèvres
En un dernier baiser.

Et il approcha ses lèvres des épaules nues
de la princesse.

— Eh bien ! commandeur, fit-elle, en se ga-
rant.

— Ah ! princesse, c'est dans le programme.

— Allons, je vouc l'accorde, mais n'y prenez goût.

Le commandeur huma silencieusement le
baiser autorisé.

La princesse frappa encore une fois dans
ses mains. On apporta le second service.

Il était représenté par une poularde truffée,
couvant des œufs.

La poularde découpée, un œuf échut à chaque convive.

— Cassez, dit la princesse.

On cassa, et, dans la coquille, on trouva un
bec-figue enroulé de farce.

Les esprits s'échauffaient et les conversations devenaient plus bruyantes, plus pétil-

tantes. Les bons mots se croisaient de tous les points de la table.

— Vous êtes bien entreprenant pour un prêtre, monseigneur, disait une dame de la cour de François Ier à un cardinal Richelieu.

— Bah! je m'en confesserai demain matin.

Un capucin, assis non loin de là, saisit la balle au bond, et rééditant la réponse de Bois-robert à Richelieu :

— A quoi bon me déranger? monseigneur, vous m'avez dit, ce matin, à confesse, que vous ne croyiez pas en Dieu!

— Un mari essuyait les reproches de sa femme, parce que, ne l'ayant pas reconnue sous le loup, il lui avait fait la cour comme à une inconnue et s'était même aventuré fort loin. Il comptait déjà sur une bonne fortune et lui avait offert son bras, lorsqu'à l'entrée du tri-clinium, les loups étant tombés, il avait re-connu sa femme.

— Ah! je croyais que vous ne trompiez pas, monsieur? lui disait-elle ironiquement.

— Eh! ma chère amie, je ne doutais pas que ce fût vous.

— Oh !...

— Et j'ai trouvé cette infidélité dans la fidélité, très-originale.

— A d'autres, mon cher.

— Eh bien ! tenez, j'avoue, chère amie, mais rendez-moi justice. Les arbres dépouillent leur écorce, les terrains se superposent, les oiseaux muent, l'hiver, et se remplument, au printemps ; les villes subissent des démolitions pour faire place à des reconstructions, tout change dans la nature. Trouvez-vous juste que l'homme ne change pas de femme, tous les sept ans, en même temps que son être se renouvelle ? Quand je vous ai connue, chère amie, je n'étais pas le même que je suis aujourd'hui, je me suis renouvelé depuis.

Un Japonais lutinait une Marguerite de Faust.

— Charmante Greetchen, lui disait-il, je vous offre ma main et ma natte.

— Merci, répondait-elle, vous mettriez des cheveux dans mon existence.

A un autre bout de la table, on échangeait des aphorismes.

— Qu'est-ce que le plaisir?

— Le champagne de la vie.

— Qu'est-ce que la tristesse?

— Le crépuscule de l'âme.

— Qu'est-ce que le mensonge?

— La vérité en domino.

— Qu'est-ce que le cœur?

— Un fauteuil à bascule.

— Qu'est-ce que l'amour?

— Le phylloxéra de l'imagination.

— Qu'est-ce que la vérité?

— Autrefois, c'était un flambeau; aujourd'hui c'est une veilleuse; demain, ce ne sera plus qu'un lampion que l'avenir éteindra.

— Qu'est-ce que la raison?

— Le paratonnerre du cœur.

— Qu'est-ce que le bonheur?

— Tout ce que l'on voudra.

Etc., etc.....

L'orchestre ralentissait sa mesure et modérait ses éclats pour ne pas gêner les conversations.

Pèndant ce temps, les danseuses pirouet-

taient sur les pointes, se cambraient, faisaient
des ronds de jambes autour de la statue de
Bacchus, légères, vives, sautillantes.

Le Chiante-Falerne, tout baptisé qu'il fût,
montait au cerveau du commandeur. Par
moments, il était pris d'accès de lyrisme et,
le regard inspiré, sa courone de roses inclinée
sur l'oreille, sa lyre à la main, il se dressait
sur son séant et commençait :

— Je chante....

Mais la princesse lui appliquait aussitôt la
main sur la bouche et le faisait rasseoir.

Elle causait avec Raoul.

— Vous me demandez l'histoire de ma vie,
mon cher comte, disait-elle; le commencement en est trop fade pour que je m'y appesan-
tisse. A dix-huit ans, j'épousai le prince, par
raison de famille. Il eut le bon esprit de me
laisser veuve, après deux années de mariage·

Alors, ce fut une procession de soupirants
qui vinrent m'assaillir, briguant, les uns ma
main droite, les autres ma main gauche. A vrai
dire, la liberté m'était trop chère pour que je

me décidasse à aliéner la droite, j'avais beaucoup plus de tendances à abandonner la gauche. Les candidats étaient donc divisés en
deux camps : la droite et la gauche. Je n'ai
jamais compris qu'un homme fût assez sot
pour rechercher une femme en vue du mariage
quand il peut l'obtenir autrement. Cela prouve
un manque absolu d'esprit et d'expérience.
Aussi, m'amusai-je à entretenir d'espérances
les droitiers, pour les précipiter, sans transition, du haut de leurs châteaux en Espagne
dans les abîmes de la déception. Ce chaud
et froid est d'un changement à vue très-
divertissant, je vous assure. N'éprouvant
plus d'émotions par soi-même, on trouve
une compensation à en provoquer chez les
autres.

Dans ce camp-là, figurait un anglais,
lord Sterley. Celui-là m'aimait à froid; mais
ses assiduités prenaient des proportions telles
que, pour m'en débarrasser d'une façon polie,
je lui dis : « Milord, avant de prendre une dé-
termination, je veux vous soumettre à une
épreuve ; partez, quittez l'Europe pour cinq

9

ans, laissez-moi sans nouvelles, et si, d'ici là, vous n'avez pas changé d'avis, revenez me présenter votre requête. — Et alors vous couronnerez mes vœux ? me répondit-il. — Oui, fis-je, évasivement, de l'air de quelqu'un qui ne dit ni oui ni non.

Je n'avais pas encore l'habitude des hommes que j'ai acquise par la suite, et j'oubliai de me réserver une issue dérobée, en cas d'obstination, car lord Sterley n'était pas un de ces amoureux de comédie qu'une femme coquette peut impunément manier comme un hochet. C'était un homme positif et logique; il prenait note des moindres paroles, comme un agent de change inscrit des ordres de bourse sur son carnet; il raisonnait amour comme il eût raisonné finance. Avec lui, il eût été superflu de badiner sur ce chapitre', son sang-froid le prémunissait contre la coquetterie. Mais, chose bizarre, il me plaisait et m'ennuyait à la fois. Ce qui me plaisait en lui, c'était l'excentricité de son caractère ; ce qui m'ennuyait, c'était la monotonie systématique de sa conversation. Vraiment, je ne sais au juste si, en négligeant de prononcer le peut-être de dégagement, je ne souhaitais pas qu'il revînt, présageant, dans l'indécision d'esprit où je me trouvais déjà, qu'un jour, la liberté me pèserait et que je ne serais pas fâchée de marier mon extravagance à la sienne, et d'aller à sa suite chercher la gloire ou la mort dans une exploration périlleuse. Mais les années s'écoulèrent, et je ne songeai plus à lui.

Ici, se place un incident dont on pourrait tirer un petit acte, à quatre personnages, sous le titre : « L'Huître et les Plaideurs. »

Hier, je recevais; c'était mon jour. Au nombre des visiteurs, était le colonel d'Arsac. Vous connaissez le colonel?

— Un savant, un géographe, distrait comme Brancas.

— C'est cela. Il se trouvait en mission à Rome et avait profité de son séjour pour venir, la veille, se rappeler à mon souvenir, au théâtre *Apollo*.

— Colonel, lui dis-je, dans la conversation,

vous êtes incorrigible avec vos distractions.

— En auriez-vous souffert ?

— J'aurai pu en souffrir.

— Expliquez-vous de grâce, que je me confonde en excuses.

— Il n'est peut-être plus temps.

— Parlez, parlez, de grâce.

— Que jouait-on hier à l'*Apollo* ?

— Oh ! ma foi, je ne l'ai jamais su.

— Que venez-vous faire au théâtre, si vous ne savez pas la pièce qu'on y joue, si vous n'y écoutez pas la musique ?

— Comment voulez-vous que je remarque la pièce et que je prête l'oreille à la musique, quand je vous écoute ?

— Mauvaise excuse, c'est de l'eau bénite de cour que vous me donnez là.

— Il me semble que je vous l'ai prouvé.

— Je veux bien faire semblant de vous croire. Avec qui étiez-vous ?

— Avec vous, princesse.

— Il n'y avait pas que moi dans ma loge.

— Je n'ai vu que vous.

—Encore! Enfin, je continue à faire semblant
de vous croire. Fouillez dans votre poche.

— Vous parlez sérieusement?

— Naturellement, puisque je m'adresse à
un savant. Qu'y trouvez-vous?

Le colonel fouilla dans sa poche.

— Un livre, répondit-il.

— Après?

— Mes gants.

— Après?

— Mon mouchoir.

— Votre mouchoir? insistai-je.

— A moins qu'à mon insu, je ne sois devenu *pick-pocket*.

— Et si vous disiez vrai?

— Je vous prierais de m'arrêter.

— Regardez ce mouchoir.

Le colonel l'examina et, poussant un cri
de surprise:

— Princesse, vous avez raison. Ce mouchoir est un mouchoir de femme, et si je ne
me trompe... mais, c'est le vôtre.

— Mon cher colonel, vous avouerez que
vos distractions deviennent compromettantes.

— Croyez, princesse, que je suis désolé....

— Je vous confie mon mouchoir pour une seconde, le temps de revêtir ma sortie de bal, et vous le fourrez dans votre poche. Que serait-il arrivé, si, par mégarde, vous l'en eussiez tiré au cercle? Ces messieurs, vous voyant dans les mains un mouchoir de femme, n'eussent pas manqué d'en remarquer le chiffre et la couronne, et j'aurais passé pour l'héroïne d'un roman dont vous auriez été le héros, — à bon marché.

— Vous pourriez cependant y mettre le prix.

— Monsieur!...

— Je veux dire que, donnant à ce roman un heureux dénoûment, vous pourriez réaliser la légende du mouchoir, en...

— Je suis fort surprise, monsieur, que vous vous permettiez des allusions d'aussi mauvais goût. Nous ne sommes pas à Constantinople, et vous n'êtes pas le sultan.

— Je regrette, princesse, que vous ayez une aussi déplorable opinion de mes intentions. Dans ma naïve bonne foi, j'espérais que, me venant en aide, vous prononceriez pour moi le sous-entendu.

— Je n'aime pas les sous-entendus.

— En comprenant qu'un savant peut avoir l'esprit ailleurs qu'à la science, et qu'une femme comme vous, princesse, pourrait lui donner un bonheur que, jusqu'ici, il a vainement cherché dans le cercle vicieux des hypothèses.

Vous jugez par quel éclat de rire j'accueillis cette ouverture. J'avais cru avoir affaire à un gaucher, et je n'avais affaire qu'à un vulgaire droitier.

— J'attends votre arrêt, princesse, hasarda-t-il, anxieux.

— Ah! laissez-moi respirer! On ne revient pas ainsi d'un tel étourdissement.

— Dites-moi au moins si mon mal a quelque espoir de guérison ?

— Vous donner une espérance serait peut-être vous ménager une déception, j'aime mieux ajourner ma réponse.

— Et cette réponse ?

— Revenez me la demander dans cinq ans.

— Cinq ans ! soupira-t-il, c'est bien long

— Vous aurez le temps de réfléchir.

— J'ai réfléchi.

— N'importe, acceptez mes conditions, ou rien n'est dit.

— Mais, dans cinq ans, si je persiste, puis-je compter ?...

— Peut-être.

A ce moment, un laquais annonça :

— Sa Grâce lord Sterley.

Je tressaillis. C'était lui, lui, l'ajourné, le revenant.

Il s'avança, raide, grave, flegmatique, et me baisant la main, comme s'il m'eût vue la veille :

— Princesse, me dit-il, il est deux heures trente-cinq à l'horloge de Saint-Pierre ; j'y ai réglé mon chronomètre. Il y a cinq ans, jour pour jour, à pareille heure, minute pour minute, lorsque je vous demandai votre main, vous me promîtes de me l'accorder au bout de cinq années d'exil, si, d'ici là, je n'avais pas changé d'avis. Les fils de John Bull ne changent jamais d'avis, princesse ; il n'y a que les Fran-

çais pour cela. J'ai donc demandé un commandement dans les Indes à l'Amirauté, qui
m'a confié le gouvernement militaire de Bombay, et je suis parti, sans vous prévenir, sans
vous écrire ; vous me l'aviez défendu. J'ai fait
mon temps, princesse, sans manquer à la promesse que vous avez exigée de moi, de vous
laisser ignorer si j'étais mort ou vivant. Je
suis vivant, comme vous le voyez, et je viens
vous prier de tenir vos engagements, comme
j'ai tenu les miens.

Vous devinez notre contenance, au colonel
et à moi. Nous étions pétrifiés d'ébahissement.
Cet anglais était renversant d'exactitude et de
logique.

— Vraiment, milord, répondis-je, avec
quelque embarras, votre retour inattendu,
après cinq ans d'absence, me charme et m'é-
tonne à la fois. J'ai peine à me figurer qu'en
dépit des importantes fonctions que vous oc-
cupiez là-bas, vous vous soyez souvenu d'une
promesse faite en plaisantant.

— En plaisantant ! princesse. Il n'y a que les
Français qui plaisantent.

9.

— Milord, monsieur est français, relevai-je, en désignant le colonel.

— Monsieur doit avoir trop d'esprit pour se froisser de la vérité. Présentez-nous, princesse.

— Le colonel d'Arsac. — Lord Sterley.

— Le colonel d'Arsac ! ce nom ne m'est pas inconnu. Oui, je me souviens... c'est sur le parcours du Gange que j'ai eu la bonne fortune de rencontrer monsieur, en allant assister aux fêtes de Djajernaudt. — Charmé, colonel, de vous retrouver ici, et en aussi charmante compagnie.

Et il lui serra la main, à lui désarticuler le poignet.

— Non moins charmé, milord, répondit le colonel, de serrer la main à l'aimable touriste dont l'influence m'a valu d'assister aux mystères de Siva.

— Quand vous passerez à Londres, colonel, j'habite à Piccadily un hôtel où vous serez toujours le bienvenu.

— J'en profiterai, milord, soyez en sûr, répliqua le colonel ; et, se penchant vers moi, il

. me dit tout bas : « Princesse, vous avez le talent des ajournements, paraît-il. »

— Comme je viens d'avoir l'honneur de vous le dire, princesse, reprit lord Sterley, mon retour des Indes et ma visite n'ont d'autre but que de réclamer le prix mérité d'un volontariat subi sans plainte. Je m'attendais à trouver en vous une femme prête à tenir sa promesse, sur la foi du souvenir, et, lorsque je me présente à terme, fort d'être resté fidèle aux clauses de nos conventions, vous m'objectez que cette épreuve était une plaisanterie !

— Vous conviendrez, milord, que cinq ans, dans la vie d'une femme, peuvent amener bien des changements.

— Vous voulez dire bien des oublis.

— J'étais jeune fille alors, ou plutôt jeune veuve; légèrement, je l'avoue, j'ai promis plus que je n'avais l'intention de tenir.

— Princesse !...

— Je n'avais pas prévu, milord, que vous êtes de ceux qui cotent les promesses au rang des choses dues et vous les rappellent à échéance comme un effet de commerce. Ce n'est pas que vous m'ayez déplu; loin de là. Je ne pouvais trouver, chez un autre, plus de cœur, plus de loyauté, plus de droiture. Comprenant que vous étiez sincère, craignant de vous décourager, j'ai préféré étouffer cet amour par le temps, par l'éloignement, par l'oubli. Vous êtes le même que vous étiez il y a cinq ans, vous venez me remettre en mémoire mes propres paroles, vous réclamez ce qui est devenu un droit, vous êtes dans les limites du traité, et je suis prête à signer, si...

— Achevez, princesse.

— Si vous consentez à m'accorder six mois encore et à subir une nouvelle épreuve.

— Quelque pénible que me soit ce retard, je suis trop gentlemann pour m'y opposer.

— Ainsi donc, milord, c'est convenu?

— Comme il y a cinq ans, princesse.

— Maintenant que tout est réglé pour le mieux, me permettrez-vous de me concerter quelques minutes avec le colonel ?

— Je croyais le colonel géographe.

— Le colonel est mon homme d'affaires, par intérim.

— Je vous laisse, princesse. En attendant votre bon plaisir, je vais examiner vos camélias dans la serre.

— Vous êtes chez vous, milord.

Il y avait bien longtemps que je ne connaissais plus l'émotion. Cette fois, j'éprouvai la commotion que l'on ressent quand la foudre tombe à vos pieds. Le caractère de cet homme m'en imposait. Ma coquetterie s'émoussait contre son impassibilité. Devant lui, je redevenais une femme banale.

Quant à lui, il ne m'aimait pas d'amour. S'il m'eût aimée d'amour, je n'eusse pas subi cet ascendant inexplicable, je l'eusse dominé; il me regardait comme un objet d'art dont il désirait orner son existence. Cet objet d'art, il le poursuivait avec l'acharnement et la patience du collectionneur. Il voulait l'acquérir en propriété, non au prix d'une possession éphémère. C'est pour cela qu'il tenait pour ma main droite, non pour ma main gauche.

J'avoue que j'étais démontée, car j'étais engagée, il fallait tenir. Si je joue avec l'amour au point d'en être cruelle, je n'ai jamais failli au point d'honneur. Lord Sterley invoquait ma parole, je devais la libérer en gentilhomme.

Cependant, j'eusse donné la moitié de ma fortune, pour imaginer un biais qui me dégageât sans me dédire.

Quand je fus seule avec le colonel, je me laissai aller, anéantie, sur un sofa.

— Ah ! colonel ! colonel ! tirez-moi de ce mauvais pas, m'écriai-je.

— Une question, d'abord, m'objecta-t-il. Le n°2 passera-t-il avant le n°1, quoique le n° 1 ait rempli son mandat et ait le droit de priorité ?

— Il est bien temps de faire de l'esprit !

— Du tout, je fais de la logique et je raisonne sur un problème d'algèbre. Deux concurrents se présentent : le n° 1 fait cinq ans de stage. Le jour même du terme du n° 1, le n° 2 obtient du tribunal cinq ans d'ajournement, ce qui, dans la balance des compensations, établit le même poids. Mais c'est ici qu'est le *hic*, le même tribunal fixe un nouveau délai à la requête du premier plaignant et l'inscrit avant le second. — Lequel aura gain de cause? C'est là qu'est l'inconnue.

— Eh bien! résolvez-la, cette inconnue.

— C'est très-commode de charger un avocat, qui n'en peut mais, de réparer les fautes de son client.

— C'est pour cela que vous ne voulez pas m'aider :

A vaincre sans péril, on triomphe sans gloire.

— Si, princesse, si, je vous aiderai, de tout mon faible pouvoir; c'est mon intérêt, puisque vous devez être les honoraires de ma plaidoierie.

— Que comptez-vous faire ?

— Contester l'exactitude de milord Sterley.

— Son chronomètre est réglé sur Saint-Pierre.

— Oui, mais l'heure de Bombay est en avance de dix-sept heures sur l'heure de Saint-Pierre, et vous objecterez que son excès d'exactitude lui a fait brusquer son arrivée de dix-sept heures, ce qui, rigoureusement, est contraire aux conditions du traité.

— Tiens! c'est vrai.

— Nous l'attaquerons dans sa propre manie.

Avec le philosophe, il faut douter de ce qui existe ; avec le mathématicien, il faut prouver ce qui est indubitable ; avec le maniaque, il faut emboîter le pas. J'aperçois justement milord dans la serre, en extase devant un camélia panaché ; désirez-vous que je l'appelle ?

—Faites ! colonel, le plus tôt sera le mieux.

— Milord, la séance est levée, fit le colonel, allant à la porte de la serre.

— Et le résultat de ce début m'est-il favorable ? demanda lord Sterley, rentrant au salon, car je suppose qu'il est relatif à la nouvelle épreuve.

— En effet, milord, répondis-je. Le colonel et moi, nous avons vérifié votre dossier, et nous avons découvert un vice de forme dans la procédure. Il y a matière à se pourvoir en cassation.

— Vraiment, princesse, vous m'étonnez.

— Il était convenu, milord, que vous deviez venir me présenter votre requête au bout de cinq ans, jour pour jour, heure pour heure, — je néglige les minutes.

— C'est juste, princesse.

— Or, dans votre précipitation à atteindre le but. Vous vous êtes présenté dix-sept heures avant la date fixée.

— Je crois que vous faites erreur, princesse.

— L'heure de Bombay est en avance de dix-sept heures sur l'heure de Saint-Pierre ; vous n'avez pas tenu compte de la différence.

— Mille pardons de vous contredire, princesse, mais j'ai prévu le cas et j'ai réglé, à Bombay, par dépêche télégraphique, mon chronomètre sur Saint-Pierre, sans oublier les dix-sept heures.

Il avait tout prévu. Quel flegme !

Je me levai pâle et résignée.

— Alors, dis-je, je m'avoue vaincue, milord.

— Et vous êtes toujours décidée à m'ordonner une seconde épreuve ? princesse.

— Non milord, vous triompheriez de la seconde comme vous avez triomphé de la première. Autant en finir tout de suite.

Mais une inspiration subite venait de m'illuminer l'esprit. Le biais, le fameux biais m'apparaissait simple et foudroyant. Je me redressai vivement :

— En Angleterre, n'est-ce pas? milord, tout a sa valeur, le pain comme l'honneur. Les jeunes miss jouissent de la plus grande liberté ; c'est un moyen de leur refroidir l'imagination. Succombent-elles aux discours d'un séducteur ? la loi inflexible, estimant le délit, suivant la fortune du coupable, lui fait payer une amende proportionnée à son capital. Et l'honneur n'a pas de meilleure sauvegarde que la somme d'argent qu'il peut coûter. Mais est-il une loi qui taxe les écarts de la veuve promise à un autre, est-il une loi qui répare le préjudice d'honneur causé, par ces écarts, au fiancé absent.

— Oui et non, princesse. Cette loi existe, mais elle est purement morale, non organique. Elle réside dans le cœur de tout homme bien né.

Je rayonnais, j'étais sauvée.

— Et, quand ce fiancé, au retour d'un voyage lointain, apprend que la veuve qu'il doit épouser s'est consolée de son absence dans d'autres bras que les siens, que fait-il?

— Il est tout naturellement délié de ses engagements.

— Eh bien ! milord, le colonel est mon amant !

Le colonel sursauta. Il ne s'attendait pas à cette sinécure.

— Princesse !... s'écria lord Sterley, dont l'impassibilité se démentit cette fois et dont le visage s'altéra douloureusement.

— Vous avez omis de stipuler la clause de fidélité, milord, poursuivis-je, impitoyable.

— C'est juste ! répondit l'Anglais, se levant et prenant son parti. — Princesse, ajouta-t-il d'une voix émue, vous êtes libre. Votre main ? cependant ; je vous remercie de votre franchise et tiens à conserver votre amitié.

J'arrive à la conclusion. Quelques heures après, un gaucher se présente, sans précédents, sans droits, et, comme l'arbitre de La Fontaine, c'est lui qui gobe l'huître au nez des deux plaideurs. — Et, tirant de son sein une petite clef d'or, elle la remit à Raoul. — Qu'en dites-vous ?

— Je dis que l'aventure est plaisante, mais, reste le colonel...

—Oh ! celui-là rentre dans mon jeu. Je n'ai pas oublié, avec lui, le peut-être de dégagement.

L'aube commençait à blanchir la baie vitrée qui servait de plafond au triclinum.

La conversation languissait, l'orchestre gémissait ; les danseuses s'alourdissaient. La princesse se leva. On la suivit dans les salons, où le quadrille final retint encore quelques invités qui ne tardèrent pas à s'esquiver avec les premières lueurs du matin.

XIV

Le caractère de Raoul était merveilleusement assorti à celui de la princesse. Ces deux
êtres semblaient faits l'un pour l'autre. Tous
deux, également supérieurs, étaient les effets
du désœuvrement et de l'abus. Tous deux
étaient blasés; mais chacun avait son genre.

Raoul, à force de vivre, avait tari en lui l'essence même de la vie. Il avait vidé jusqu'à la
dernière goutte la coupe des jouissances ter-
restres; il ne lui restait plus rien à désirer,

plus rien à apprendre ; il était saturé de tout, à la dernière puissance ; il était l'expérience incarnée. Les années ne lui amenaient aucune sensation nouvelle ; elles le renouvelaient.

A vingt-six ans, il était vieux comme le monde, plus vieux que le vieillard, arrivé paisiblement au soir de la vie, après une existence laborieusement remplie et écoulée sans secousses. Il n'en avait pas cette sérénité d'âme, cette naïveté enfantine, qui rajeunit la sagesse raisonnée. Il avait la dureté implacable du misanthrope, qui s'irrite des faiblesses humaines, ne pardonne pas à la nature de l'avoir mis au monde, et méprise l'univers en bloc, y compris lui-même. Et cependant, ce caractère n'était pas le sien propre ; c'était un parasite. Ce parasite s'était attaché à son caractère primitif, comme la mousse aux troncs des arbres et, d'empiétement en empiétement, l'avait recouvert d'une couche étrangère. Sous cette couche, son cœur se resserrait parfois à de certains souvenirs, et, pour qu'il se resserrât, il fallait qu'il renfermât encore une étincelle de sensibilité. Il n'était pas mort, il n'était qu'en léthargie. Le contraste bienfaisant d'une âme neuve le réveillerait peut-être.

Dans la grande scène qu'il avait jouée avec la princesse, il avait été sincère. Croyant être comédien, il avait été vrai, et c'est là précisément ce qui avait fait sa force.

Tout gangrené qu'il fût, il n'était donc pas incurable, parce que son cynisme provenait de l'amertume d'une âme dévoyée. Enfant, il avait été bon ; il était donc susceptible de le redevenir. La liberté l'avait abâtardi, qui sait si un doux esclavage ne le régénérerait pas? Pour le rendre à sa nature première, il suffisait d'une antithèse. Il suffisait que l'ingénuité d'une enfant renversât l'échafaudage de ses sophismes, il suffisait que l'innocence donnât un démenti à sa prétendue expérience, il suffisait que la simplicité démontât ses erreurs, il suffisait qu'une échappée d'une autre vie s'offrît à ses observations, il suffisait, enfin, qu'une créature faible l'étonnât.

Le jour où il serait étonné, il ressusciterait.

La princesse, elle, était une de ces femmes hystériques d'imagination qui, nées avec des penchants vicieux, n'attendent que le moment de donner un corps aux rêves malsains qui fourmillent dans leur tête de jeune fille. Celles-là sont perdues virtuellement, avant de l'être effectivement ; si elles ne pêchent pas de fait, elles pêchent d'intention. Elles sont incurables, plus incurables que les filles publiques ; elle n'ont pas l'excuse de la misère et de l'éducation ; ce sont les prédestinées du vice. Que le hasard leur donne un grand nom et une fortune en proportion, elles se servent de ce nom pour assurer à leurs écarts le pseudonyme de l'originalité, et de cette fortune pour lever tout obstacle à leurs fantaisies. Leur position inaccessible les entoure du prestige de l'inviolabilité. L'encens fume sans cesse à leurs pieds, on applaudit à leurs caprices ; ces caprices sont des ordres. Ce qui, chez une petite bourgeoise serait une faute irrémissible, chez elles, n'est qu'une adorable peccadille. Il ne manque pas, dans leur cour, de confesseur accommodant pour leur donner une absolution

anticipée, car, il est à remarquer, bizarre con-
tradiction ! qu'elles sont confites en religion
ou plutôt qu'elles sont en proie à des scrupules
superstitieux.

Bientôt, leur fortune étant complice de leurs
aspirations, elles atteignent les dernières limites de l'extravagance et ne s'arrêtent qu'à
l'impossible, ne pouvant aller au-delà. La vie,
dès lors sans nouveautés, leur devient à
charge; tout, jusqu'à leurs nerfs, est usé; les
émotions se brisent contre leur cœur, comme
les flots de la mer contre les récifs. Pour
faire vibrer leur être, il faudrait que le ciel
tombât, ou que la mer débordât de son lit.
Enfin, il faudrait l'impossible.

Un ver rongeur les mine : l'ennui. Pour rassasier sa voracité, elles tournent leur aigreur
vers l'amour.

Elles en font une jonglerie.

La passion, sous quelque forme qu'elle soit,
est nécessaire à leur tempérament. Elles ont
besoin de jeter leur fiel. Elles souffrent, il faut
qu'elles en rendent le contre-coup. Elles veulent une victime à tout prix, et font de l'homme

10

un jouet qu'elles brisent, après s'en être amusées.

Leur esprit, leur regard, leur personne, tout fascine, en elles. On se laisse ensorceler par le magnétisme étrange qu'elles dégagent, on se laisse enchaîner par leurs mains mignonnes, et on n'en revient pas, car ce sont des sirènes. Leur sourire est un philtre qui enivre et qui tue. Leur regard est un velours qui cache des griffes ; il déchire, il lacère le cœur le mieux gardé. Leur esprit est une arme perfide, qu'elles manient avec une dextérité jésuitique ; il est trempé de poison, comme les flèches des Indiens. Après avoir provoqué les récalcitrants, par leur coquetterie endiablée, et leur avoir, vaguement, fait espérer ce que, souvent, elles n'ont pas l'intention de tenir, elles les traitent tout à coup du haut de leurs grands airs et les enrôlent par numéro d'ordre dans la Légion des Désespérés. Elles se plaisent à aviver la jalousie de ces mille rivaux qui leur sont particulièrement aussi indifférents les uns que les autres, et ne frémissent pas de les exposer à verser leur sang pour elles. C'est une victoire que leur orgueil remporte sur les autres femmes.

Elles n'ont aimé, n'aiment et n'aimeront jamais, mais elles ont des caprices, et malheur à qui en devient l'objet ; car, après avoir goûté dans leurs bras les voluptés fatales d'une passion raffinée, ils tombent, sans ménagements, devant la désillusion instantanée. Nargués finement, dédaigneusement éloignés, leur existence est brisée d'un mot. Qu'importe à ces femmes altières la douleur qu'elles ont suscitée? Elles jouissent du désespoir de leurs victimes et rient de la bêtise humaine. C'est leur unique passe-temps.

Ceux qui ne sont pas victimes de leur beauté sont victimes de leur esprit. Pour se venger, elles ne reculent devant aucun procédé, pas même le scandale. La calomnie est leur agent, et le monde, qui croit plutôt au bien qu'au mal, se laissant endoctriner par leur langue venimeuse, met en quarantaine un homme qu'un tel isolement doit conduire au déshonneur ou à la mort.

Mais, qu'elles rencontrent un adversaire dont

l'énergie affronte leur agaçant manége, que cet adversaire les mâte, les dompte, les brise; elles l'aimeront avec la rage d'une lionne, parce qu'elles auront trouvé leur maître. La haine, conséquence de l'orgueil humilié, livrera contre leur amour un combat dont l'issue sera la fusion de ces deux passions.

L'ennui sera tué. La vie, dès lors, aura sa raison d'être : la lutte.

C'est ce qui arriva à la princesse.

Qu'allait-il résulter du choc incessant de ces deux sphynx? L'avenir nous l'apprendra.

XV

Que le lecteur ne s'impatiente pas trop de ce long intermède. Il était nécessaire d'insister sur le caractère de la princesse et de l'encadrer d'une action qui le mît en relief, car la princesse est appelée à jouer un rôle très-important dans la suite de ce roman. Et puis, ne fallait-il pas attendre que Camélia eût atteint ses seize ans ?

La troisième année touchait à sa fin ; le terme était proche. D'après ses lettres, Camélia avait devancé tous les calculs. Elle aimait

10.

déjà son bienfaiteur, sans s'en douter. Avec un tel atout dans son jeu, il serait facile à notre héros, peut-être trop facile, de triompher d'une femme qui se livrait aussi ingénûment. Et d'ailleurs, oserait-elle refuser ce que tout esclave doit à son maître? Comprendrait-elle la portée de sa soumission illimitée? Le comprît-elle, hésiterait-elle à sacrifier à l'homme qu'elle aimait ce qu'il lui était indifférent de perdre, n'ayant personne, devant qui elle en eût à rougir?

Un jour, il reçut de la maîtresse de pension une lettre qui l'avertissait que Camélia avait passé ses examens supérieurs et était en âge de quitter la pension.

Il fit sur-le-champ ses préparatifs de départ, prit congé de la princesse et revint à Paris.

Le premier mot de Pierre, en revoyant son maître, fut :

— Ah! monsieur le comte, qu'elle est belle!

— Quoi? ma pelisse? répliqua Raoul, croyant qu'il faisait allusion à un superbe manteau de fourrures qu'il avait rapporté de Russie.

— Non, monsieur le comte, mademoiselle Camélia.

— Ah!... tu vas donc souvent à la pension?

— Toutes les semaines, ainsi que monsieur le comte me l'a ordonné.

— C'est bon. Quelle heure est-il?

— Neuf heures du matin, monsieur le comte.

— Je vois bien qu'il ne fait pas nuit.

— Monsieur le comte a raison.

— Fais atteler et va chercher mademoiselle.

L'appréhension d'une effusion sentimentale dans un parloir ne lui souriait nullement; il préférait que cela se passât dans l'intimité.

. . . .

. . . .

. . . .

Il était dans le cabinet à panoplies et se réjouissait de se retrouver chez lui, après trois ans d'absence, lorsque la porte s'ouvrit avec fracas, et une trombe s'engouffra dans ses bras.

C'était elle !

XVI

Après le premier assaut de caresses, il prit
le loisir de l'examiner et de comparer la jeune
fille d'aujourd'hui à l'enfant d'autrefois.

Comme ces trois années l'avaient modifiée !
C'était toujours les mêmes traits, la même
beauté sauvage, tempérée par une expression de douceur angélique, mais l'enfant
avait pris la taille élancée et les contours ar-
rondis de la jeune femme. Son visage, sa personne s'étaient développés, sans s'écarter des
données premières. Ses yeux avaient le même

éclat, le même charme velouté. Ses cheveux, toujours aussi indomptables, se tordaient en capricieuses arabesques sur le front et retombaient en boucles annelées sur les épaules. Ses petites mains étaient devenues blanches et douces, comme celles d'une patricienne. Ses pieds mignons, maintenus dans des chaussures fines, avaient pris le modelé délicat des pieds paresseux qui ne foulent que les coussins d'une voiture ou les tapis des salons.

Elle portait avec une distinction naturelle son costume de pensionnaire, dont la simplicité dessinait la richesse de ses formes.

Raoul la détaillait en connaisseur.

La femme était éclose. A lui, maintenant, de retoucher cette dernière épreuve. A lui d'en faire jaillir l'étincelle de l'amour. A lui d'embraser cette imagination novice et de s'y détacher, comme sur un fond lumineux! A lui d'allumer la mèche et de la surveiller, se rongeant elle-même, jusqu'à ce qu'elle transmette le feu à la poudre! A lui de cueillir délicatement le lys immaculé, dont le calice se penchait vers lui, prêt à humer le premier baiser! A lui la primeur de ce fruit savoureux, qui s'offrait innocemment à la piqûre du serpent. A lui, l'avenir! Son œuvre commençait.

— Vous me trouvez donc bien changée? s'écria Camélia, rompant le silence.

— Oui et non. Vous êtes toujours la même, à cela près que je vous ai quittée enfant et que je vous retrouve femme.

Et, lui offrant le bras, il la conduisit à la salle à manger, où le déjeuner était servi. Elle l'accepta avec une aisance parfaite.

La journée se passa en tête à tête, Raoul se laissant bercer par le babil de la jeune fille. Elle en avait tant à lui dire depuis trois ans!

Il écoutait, répondait peu, et étudiait, afin de se tracer une ligne de conduite.

Ils ne se séparèrent que fort avant dans la nuit.

Raoul ne put fermer l'œil. Il la revoyait devant lui, souriante et candide, avec ses grands yeux de flamme, dont l'expression était pourtant si douce. Il se délectait à cette vision, la rappelait quand elle commençait à s'évanouir, tendait les bras pour l'enlacer, et ne saisissait qu'un fantôme.

Lui, qui riait de l'amour, lui, qui jouait témérairement avec le feu, venait-il déjà de s'y brûler les ailes ?

Sa première nature, la bonne, lui conseillait de poser le armes, mais la seconde, la mauvaise, la parasite, celle qu'il s'était fabriquée dans les heures de dégoût, celle qu'il avait légitimée, au détriment de la vraie, lui soufflait : « — N'écoute pas cette voix trompeuse; elle jalouse l'empire que je lui ai ravi ; c'est une aveugle qui ne te mènera qu'à la déception. Fie-toi à moi. Je suis fille de l'expérience, je t'ai fait vivre mille ans en quelques années, je t'ai donné la raison d'un vieillard dans le corps d'un jeune homme. Ne te laisse pas prendre au mirage qui éblouit ton imagination en délire, garde ton cœur contre l'amour. Aimer, c'est faiblir. Faiblir, c'est tomber au niveau du vulgaire. Crains les ciseaux de Dalila, affronte la tempête, surmonte-la, mais ne cède pas; un étourdissement te précipiterait dans le gouffre. Renferme-toi dans ton égoïsme. Souffre, s'il

le faut, — la souffrance est une âpre jouissance. — Ris de tout, ris de toi-même ; c'est
le seul moyen de rester fort. Sème l'amour
autour de toi, récolte-le ; mais si cette semence
maudite menace de germer en ton cœur, ar-
rache-la comme une mauvaise herbe, cautérise
la place où elle aura pris racine, afin d'opposer
l'aridité sans retour à une fécondité opiniâtre.
Plane, mais ne déchois pas. »

Il se débattait entre ces deux voix.

La seconde l'emportait sur la première de
toute la supériorité acquise par une familiarité
constante.

Puis, ses scrupules l'assaillaient. Cette belle
jeune fille, pure, aimante, confiante, il l'avait
recueillie, il l'avait fait élever, il en avait tiré
une femme de son monde, pour la traîner lâ-
chement au déshonneur ! N'était-ce pas un sacrilége ? sacrilége d'autant plus coupable que
la victime marchait d'elle-même au supplice,
qu'elle tendait la tête au bourreau. Un moment,
— sa première nature, la bonne, reprenant le dessus, — il eût l'idée de l'épouser : ce ne fut qu'un éclair. Epouser une

mendiante ! Il est vrai qu'une mendiante honnête vaut mieux qu'une fille de boursier véreux ou qu'une limonadière provocante, mais il avait passé l'âge où les faiblesses du cœur excusent une mésalliance.

Et, plus sa rêverie le poursuivait, plus sa passion grandissait. Passion est le mot plutôt qu'amour, car ce qui l'agitait, c'était la fièvre de l'inconnu, la soif du nouveau, non le sentiment pur, suave, enchanteur, qui endort l'âme dans une volupté nonchalante. — Allait-il sottement échouer au port, quand la barque dépendait de lui, quand le gouvernail était dans sa main? Non. Il s'était proposé un but à atteindre, il fallait y arriver à tout prix. Pour cela, l'homme devait s'effacer devant l'artiste.

Le cynique reparaissait alors. Il dressait son plan, combinait ses moyens d'action, four-bissait ses armes, prévoyait les éventualités, calculait l'heure précise où son œuvre aurait atteint le degré de perfection, voisin de l'idéal, et savourait en gourmet des jouissances loin-taines, centuplées par des désirs comprimés, par la satisfaction du chef-d'œuvre accompli.

La produirait-il dans le monde ? La clôturerait-il chez lui ? Son esprit flottait entre cette alternative. La produire dans le monde : c'était risquer de fausser sa nature, au contact de la coquetterie, ternir son imagination d'un souffle malsain, l'exposer à entendre les flatteries d'hommes mal intentionnés, éveiller en elle des aspirations dont il tenait à se réserver le monopole ; c'était risquer enfin de voir un héros autre que lui-même s'implanter dans son cœur. Et puis, la société l'accepterait-elle ? La croirait-on réellement sa pupille ? N'y verrait-on pas une maîtresse déguisée ? N'irait-il pas au-devant d'un affront ?

Tandis que, la renfermant chez lui, sous charte privée : il la manierait à son aise, loin des regards profanes, il ne lui inspirerait que ce qu'il voudrait qu'elle sût, à l'heure où il le jugerait convenable, il la réglerait au jour le jour, sans qu'une langue hardie vînt à l'encontre de ses projets. Elle ne verrait que lui, ne connaîtrait que lui, n'entendrait que lui ; il n'y aurait que lui au monde.

Il s'arrêta à cette dernière solution.

* * * * * * * *

* * * * * * * *

* * * * * * * * *

Camélia, de son côté, ne dormait pas. Mais de tout autres pensées la tenaient éveillée. Le passé défilait devant ses yeux et projetait des souvenirs dans sa mémoire comme les verres d'une lanterne magique. Elle suivait la filière des événements, qui, d'étape en étape, la ramenaient au présent. Elle cherchait à définir cette molle langueur qui l'engourdissait dans des spasmes délicieux, pressait son cœur de battements précipités, soulevait sa poitrine de soubresauts haletants. Et toujours la même image apparaissait rayonnante à ses yeux : Lui ! Cette image, elle lui souriait, elle l'appelait. Quand ses paupières se baissèrent ses lèvres murmuraient : « Raoul ! Raoul ! Raoul ! »

XVII.

Le lendemain matin, il la trouva dans la serre, occupée à un ouvrage de broderie.

Il s'assit à ses côtés.

—Ma chère Camélia, lui dit-il, vous entrez dans une vie qu'on vous a sans doute dépeinte sous un jour autre qu'elle est réellement. Ne croyez pas, sans restrictions, le tableau qu'on vous en a tracé. Ce qu'il convenait d'atténuer à votre esprit de jeune fille doit se dévoiler à votre esprit de femme. Il est des usages, des conventions sociales dont on fait des mons=

truosités aux jeunes filles, mais que le monde
indulgent tolère et accepte. A la pension, on
ne vous a mis entre les mains que des livres
d'étude; il convenait alors de vous enseigner la
vie théorique; aujourd'hui, il convient, au contraire, que vous connaissiez les livres que l'on
vous défendait ; ils vous apprendront la vie
pratique. Les romans, quand ils sont bien
faits, sont le miroir de la vie intime.

Vous lirez quelques ouvrages de choix, qui
vous mettront à même de causer un peu de
toutes choses, avec connaissance de cause.
Laissez-vous guider par moi dans ces lectures.
Vous y trouverez un agrément véritable, peut-
être des conseils utiles. Pour commencer,
prenez sur le premier rayon de la bibliothèque,
à partir de la gauche, le deuxième volume des
poésies d'Alfred de Musset. C'est de fort beaux
vers ; étudiez-les attentivement; vous me ferez
part ensuite de vos impressions.

— Je ferai tout ce que vous m'ordonnez,
mon cher tuteur, ce ne peut être que bien.

Il se mordit les lèvres.

— Et si vous y découvrez, continua-t-il,

quelque sentiment poignant, toujours présent à la pensée, qui jette un reflet en vous-même, un sentiment enfin, que vous ne vous soyez pas donné la peine d'approfondir jusqu'ici, ne vous en étonnez pas, méditez. Cela vous éclairera.

Elle courut à la bibliothèque, prit le volume désigné et se retira au fond de la serre, laissant Raoul écrire dans son cabinet.

Celui-ci l'épiait de l'œil par la baie vitrée qui était ouverte sur la serre. Il était curieux de voir l'effet que produiraient sur l'imagination de la jeune fille ces pages sublimes, où l'amour, suivant le caprice du poète, s'élève si haut ou tombe si bas.

Camélia leva bientôt la tête et s'abîma dans une profonde rêverie, le regard rivé sur un point imaginaire, fixant et ne voyant pas.

Tout à coup, elle se leva et se promena de long en large, le doigt pris entre les feuillets du livre fermé.

Mais, peu satisfaite du résultat de sa méditation, elle vint à lui, et lui prenant la main :

— Monsieur mon maître, est-ce que, quand

on aime, on ne songe qu'à la personne que
l'on aime? Est-ce qu'on la trouve meilleure,
plus parfaite, plus belle que toutes les autres?
Est-ce que toutes vos pensées se dirigent vers
cette personne aimée, sans qu'il soit possible
de les en détacher?

— Oui, ma chère Camélia.

— Ah!... Eh bien! mais... Oh! non.

— Quoi donc?

— Rien.

— Cependant?...

— Non, vous vous moqueriez de moi.

Il n'insista pas, et pour cause; il croyait
préférable de ne pas brusquer le dénoûment.
Camélia n'était pas encore mûrie par la
série d'épreuves qu'il projetait de lui faire
subir. Saisir l'occasion de suite, eût été une
faute. Le cœur de la jeune fille n'était pas
suffisamment fait aux sensations de l'amour,
pour qu'il se donnât avec cette ardeur qui
résulte des passions concentrées. Le sous-entendu qu'elle venait de laisser échapper était
plein de promesses, il est vrai; c'était l'aveu
naïf d'un amour que, depuis longtemps, elle

portait dans son sein, à l'état d'embryon, et que ces quelques pages de Musset venaient de lui révéler, derrière un nuage. Mais, avant de toucher le but, il voulait que ce nuage se fût dessillé complètement, il voulait que cet amour à naître se développât, qu'il prît un corps, qu'il vînt au monde; que, venu au monde, il se nourrît, se fortifiât, se repliât en dedans, qu'il apprît à se connaître, qu'il se familiarisât avec lui-même; que, grossi par les rêveries journalières, il prît les proportions d'une passion invétérée, irrésistible, qu'il s'enracinât, qu'il luttât, qu'il vécût d'espoir et de découragement. Il voulait que la jalousie le cinglât, estimant que la souffrance rend plus précieux ce qui la provoque, par les larmes qu'elle coûte. Il voulait, enfin, que des causeries habiles le tînssent en éveil, jusqu'à ce que, rongé par ses plaies, poussé au paroxysme, il se trahît lui-même. Alors, le moment serait venu.

— Vous n'avez jamais lu de romans, Camélia? dit-il, donnant un autre tour à la conversation.

— Jamais. Je n'ai lu que les livres d'étude que l'on me mettait entre les mains.

— Quelquefois, par fraude, il s'en introduit dans les maisons d'éducation, et les jeunes filles se les passent de main en main.

— Je n'ai jamais eu l'idée d'en profiter. D'ailleurs, quand je voyais mes compagnes, ce n'était que sous les yeux d'une surveillante spéciale.

— Alors, vous ne connaissez rien de la vie parisienne?

— Rien, absolument.

— Et vous avez laissé quelques amies à la pension?

— Une seule.

— Laquelle?

— La fille d'un général en retraite, Alice de Trois-Ponts. Vous me permettrez de lui écrire et de la prier de venir me voir?

— Plus tard, quand nous serons installés.

Un domestique vint annoncer : Madame la princesse Palmiéri.

Raoul tressaillit :

— La princesse !

11.

La princesse entra, souriante, enjouée. A la vue de Camélia, ses noirs sourcils se froncèrent.

—Vous! ici! princesse! s'écria Raoul, allant au devant d'elle.

— Moi-même, cher comte, à moins que le voyage ne m'ait tellement fatiguée, que je ne sois plus que mon ombre.

— Et d'où me vient cette bonne aubaine?

— De ce que je m'ennuyais. L'ennui est le ver rongeur des femmes, vous le savez ; aussi, ai-je pensé qu'à Paris, j'aurais quelque chance de le tuer ou tout au moins de le chloroformer.

— C'est une heureuse inspiration.

— J'avoue aussi que le désir de vous surprendre...

— C'est vraiment trop d'honneur, princesse.

—Mais, comment se fait-il que votre départ ait suivi le mien de quarante-huit heures?

— Je suis une femme expéditive ; aussitôt arrêté, aussitôt fait. Mais cette jeune personne?....

—Mademoiselle Morawitz, une parente hongroise, ma pupille. — La princesse Palmiéri.

Les deux femmes se saluèrent froidement,

d'un signe de tête: la princesse, hautaine ; Camélia sombre.

—Oh ! oh ! déjà Bartholo ! fit la princesse, avec un rire métallique. Vous commencez jeune les rôles bouffons, monsieur le comte, prenez garde de travailler pour Almaviva, à moins qu'Almaviva n'ait emprunté les habits de Bartholo.

Camélia pâlit.

Raoul riposta, les dents serrées :

—Oh! oh! vous sautez vite au cinquième acte.

Camélia pâlit de plus en plus.

— Bah ! tout est comédie ici-bas. Jouez votre rôle jusqu'au bout, mon cher, ou plutôt, cumulez les deux rôles, quand ce ne serait que pour divertir la galerie. Vous vous êtes assez longtemps amusé d'elle, pour qu'elle s'amuse à son tour à vos dépens. C'est une compensation que vous lui devez.

Camélia sentit qu'elle allait se trouver mal. Chaque trait de la princesse lui pénétrait au plus profond du cœur. Elle frémissait, ses yeux s'injectaient de sang. Cependant, elle se raidit et se levant :

—Madame, je ne sais ce que signifient les allusions dont je suis l'objet, mais il faut que votre esprit vous embarrasse étrangement, pour que vous le dépensiez ainsi à tort et à travers. Je me retire afin de vous donner la liberté de le gaspiller tout à votre aise.

Et elle sortit sans saluer.

— Qu'en dites-vous, princesse ? ricana Raoul.

— Je dis, répondit-elle, en le regardant dans les yeux, je dis que je vois clair dans votre jeu, monsieur le comte, et que la partie sera belle, je vous le jure.

Il sourit. — La princesse, au contraire, servait merveilleusement ses vues. Il cherchait la jalousie; la jalousie s'offrait à lui. Le levier se plaçait de lui-même dans sa main.

— Voyez-vous, comte, quand un homme comme vous et une femme comme moi se rencontrent dans le monde, ils ne peuvent passer de front par la même porte, il faut que l'un des deux s'efface. Nous verrons qui cédera le pas à l'autre.

— Nous verrons, princesse, nous verrons.
Je vous sais, toujours, un gré infini de relever
la fadeur de mon existence.

— Sans rancune, n'est-ce pas? Soyons
beaux joueurs. Je donne, ce soir, un raout au
Grand-Hôtel, où je suis descendue; je compte
sur vous.

— Je viendrai.

— A ce soir donc!

— A ce soir, princesse.

Il l'accompagna jusqu'à sa voiture.

Quand il rentra au salon, Camélia était
assise sur un sofa, la tête enfouie dans ses
mains. Elle pleurait. Les larmes coulaient
entre ses doigts.

XVIII

Il vint s'asseoir à côté d'elle, et attirant sa tête sur son épaule :

— Qu'avez-vous ? Camélia.

— Cette femme m'a fait mal. — Ah ! tenez, mon ami, je vois que ma présence ici est déplacée. Je ne suis pas de votre monde, moi, je ne suis qu'une petite mendiante, une vagabonde, dont votre charité a fait une femme instruite et bien élevée, mais, quoique je fasse, je n'acquerrai jamais la race, les aïeux dont vous êtes si fiers, vous autres gentilshommes ; je ne serai jamais qu'une contrefaçon ; on me jettera toujours mon origine à la face. Les railleries de cette femme m'ont éclairée. Je ne puis pas plus longtemps rester chez vous ; ma situation est anormale, ma conscience me le dit. Je vous fais jouer un rôle ridicule et je ne veux pas continuer à en être la cause. Je ne veux pas vous exposer à amuser la galerie. Les filles comme moi sont mal à l'aise chez les hommes comme vous.

— Camélia !...

— Je vous dois déjà beaucoup, c'est assez.

— Trouveriez-vous la reconnaissance trop lourde à porter ?

— Oh ! non, c'est une chose bien douce, au contraire. Si vous saviez comme mon cœur se dilate, quand je suis près de vous, quand ma main presse la vôtre, quand ma tête frôle votre épaule comme en ce moment. Une joie céleste inonde mon âme. Il me semble que quelque chose de vous passe en moi ; je me laisse bercer dans une langueur délicieuse et je voudrais que cela durât toujours. — Mais qu'est-ce que je dis ? je deviens folle !

— Tu dis vrai, parle ! parle !

— Non, non, j'ai peur de moi, je crains...
Ah! je ne sais pas ce que je crains, mais je
crains, et ma voix intérieure ne me trompe
jamais. Cette reconnaissance prend des proportions telles qu'elle pourrait bien tourner à
l'ingratitude. Non, mon ami, ayez pitié de
moi, laissez-moi vous quitter !

— Me quitter ! Et que ferais-tu, livrée à toi
même, pauvre enfant?

— Je chanterais au théâtre.

— Tu crois qu'il suffit de se présenter à
un directeur pour qu'il vous accepte sur-le-
champ?

— J'ai une assez jolie voix de contralto, —
vous ne m'avez jamais entendue, c'est juste,
vous ne savez pas. — Et puis, j'ai le feu sacré.
Tout ce que je chante, je l'éprouve. J'ai la sensibilité qui fait l'artiste. A la pension, mon
vieux maître de chant me disait que, quand je
voudrais, il se faisait fort de m'obtenir un engagement pour l'étranger.

— Mais, malheureuse enfant, tu ne sais
pas ce que c'est que la vie de théâtre, vie
mensongère et trompeuse. Applaudissements

sur la scène, humiliations dans les coulisses.

— On gagne sa vie ; il est toujours honorable de gagner sa vie. Ce qui n'est pas honorable, c'est de vivre de charité, sans rien faire pour le mériter.

Dans sa naïveté, elle venait de blesser profondément Raoul. Il se redressa, et d'une voix impétueuse :

— Eh bien ! va ! tu es libre ! La reconnaissance te pèse, affranchis-toi du joug. La liberté t'appelle, obéis à sa voix. Oublie tout, sacrifie tout, pars sans regrets, quitte la maison où je t'apportai mourante, renie la seule personne qui t'ait tendu la main. Cours après la gloire, mendie les bravos de la foule, grise-toi de succès, étouffe ton cœur sous une passion de commande ; c'est un meuble gênant ; tu es dans le vrai chemin, c'est ainsi qu'il faut comprendre la vie, si l'on veut être heureux. — Insensé ! je m'étais figuré, dans une heure d'égarement, qu'il y avait sur cette terre quelques âmes bien trempées, qu'une femme que j'aurais tirée de rien pour l'élever jusqu'à moi, aurait été capable de vouer sa vie à la mienne ; j'avais compté trouver un cœur! Le cœur! ce n'est qu'un morceau de chair. Je me suis trompé, voilà tout. Encore une leçon; cette fois, c'est bien la dernière.

— Raoul! Raoul! supplia la jeune fille qui se tordait les mains.

— Oui, l'éducation que je t'ai fait donner se retourne contre moi, poursuivit-il amèrement; j'aurais dû m'y attendre. Je t'ai faite grande dame, et tu te prends au sérieux. Ta fierté se révolte contre les humiliations. Tu prévois des affronts pour l'avenir, et au lieu de les braver, de les dédaigner, tu les fuis.

— Ah! ne continuez pas! ne continuez pas!

— Tu n'as plus besoin de moi, tu es impatiente de prendre la volée, c'est juste. En ce monde, on ne cultive que ceux qui vous sont utiles, et on les rejette ensuite. — Mais, reprit-il, avec une exquise politesse nuancée d'ironie, je manque aux règles du bon ton, en vous parlant de la sorte. J'oublie les égards que l'on doit à une femme. — Pardon, mademoiselle, pardon.

Et il se dirigea vers la porte.

Elle courut à lui, et l'enlaçant de ses bras :

— Pardonnez-moi ! pardonnez-moi ! j'ai eu tort, vous me le faites sentir bien cruellement. Douter de moi ! de ma reconnaissance ! de ma tendresse ! Accuser mon amour-propre ! quand c'est pour vous... Oh ! comme vous m'avez fait mal ! Si vous lisiez dans mon cœur, vous verriez le combat qui s'y livre, et alors, au lieu de m'accabler, peut-être me plaindriez-vous ! Mais vos reproches ont porté, vous m'avez indiqué le devoir, je le [suivrai jusqu'au bout. Vous m'avez rappelé que je n'étais rien, que ce que je suis, c'est à vous que je le dois, je payerai ma dette, en devenant votre esclave, votre bien, votre chose. Pour vous, j'accepterai tout, humiliations, affronts, douleurs ; j'attendrai la souffrance, j'y trouverai du plaisir en songeant que c'est pour vous... Commandez, je n'ai plus de volonté, je ne suis plus rien.

Tandis qu'elle parlait, ses yeux humides avaient l'angélique expression des martyrs. Sa petite main blanche était posée sur le bras de Raoul, sa poitrine, gonflée par l'émotion, se soulevait en saccades haletantes.

— Camélia! Camélia! s'écria-t-il en la pressant dans ses bras, tu es un ange, et...

Il n'acheva pas.

— Non, pas encore, murmura-t-il, comme se parlant à lui-même.

— Dites-moi que vous me pardonnez, continuait-elle, suppliante, pendue à son cou.

— N'en parlons plus. Vous me feriez croire que vous n'avez pas oublié ma sortie de mauvais goût.

Elle prit sa main, la porta à ses lèvres, et laissant tomber sa tête sur sa poitrine, lui dit tout bas, d'une voix câline :

— Promettez-moi que vous n'irez pas.

— Où donc ?

— Chez la princesse.

— Qui vous a dit ?

— J'ai tout entendu.

— Où étiez-vous ?

— Là, derrière cette tapisserie.

Elle désigna du doigt une lourde portière qui séparait le cabinet de travail du grand salon.

— Vous écoutez aux portes, mademoiselle ?
Elle baissa la tête et rougit.

— Savez-vous que c'est un vilain défaut ?

— Oui, je le sais, mais je n'ai pu résister ; il m'a semblé que cette femme méditait quelque méchanceté.

Il y eut un temps de silence.

— Et vous irez ? hasarda-t-elle timidement.

— Pourquoi n'irai-je pas ?

— Parce que c'est une mauvaise femme et qu'elle ne vous aime pas.

— Que supposez-vous donc ?...

— Oh ! j'ai bien vu à son regard que la haine dictait ses paroles, et qu'elle m'a prise... pour ce que je ne suis pas.

— Enfantillages !

— J'ai mes pressentiments ; ils ne me trompent jamais.

— Ma chère enfant, ne vous occupez donc pas de ces choses-là ; ce n'est ni de votre âge, ni de votre caractère.

— N'y allez pas ! n'y allez pas !

— Mais enfin, pourquoi ?

— Pourquoi?... Pourquoi?... parce que.....

— Non. Vous ririez !

— Allons! vous êtes une petite fille! vous raisonnez sans savoir.

— Je vous en prie! je vous en supplie !

— N'insistez pas, Camélia, je sais ce que j'ai à faire.

Elle poussa un profond soupir.

Raoul se leva et sortit.

Quand il fut parti :

— Il l'aime, murmura-t-elle lentement. N'importe, je souffrirai, je souffre déjà. N'est-ce pas mon rôle, à moi?

— Déjà jalouse! pensait-il de son côté, intérieurement ravi de l'indiscrétion de Camélia. Ah! princesse! vous m'êtes un précieux auxiliaire.

XIX

Il se rendit au raout de la princesse.

— Je sais tout, lui dit-elle, dès qu'elle l'a-
perçut.

— Que savez-vous, princesse ?

Votre idylle avec cette petite mendiante que
vous avez recueillie, il y a trois ans, sur les
marches du Vaudeville, et que vous avez fait
élever dans un pensionnat de la rue Château-
briand. Le reste se devine facilement. Je vous
connais assez, mon cher, pour démasquer
l'arrière-fond de votre pensée sur de pareils

indices. Cette enfant vous a séduit par son type étrange, et vous vous êtes dit qu'en la couvant, vous pourriez en faire éclore une maîtresse dont vous vous chargeriez de corriger les épreuves. Est-cela?

— Parfaitement; mais d'où tenez-vous ces détails?

— Que vous importe? Ils sont exacts, cela suffit.

— Tout le monde ignore...

— Que ne sait-on avec de l'or?

—C'est juste, il n'y a pas de serviteur plus fidèle et plus dévoué. Il n'a qu'un tort, à mes yeux, c'est de passer à l'ennemi, quand l'ennemi se chiffre par un plus gros effectif. Il est un peu italien sous ce rapport-là.

La princesse se mordit les lèvres au sang.

— En suivant bien la filière des événements, continua-t-elle, d'un air pincé, je me rends compte du véritable motif de votre séjour à Rome. Vous n'aviez pas la patience d'attendre, à Paris, que l'enfant fût devenue femme, vous craigniez peut-être de vous y attacher avant terme, et vous avez cherché la distraction dans les voyages. Je me suis trouvée sur votre passage. La lutte qui s'en est suivie a aiguisé votre amour-propre et votre esprit ; bref, j'ai été le passe-temps, le livre que l'on parcourt et que l'on ferme, dès que la personne attendue est arrivée au rendez-vous.

L'heure du rendez-vous a sonné, vous avez fermé le livre, vous l'avez jeté, et vous vous êtes figuré que cela se terminerait ainsi, qu'une femme comme moi se contenterait de n'avoir été qu'un intermède. Erreur; nous autres, italiennes, quand nous aimons, nous nous donnons franchement, entièrement ; quand nous n'aimons plus, la haine remplace aussitôt l'amour, et nous nous vengeons, mais nous avons au moins la loyauté de jouer cartes sur table, — je vous le prouve, il me semble.

La perspective de ce nouveau genre de duel ne déplaisait nullement à Raoul. Un obstacle était un attrait de plus à l'œuvre qu'il avait entreprise. Il n'est pas de roses sans épines.

Il répondit, avec une suffisance impertinente:

— Pour que la haine vous ait fait faire quatre cents lieues, il faut que l'amour auquel elle s'est

12

substituée ait été bien violent. Cela dénote,
princesse, que je suis pour vous plus qu'un
indifférent. Votre soif de vengeance est flat-
teuse.

— Raillez! raillez! mon cher. Rira bien qui
rira le dernier.

— Oh ! quoi qu'il advienne, nous rirons ensemble ; je ne suis ni de ceux que la victoire
grise, ni de ceux que la défaite abat,—vous le
savez par vous-même.

— N'allez pas croire que je vous aime. Oh !
non, Dieu merci ! je suis au-dessus de telles
puérilités. Je m'ennuyais, vous m'avez désen-
nuyée, voilà tout. Ce n'est pas mon amour que
je tiens à venger, — il n'a jamais existé, —
c'est mon amour-propre, cavalièrement lésé.
Et je ne pardonne à qui y porte atteinte, que
lorsque l'honneur est satisfait. Ainsi donc,
mon cher comte, vous avez en moi une ennemie, une ennemie acharnée, je vous préviens.
Que cela ne nuise en rien à nos bonnes relations. Entre gens de notre monde, on ne se
brouille pas pour si peu, on met une certaine
fierté à ne pas déserter le champ de bataille.

Cette petite guerre à part, vous serez toujours le meilleur de mes amis; je vous réserve toujours le privilége de me désennuyer.

Elle appuya sur ce dernier mot, et le quitta pour aller recevoir de nouveaux arrivés.

XX.

Quand il rentra à l'hôtel, il était une heure du matin.

Camélia veillait dans le cabinet de travail, tenant à la main un livre qu'elle ne lisait pas, les yeux fixés sur la pendule, comptant les heures.

— Comment! vous n'êtes pas encore couchée, à cette heure, Camélia?

— J'attendais que vous fussiez rentré.

— Vous avez eu tort.

— Je ne voulais pas m'endormir, sans que vous m'eussiez embrassée.

— Chère enfant!...

Il l'embrassa tendrement sur le front, et ils montèrent à leur appartement, agités tous deux de sentiments divers.

Camélia, le coude sur l'oreiller, le regard vague, repassait dans sa tête les événements de la journée : la visite de la princesse, ses allusions blessantes, la scène qui en était résultée avec Raoul, les réticences et les froideurs de ce dernier, son obstination à aller à ce raout.

Elle balançait entre l'espoir et le découragement.

— Comme il l'aime! murmurait-elle. Oh! s'il savait!.. Hélas! ferait-il attention à moi? Il rirait, il se moquerait. Que suis-je? Une fille de rien. Est-ce à moi de prétendre à captiver son cœur? Je ne dois pas m'arrêter à cette idée, c'est de l'ingratitude. Je ne le dois pas!.. J'ai beau la chasser, elle revient plus tenace. Oh! s'il voulait! comme je l'aimerais! comme je l'adorerais, moi! Je l'aime, je l'adore déjà. Mon cœur a besoin de s'épancher; il me semble que, si j'osais... cela me ferait du

bien.—Ah! toujours le spectre de cette femme
qui vient se dresser entre nous, dans ma rêverie! Oh! comme je la hais, cette femme! Il
l'aime! il l'aime! et pourtant je suis plus belle
qu'elle,—à la lueur de la veilleuse, suspendue
au plafond, elle contemplait son image qui se
réfléchissait dans une psyché, — je n'ai pas
son regard dur, sa physionomie méchante, sa
voix stridente. Oui! je suis plus belle! Oh! je
ne m'abuse pas, c'est la vérité. A-t-il seulement pris la peine de m'examiner? Non, il est
trop occupé d'elle; il ne songe pas à comparer.
Pauvre Camélia! que te sert-il d'être belle?
Tu n'as pas son esprit infernal, tu n'as pas
ses grands airs, et c'est là ce qui le charme.
Tu es condamnée a aimer sans espoir de réciprocité. Eh bien! je l'aimerai quand même;
mon amour sera mon culte, je m'entretiendrai
seule à seul avec lui. Je m'en ferai un monde
à part. Je vivrai d'illusions. J'en mourrai
peut-être. Tant mieux! mourir pour lui, c'est
le bonheur suprême.

. . . .

Raoul, lui aussi, songeait.

Quel était le but de la princesse? Où voulait-elle en venir? Quelle affreuse vengeance tramait-elle? Son assurance l'épouvantait. Pour qu'elle démasquât son jeu, il fallait qu'elle comptât bien sur la réussite. Il savait qu'elle était femme de tête, et, avec ces femmes-là, il y a tout à craindre.

Mais il était rompu à toutes ces finesses, il les déjouerait. Emploierait-elle la calomnie? il n'y ajouterait pas foi. Essayerait-elle de détourner Camélia de lui? il connaissait assez le caractère et les sentiments de la jeune fille pour être sûr qu'elle n'y parviendrait pas. Et, d'ailleurs, comment s'y prendrait-elle? Les lettres anonymes? il les intercepterait. Quant à pénétrer jusqu'à elle, il prendrait des précautions telles, que ce fût matériellement impossible. D'abord, il ne pouvait garder plus longtemps Camélia dans son hôtel. La visite de la veille lui démontrait clairement que ce n'était pas sa place et que sa présence chez lui aurait lieu d'étonner, de scandaliser bien des gens. Les formes avant tout. Tout dégoûté qu'il fût de la société et de ses sottes exigences, il ne pouvait se condamner à rester cloîtré entre quatre murs. Son nom, sa fortune, lui faisaient un devoir de paraître dans le monde et d'y tenir son rang. Son intelligence avait besoin de se produire, de se vivifier au contact de l'esprit des autres. L'habitude des boudoirs ne lui avait pas fait perdre celle des salons, où il était recherché, par les femmes, comme un cavalier fort aimable et fort spirituel, par les hommes, comme un très-beau joueur. Mais, étant garçon, au su de tout le monde, s'il abritait une femme chez lui, la fît-il passer pour sa pupille, ajouterait-on foi à la chasteté de leurs relations ? Évidemment non; il était jeune, elle aussi. On y verrait une maîtresse déguisée sous le nom de pupille, et les portes du monde se fermeraient sur lui, aussi bien que sur elle. Il s'exposait à un affront; mieux valait l'éviter. La société ne pardonne pas à un homme de s'afficher. Elle excuse ses fredaines, elle s'en amuse même, pourvu qu'il les accomplisse dans l'ombre.

Il fallait donc aviser. Précisément, une

pétite maisonnette, adossée à son hôtel, était à vendre, une bagatelle : cinquante mille francs. Il l'achèterait et y installerait Camélia, avec une dame de compagnie pour chaperon. Il lui donnerait un train de maison convenable et lui louerait une voiture au mois. Un panneau, glissant dans le mur, relierait sa chambre à coucher à celle de la jeune fille, que, par ce moyen, il viendrait visiter à toute heure du jour et de la nuit. De cette façon, les apparences seraient sauvegardées. Le monde se douterait bien de la chose, mais il n'aurait rien à dire. Chacun vivrait de son côté. Camélia deviendrait une maîtresse entretenue.

Il mettrait son plan à exécution le lendemain, afin de d'éventer toutes les tentatives de la princesse. Jusqu'à ce que la jeune fille fût installée, les portes de l'hôtel seraient rigoureusement condamnées. Bien forte serait la princesse, si elle réussissait à le faire mettre en quarantaine et à faire déclarer les salons en blocus.

Il n'y avait que par là qu'il fût invulnérable. Il était curieux de la voir à l'œuvre. Il l'attendait de pied ferme. Le combat promettait d'être intéressant. Elle était forte, il serait plus fort qu'elle. Elle croyait être une arme offensive, elle ne serait qu'une arme défensive. Il pousserait l'audace jusqu'à se montrer avec elle au théâtre et à lui opposer Camélia, face à face, quoiqu'à distance. Elle cherchait à démolir, elle servirait à consolider. Il flatterait sa haine, il l'exciterait, il l'agacerait, afin que la jalousie, pénétrant dans le cœur de Camélia, comme les fers recourbés d'une ancre, s'y cramponnât en le déchirant.

Comme le fauve passe sa langue sur sa gueule à l'odeur de la chair sanglante, il se frottait les mains à s'enlever l'épiderme, et répétait ces mots de la princesse : Rira bien qui rira le dernier.

XXI

Le lendemain, en effet, il mit ses projets à exécution. Il acheta la petite maison comptant, et s'entendit immédiatement avec un tapissier pour l'ameublement. Mais, comme ce devait être la demeure de Camélia, il ne choisit aucune étoffe, ne fit aucune acquisition, sans l'avoir consultée.

La petite maison fut en état au bout de quinze jours, grâce à l'activité du tapissier et des décorateurs.

C'était un petit nid, d'un luxe simple, mais

coquet et confortable. La chambre à coucher était entièrement tendue de cachemire blanc plissé, relevé de torsades de satin bleu pâle, aux angles et au milieu du plafond, où elles renouaient les bouts de l'étoffe et tenaient suspendue une veilleuse d'albâtre. Le lit, Louis XV, était en bois blanc, encadré de minces filets bleus. Les meubles, de même style que le lit, étaient recouverts de satin assorti à la nuance des torsades. Sur la cheminée : une garniture en Saxe; au-dessus : un miroir ovale, en Saxe également, suspendu au panneau par une cordelière et descendant en plan incliné.

Le boudoir était vert-d'eau, tout uni ; le grand salon, bouton d'or ; tous deux de style moderne.

La salle à manger, Louis XIII, était tendue de tapisseries de Beauvais, dans des cadres de chêne sculpté. Le plafond, en chêne sculpté, comme les panneaux, était coupé de carrés creux, au fond desquels se détachaient des reliefs de porcelaine blanche sur porcelaine mauve. En face d'un énorme bahut flamand, à étagères supportées par des colonnes torses,

et surchargées de vaisselle ancienne, se dressait une cheminée monumentale, dont le manteau eût abrité une famille, et dont les che-
nêts, en acier poli, semblaient destinés à sou-
tenir des troncs d'arbre.

La salle de bain était une merveille. Des
mosaïques de Florence en couvraient les murs
depuis le haut jusqu'au bas. Elle était dallée en
marbre blanc. Au milieu, était creusée une
large piscine, où l'on descendait par un
escalier taillé dans le marbre. Un jet d'eau
parfumée, s'échappant d'une pomme aux trous
imperceptibles, répandait à l'entour une rosée
impalpable. Un plafond, vitré en verres de
couleur, sertis de lamelles de plomb, dessi-
nant des losanges, tamisait l'éclat du jour, et
le colorait des tons variés de ses mille petits
carreaux. Çà et là : des siéges en bambou et
des nattes japonaises.

Comme nous l'avons dit précédemment, la
maisonnette était adossée à l'un des côtés de
l'hôtel. Raoul en avait distribué les pièces de
manière que la chambre de la jeune fille ne
fût séparée de la sienne que par l'épaisseur du

13

mur. Pour communiquer directement, sans sortir de chez lui, il avait fait percer la muraille et l'avait remplacée par un panneau, glissant sur des rainures, derrière une tapisserie.

Tout cela était petit, très-petit, mais si bien compris, si habilement agencé, si douillettement capitonné, que c'était un écrin plutôt qu'une habitation. Il n'y manquait plus que la perle.

Au dehors, un petit jardin d'une dizaine de mètres carrés s'étendait entre la maison et la grille donnant sur la rue. Un perron, à deux escaliers en sens inverse, élevé de cinq à six marches, conduisait au rez-de-chaussée. Un épais rideau de lierre tapissait la prolongation du mur latéral, contre laquelle n'était pas appuyée la maison. Quelques rameaux s'en étaient détachés et serpentaient autour des fenêtres, entremêlés de capucines et de chèvrefeuille.

Un loueur de voitures de la rue Jean-Goujon s'engagea, moyennant la somme de mille francs par mois, à fournir un coupé droit ou une victoria, à volonté.

Restait à trouver le chaperon, une femme
d'un âge mixte, veuve, si c'était possible, instruite, tenant un juste milieu entre la femme
du monde et la bourgeoise, qui s'accommodât
du présent et ne s'effarouchât pas de l'avenir,
mais qui, tout en fermant les yeux et en accep-
tant le rôle de comparse dans la comédie irrégulière dont Raoul tenait les fils, fût cependant
incapable de donner un mauvais conseil à
Camélia, — mauvais, ici, pris dans le sens de
bon, — une femme, enfin, qui eût le tact de
se taire.

Mme Bernard, veuve d'un officier supérieur,
mort pendant la guerre dernière, se présenta
à lui, munie d'excellentes recommandations.

Raoul ne voulut pas la prendre en traître.
Il lui exposa nettement la situation. Mme Bernard, dont les ressources étaient insuffisantes
pour vivre, acquiesça, et le marché fut conclu.

Quant au personnel domestique, il se com-
posait d'une cuisinière, d'une femme de chambre et d'un groom.

XXII

Mme Bernard était une petite vieille d'une cinquantaine d'années, au teint olivâtre, à la figure si ridée, si ratatinée, qu'elle avait un faux air de cornichon confit ou de pomme de parapluie. Elle était vêtue à la dernière mode du temps de Louis-Philippe : jupe très-ample, à plusieurs étages de volants, manches à gigot, bottines d'étoffe, sans talons et lacées sur le côté. De longs bandeaux encore noirs, soigneusement lissés et plaqués, descendaient du milieu de sa tête vers les tempes, touchaient presque l'extrémité des sourcils et remontaient vers l'oreille, où ils se reliaient à une grappe de frisures. Sans être distinguée, elle était comme il faut ; elle respirait le parfum de bourgeoisie qui caractérisa le règne dont tout, en elle, était le souvenir vivant.

Sa physionomie était guillerette. Ses yeux, vifs, mais incertains, effarés, clignotants, jouant à cache-cache, indiquaient une femme sans volonté, facile à manier. Elle était tatillonne dans ses mouvements, semblait toujours chercher quelque chose et avait la manie de l'ordre poussée à un tel degré, qu'elle dérangeait pour avoir le plaisir de remettre en place.

C'était bien la personne qu'il fallait à Camélia, une femme qui fût à la fois dame de compagnie et femme de charge, qui eût un vernis suffisant pour se mêler à la conversation, mais qui, cependant, ne s'imposât pas, ne s'intrônisât pas, comme cela se voit dans certaines maisons, une femme enfin qui sût se borner au rôle de porte-respect, de garde du corps, sans prendre pied dans la maison.

Camélia la jugea à première vue. Elle fut moitié satisfaite, moitié chagrine de son examen. Moitié satisfaite, parce qu'elle n'avait pas à redouter un tyran domestique, moitié chagrine , parce qu'elle prévoyait de longs jours d'ennui.

Elle avait pris possession de sa nouvelle demeure avec un serrement de cœur. Alors qu'elle se croyait définitivement installée chez Raoul, qu'elle comptait ¦entrer en partie dans sa vie intime, s'insinuer dans ses habitudes, repaître son amour malheureux des moindres riens qui l'entouraient et auxquels il laissait comme une miette de lui-même, ramasser les débris de son cœur effeuillé, jouir de sa présence à toute heure, à l'idée seule qu'elle était chez lui, que l'air qu'elle respirait émanait de lui, une femme s'était dressée tout à coup entre eux deux, et, d'un signe, avait fait croûler ses rêves, comme la frêle bâtisse d'un château de cartes.

Elle avait été reléguée à l'écart, dans une prison dorée, séparée de lui, par un mur, par une cloison, mais cette cloison, si mince qu'elle fût, tranchait nettement le fil de leurs deux existences. Et, au-delà de cette cloison, il vivait, lui, insouciant, le sourire aux lèvres, tandis que, elle, avait la mort dans l'âme. Cependant, elle accepta cette humiliation sans murmurer, devinant, avec cette prescience du cœur, qui est le bon sens des femmes, que sa place n'était pas chez Raoul. Les saillies de la princesse, avaient jeté une lueur dans son esprit, et, sans définir le pourquoi, elle se sentait, chez lui, dans une fausse position.

A peine avait-elle vu clair au fond de son cœur, elle avait appris l'amour par la souffrance. Et cette souffrance, ignorante de sa véritable cause, s'étendait, comme une tache d'huile, sur son moral entier, frappant ce que la femme a de plus cher : sa dignité. Mais cette dignité s'effaçait devant le sentiment invéteré de la reconnaissance, peut-être aussi, devant le sentiment plus récent qui, avec la reconnaissance, se partageait son cœur. Elle ne s'appartenait plus; elle était la propriété son bienfaiteur.

Toute la journée, étendue sur une chaise-longue, contre la fenêtre, tambourinant sur la vitre du bout des doigts, battant la mesure avec son pied, répondant distraitement au babillage de Mme Bernard, commençant un livre et ne le finissant pas, elle attendait. Les heures sonnaient, lentes comme des siècles, et chaque coup qui les marquait résonnait dans son cœur comme un coup de marteau. Enfin, les nerfs combattus, se détendaient; elle était prise d'un accès de larmes.

— Qu'avez-vous? mon enfant, demandait Mme Bernard, courant, affolée, à travers la pièce, à la recherche de l'eau de mélisse qu'elle ne trouvait jamais, tant elle l'avait bien rangée.

— Rien, rien, madame, répondait Camélia, c'est nerveux. Le temps.... la pluie....

— Mais il fait un soleil splendide.

— La chaleur.... veux-je dire.

— La chaleur! en décembre!

— Le feu, alors. Vous ne trouvez pas qu'il y en a trop dans la cheminée? L'atmosphère est étouffante.

— Prenez un peu d'eau de mélisse sur un

morceau de sucre, mon enfant — elle avait enfin mis la main dessus; — cela vous calmera.

— Merci, ma bonne madame Bernard, cela va se passer, cela se passe déjà.

— Oh! ces brunes! murmurait Mme Bernard, piétinant sur place et tournant sur elle-même, comme un petit chien qui prépare sa couchette, ce n'est pas du sang qui court dans leurs veines, c'est de l'électricité.

La crise se passait. Camélia essuyait ses larmes. Ses yeux se renfonçaient dans leurs orbites, son regard se chargeait de noir et se fixait dans le vague. Elle restait ainsi des heures, sans parler, dans la même position, comme en catalepsie.

Tout à coup, elle se dressait, tenant son cœur à deux mains; elle avait cru entendre un bruit imperceptible du côté du panneau. Elle prêtait l'oreille... C'était le sifflement plaintif du vent à travers les fissures des portes.

Désappointée, elle retombait dans sa mélancolie et reprenait son immobilité de statue.

Mais, un grincement prolongé la réveillait de nouveau de sa torpeur. Le panneau glissait

13.

dans ses rainures. Cette fois, elle ne s'était pas trompée : c'était lui. — Lui !...

Mme Bernard s'éclipsait discrètement, en duègne qui connaît son métier.

Aussitôt, comme si une fée l'eût touchée de sa baguette magique, à la mélancolie sombre succédait la joie folle.

Elle sautait sur ses pieds, elle volait à lui et, lui faisant un collier de ses bras :

— Oh ! comme vous venez tard, aujourd'hui ! Vous êtes venu plus tôt, hier. Qu'est-ce qui vous a retardé ?

— La princesse, répondait-il cruellement, scrutant sur le visage de la jeune fille l'effet que produisait ce nom.

Instantanément, le sourire s'effaçait des lèvres de Camélia, une pâleur livide se répandait sur ses traits, un frémissement nerveux secouait son corps.

— Oh ! cette femme ! Toujours cette femme ! murmurait-elle entre ses dents serrées.

Satisfait de cette expérience, il détournait la conversation et dissipait le nuage, avec la même facilité qu'il l'avait amené.

Camélia revenait à sa joie première.

Elle s'accroupissait à ses pieds, sur un coussin, posait sa tête sur ses genoux, prenait une de ses mains dans les siennes, le câlinait, frétillait contre lui, avec la souplesse d'une chatte.

Et lui, se laissait faire. Il s'abandonnait à ces caresses, avec le laisser-aller d'un pacha, dans son harem, se livrant aux débordements de tendresse de sa favorite ; il acceptait ces hommages comme chose due, flattant la tête brune de la jeune fille, de la main qu'elle ne tenait pas prisonnière, comme il eût fait d'un chien de race.

Ses yeux, légèrement plissés à la commissure des paupières, brillaient d'un sourire méphistophélique, — si des yeux peuvent sourire ; — ses lèvres, relevées aux coins de la bouche, avaient une expression de raillerie victorieuse ; sa pose semblait dire : « Cette femme est à moi. Je suis son Dieu. A mon gré, je déchaîne l'orage dans son cœur et j'y ramène la sérénité. Je n'ai qu'un signe à faire et je suis obéi. Son humeur se règle au diapa-

son de‘ la mienne. Je la fais gaie ou triste
suivant que je lâche ou que je ramasse les
rênes que je tiens en ma main. Elle n'a de volonté que la mienne. Elle boit mes paroles,
elle hume mon souffle, elle absorbe ma pensée, elle s'incarne dans mon essence. Sa vie
est suspendue à ma vie. Que je meure, elle
mourra. Pour souder le dernier chaînon de
sa destinée à la mienne, je n'ai qu'un mot à
dire. Mais, ce mot, je ne le dirai pas, je jouerai
encore avec son cœur, je le démonterai pièce
à pièce, je l'analyserai en détail et je m'amu-
serai à le remonter. »

Quelquefois, la soirée se passait en lectures.
Raoul prenait successivement les maîtres de
la littérature française et étrangère, lisait un
chapitre et le commentait avec la jeune fille.

Naturellement, Camélia le pressait de questions. Lorsque la théorie de l'auteur entrait
dans ses vues, il la soutenait avec feu ; lorsqu'elle s'en détournait, il la laissait dans la
pénombre. Lorsqu'un passage scabreux émous-
tillait l'imagination de la jeune fille, il le pa-
raphrasait avec cette habileté des sophistes

qui consiste à parler beaucoup pour ne rien dire, se bornant à effleurer, afin que cette imagination travaillât et cherchât à approfondir.

De toutes les ressources de sa tactique, la lecture était l'agent qu'il croyait le plus subtil pour préparer le dénoûment. Sous le couvert de l'auteur, il plaidait sa propre cause, et Camélia s'y laissait prendre d'autant plus facilement, qu'elle ne voyait pas le piége, qu'entre les lignes, elle ne distinguait pas là secrète intention de celui qui les faisaient ressortir en caractères de feu où les voilait de ténèbres. Elle écoutait attentivement; elle donnait libre cours à ses impressions, croyant causer avec l'auteur, quand elle causait avec le commentateur.

Un soir, on lisait le *Faust* de Gœthe, et on en était arrivé au fameux passage où Valentin, revenant de la guerre, retrouve sa sœur déshonorée et la maudit.

— Pauvre fille ! soupirait Camélia.

— Oui, pauvre fille ! répétait Raoul. Elle a prêté l'oreille aux discours d'un séducteur, elle a failli, elle a eu un enfant.

Ces derniers mots piquaient la curiosité de Camélia; son regard sollicitait une explication.

— Est-ce donc là un crime de suivre l'élan de son cœur? continuait-il. Non; elle a été faible, c'est dire qu'elle a été femme. Réfléchit-on, quand on aime, à la portée de ses actes? Si l'on y réfléchissait, on n'aimerait pas. Le véritable amour exige un abandon complet de l'âme et du corps, sans arrière-pensée, sans crainte puérile des conséquences qui peuvent en résulter. C'est la société qui a inventé le mot déshonneur, appliqué aux entraînements de l'amour. Qu'est-ce que le mariage? Une convention sociale. Bien avant le mariage, existait la loi naturelle. On s'aimait et on s'unissait, sans que la sanction des hommes en fît une institution. L'amour est un sentiment noble et pur qui plane au-dessus du préjugé. Quand la femme y cède en dehors du mariage, elle ne fait que subir la loi impérieuse de la nature. La femme qui se donne est toujours digne d'estime; il n'y a que la femme qui se vend qui soit méprisable.

En parlant ainsi, il savait parfaitement que

Camélia n'en comprenait que la moitié, mais il savait aussi que ces paroles la frapperaient et qu'elle s'en souviendrait à l'heure du dénoûment.

Il éprouvait un plaisir piquant à faire scintiller les facettes de cette brillante imagination. Il l'éblouissait, la fascinait, l'enivrait, l'exaltait jusqu'au délire et, lorsqu'il la tenait avide, au seuil de l'inconnu, il la laissait rêveuse. Alors, elle cherchait d'elle-même à sonder les abîmes qu'elle n'avait qu'entrevus, puis, revenant sur ses pas, elle se repliait lentement et marquait d'un souvenir chaque halte où elle se plaisait à s'arrêter. Fatiguée, mais jamais lasse, elle se consumait à s'élancer vers cet inconnu qui l'attirait et la repoussait, dès qu'elle tentait de franchir l'enceinte mystérieuse derrière laquelle il se retranchait.

Raoul la suivait pas à pas dans ses méditations, devinant sa pensée, sans qu'elle la lui exprimât, et, chaque jour, il faisait miroiter l'inconnu avec un raffinement diabolique.

Quand minuit sonnait à la pendule, il se levait et l'embrassait au front.

— Déjà ! soupirait-elle.

— C'est l'heure de dormir, chère enfant. A demain.

Le panneau s'écartait et se replaçait. Il n'était plus là !

Alors, elle restait immobile devant cette cloison impitoyable ; elle le suivait par la pensée.

Quelques minutes après, elle entendait le bruit sourd de la porte cochère qu'on ouvrait et qu'on refermait et le roulement d'une voiture sur le pavé.

— Il va chez elle, murmurait elle.

Sa tête tombait sur sa poitrine ; elle réprimait un sanglot et sonnait sa femme de chambre.

Pendant que celle-ci la déshabillait et arrangeait ses cheveux pour la nuit, elle poursuivait sa rêverie interrompue et évoquait le souvenir de la vision qui venait de s'évanouir.

Au lit, elle ne pouvait dormir. Son esprit malade tournait dans un cercle vicieux dont il ne pouvait sortir et se heurtait inévitablement à cette barrière : l'inconnu.

Le roulement d'une voiture sur le pavé et le bruit de la porte cochère qu'on ouvrait et qu'on refermait se faisaient entendre de nouveau.

Elle sautait à bas du lit, pieds nus, en chemise, grelottant, malgré le feu qui pétillait dans le foyer, et venait coller son oreille contre le panneau mobile.

Vaguement, elle distinguait un pas d'homme, amorti par l'épaisseur des tapis et des tentures, puis rien ! rien ! le silence de la nuit !

Elle demeurait ainsi des heures, l'oreille tendue contre le panneau, s'imaginant percevoir un son, un souffle, quand ce n'était que ces harmonies sourdes, comme le grondement lointain de l'Océan, que l'hallucination prête au silence profond.

Vingt fois, sa main fiévreuse tâtait le bouton qui faisait jouer le ressort du panneau, vingt fois son doigt s'y posait, tout prêt à appuyer ; mais, la pauvre enfant reculait, effrayée d'elle-même, et se disait :

— Non ! non ! je n'oserai jamais ! que penserait-il de moi ?

Et elle se remettait au lit. L'aurore dorait les vitres, qu'elle n'avait pas encore dormi.

XXIII

Ces alternatives d'énervement et de langueur, d'espoir et de découragement, de surexcitation et de prostration, ébranlaient son
tempérament. Sa mélancolie, en l'absence
de Raoul, tournait à la monomanie. Cette
tenacité à garder le silence, des journées entières, à se renfermer en elle-même, à ne se
plaire qu'en rêveries, effrayait Mme Bernard.

Excellente femme, malgré ses petits ridicules, elle s'était attachée à Camélia, dont le
caractère expansif l'avait captivée au premier

abord. Elle avait déviné le mal qui minait la pauvre enfant, mais elle ne comprenait rien à la manière d'être de l'un et de l'autre. Ils paraissaient s'aimer et ne se le disaient pas ; ils semblaient être amant et maîtresse et ne l'étaient pas. Elle avait beau attaquer ce problème par tous les sens, sa faible intelligence ne parvenait pas à le résoudre :

— « Quel était le but de ce jeune homme, du moment que ses relations avec la jeune fille n'allaient pas plus loin que celles de frère à sœur? Pourquoi la cultivait-il comme une plante de serre-chaude, avec une minutie de soins, dont l'inouïsme la surpassait? Pourquoi l'entourait-il du confortable luxueux des femmes entretenues ? Pourquoi la cachait-il, quand il n'y en avait pas lieu? Pourquoi ce panneau mobile, entre sa chambre et celle de la jeune fille? Ce panneau surtout? »

Toutes ces questions se pressaient successivement dans sa tête, sans faire jaillir la lumière.

Camélia se les posait de son côté, sans obtenir plus de solution que Mme Bernard, mais pas pour les mêmes motifs. Mme Bernard connaissait la vie ; elle ne la connaissait pas. Chez l'une, il y avait manque de finesse ; chez l'autre, manque d'expérience. — Le panneau mobile l'intriguait non moins que Mme Bernard : — « Pourquoi ne venait-il pas par la porte ? Craignait-il qu'on le vît entrer chez elle ? Quel mal y avait-il à cela ? Il rougissait donc d'elle !... — Non, c'était à cause de la princesse.... »

Puis, ses réflexions suivaient un autre cours : —« Etait-il naturel que, d'une petite mendiante, jetée dans sa vie par le hasard, il eût fait une femme de son monde ? En admettant que son affection pour elle ne dépassât pas les limites d'une bonne amitié, se fût-il immiscé au menus détails de sa vie courante, s'intéressant aux futilités de sa toilette ? L'eût-il enchâssée dans un nid, disposé avec tant d'art ? Eût-il choisi ce nid, juste à proximité de son hôtel, communiquant par un panneau mobile ? Ce panneau !... »

La filière de son raisonnement la ramenait

toujours à ce panneau. Derrière ce panneau, elle soupçonnait cet abîme dont le fond se dérobait à ses méditations : l'inconnu !

Et elle frissonnait, une angoisse poignante l'étreignait ; elle avait peur. — Peur de quoi ? Elle se le demandait à elle-même et se répétait machinalement : « — Quoi ? Quoi ? Quoi ? »

L'aimait-il donc ? Mais la princesse !... — Non, il ne l'aimait point. — Cependant, ce panneau ?... ce panneau ?.. Oui, il l'aimait. — Non, sa conduite était une preuve évidente du contraire.

Epuisée par ce dédale de raisonnements sans issue, elle arrivait à ne plus avoir la force de réfléchir. Ses idées se brouillaient dans son cerveau, ses yeux se fermaient, croyant voir voltiger des milliers de points lumineux qui l'étourdissaient, un cercle de fer lui barrait le front, ses lèvres balbutiaient si bas, qu'il eût fallu le saisir à leur mouvement : « Je t'aime ! Je t'aime ! Je t'aime ! »

Les lectures que Raoul lui indiquait avaient entr'ouvert son imagination, sans l'ouvrir complétement. Elles lui avaient donné des aperçus, non des réalités. Au lieu d'être un aliment, elles n'avaient été qu'un apéritif.

Il faut dire qu'il avait une telle habileté à les choisir, à les souligner, à les paraphraser, à les présenter sous le jour qui lui convenait, qu'elles effleuraient sans toucher, qu'elles provoquaient sans satisfaire.

Elles faisaient miroiter l'inconnu et l'éloignaient dès qu'elle s'avançait vers lui.

Au théâtre où elle allait, toutes les semaines, en compagnie de Mme Bernard, les mots : *amant, maîtresse, adultère*, etc., chatouillaient souvent ses oreilles. Mais l'intrigue, dont le fil se déroulait sur la scène, ne reposait que sur des sous-entendus ou des allusions, la censure n'autorisant, à la scène, que l'immoralité à mots couverts, et elle se brisait encore à l'inconnu.

Elle se retournait alors vers Mme Bernard.

— Quelle différence y a-t-il, lui demandait-elle, entre une maîtresse et une femme mariée ?

Mme Bernard, qui avait reçu des ordres

formels de Raoul, touchant les questions de ce genre, répondait invariablement :

— La maîtresse est la femme que l'on aime, sans l'épouser.

Elle eût pu ajouter : — « La femme mariée est celle que l'on a épousée, sans l'aimer. »

Camélia n'en était pas plus avancée.

Il était singulier que, dans le temps de corruption où nous vivons, ses compagnes de pension ne l'eussent pas initiée aux mystères de la vie intime. Il est vrai que la surveillance dont elle avait été l'objet avait dû déjouer ces conversations empoisonnées, qui font les jeunes filles femmes, avant l'heure, et leur gâtent le moral, plus que ne le ferait la dépravation matérielle. Cependant, quelque surveillance qu'il y ait dans une maison d'éducation, les mauvais livres trouvent toujours moyen de s'y glisser, sous forme de paroissiens ou de cornets à bonbons, et il ne manque pas de compagnes charitables pour faciliter l'éclosion d'une intelligence trop naïve. Mais, Camélia était une de ces natures droites, qui ignorent le mensonge et qui, par fierté, se refusent à rien faire en cachette. Quant aux conversations, comme elles n'avaient lieu qu'en présence d'une sous-maîtresse, elles n'avaient jamais été au-delà des convenances.

Elle était donc sortie de pension, l'esprit nourri de lectures solides, vierge d'imagination, aussi bien que de corps.

Raoul avait ouvert à cette imagination un champ nouveau où sa sensibilité se prélassait avec délices, mais où sa naïveté rencontrait des terrains vagues, qu'une barrière lui empêchait de franchir. En un mot, il lui manquait la clef. Et Raoul n'avait garde de la lui confier.

Mais, pourquoi piquait-il cette innocence dont il se réservait la primeur? Pourquoi lui versait-il le poison goutte à goutte, et non tout d'un trait. Pourquoi flétrissait-il la fleur, avant de la cueillir? N'eût-il pas été préférable de s'emparer du trésor tel qu'il était que de le déprécier auparavant? — Non ; il avait mûrement réfléchi, pendant son séjour à Rome. En raffiné consommé il s'était dit que : surprendre le sommeil calme de l'enfant et la réveiller femme en sursaut, sans avoir traversé ses rêves de visions préparatoires, c'était risquer d'échouer irréparablement contre une terreur folle, contre une répulsion insurmontable, c'était montrer la brutalité d'une bête fauve, quand il convenait d'employer les insinuations du serpent, d'être le cygne de Léda; c'était se rendre odieux, quand il importait de se faire aimer, c'était perdre le cœur, en volant le corps. Et il ne voulait pas voler le corps; il voulait qu'il se donnât. Il voulait que les circonstances, concourant au dénoûment, fissent fondre la glace, mais ne la brisassent pas. Tandis que, au contraire, s'il soulevait insensiblement les coins du voile, pour le laisser retomber avant que la jeune fille eût eu le temps de percevoir une image distincte; s'il tenait constamment son esprit en suspens, s'il le laissait sous l'impression du souvenir, avec le désir de distinguer nettement l'image entrevue, s'il l'emplissait de cette idée fixe : sa curiosité alléchée s'escrimerait à deviner le mystère, et chaque effort déjoué la rendrait plus tenace; la nature

14

excitée, impatiente, affamée, brûlerait d
désir, et, quand le brouillard se dissiperai
sur la réalité, la jeune fille accueillerait cett
réalité comme le Messie libérateur.

Elle serait folle d'atente et d'incertitude
Elle ne cèderait pas, elle rassasierait avide
ment des appétits aiguisés par un supplice d
Tantale, elle succomberait, sans en avoi
conscience, à une éruption de passion compri
mée. La femme surgirait de l'enfant, comm
les laves du cratère d'un volcan. Et l'amou
qui s'en suivrait serait d'autant plus ardent
qu'avant il se serait dévoré lui-même, faut
d'aliment, qu'après, il serait sorti victorieu
du paroxysme des sens. Il ne fallait donc pa
brusquer le dénoûment, il fallait y glisser.

C'était savamment et profondément rai
sonné. Raoul traitait l'amour en pathologiste.
Il l'étudiait et le dirigeait chez Camélia, comm
le médecin suit les progrès d'une maladie,
en ralentit le cours pour laisser au mal le
temps d'user sa fièvre, craignant par une trop
brusque médication de le chasser imparfaite-
ment, détermine un accident, afin d'en éviter

un plus grave, et diagnostique le moment et
l'aspect de la guérison, d'après les effets cons-
tatés.

Il n'attachait donc qu'une importance se-
condaire aux sensations de l'âme ; il ne comptait sûrement que sur les perturbations de l'or-
ganisme, que sur l'ébranlement du système
nerveux. Ce n'était pas qu'il dédaignât l'amour
du cœur, au profit de l'amour matériel ; il ne
comprenait la possession que corps et âme.
Mais, en sectateur convaincu de l'école réaliste, il croyait que le meilleur moyen d'arriver au cœur est de s'adresser aux sens, contrairement à l'opinion inverse, généralement
accréditée.

Indépendamment de ces considérations, il
éprouvait une jouissance infinie à prolonger
les préliminaires, à retarder le moment criti-
que. Chaque jour, en contemplant son œuvre,
il se disait : « Cette femme est à moi, il ne dépend que de moi de la posséder. » Et il retardait, retardait encore, pensant, à juste titre,
que le jour où il serait arrivé à ses fins, l'attrait de curiosité n'existerait plus, car l'expé-

rience lui avait prouvé, en mainte circonstance, que la possession ne tient jamais les promesses du désir, et s'il la poursuivait quand même c'était par satisfaction d'amour-propre, et s'il se chauffait à blanc de toute l'intensité de ses désirs croissants, c'était peut-être parce qu'il espérait goûter enfin cette volupté extra-terrestre qu'il n'avait jamais ressentie jusque-là, sans doute, parce qu'il l'avait trop cherchée.

D'ailleurs, son œuvre le passionnait. Il se mirait dans son élève. Il se plaisait à mûrir l'être moral, en même temps que l'être matériel. Il travaillait les deux, avec la patience et la délicatesse de l'artiste qui, dix fois, retouche son œuvre, et, dix fois, se figure que ce n'est pas encore ça.

Il n'était pas jusqu'aux moindres détails de la toilette de Camélia, dont il ne s'occupât.

Le couturier qui l'habillait n'exécutait rien, sans qu'il eût discuté avec lui l'étoffe, la nuance et la coupe, et tout cela choisi, combiné avec un goût exquis. Enfin, il jouait à la poupée.

Camélia s'en rapportait complètement à lui.

Elle avouait son inexpérience en pareille matière, avec une gaucherie charmante. La coquetterie n'entrait pas dans son caractère. Et c'était heureux, car les observations et les conseils de Raoul, au sujet de sa toilette, eussent suffi pour en faire une de ces femmes d'apparat, dont l'unique occupation est de passer la journée entière à s'adorer dans leurs miroirs. Elle se prêtait, souriante, à toutes les modifications qu'il plaisait à Raoul de lui faire subir, n'ayant de volonté que son caprice à lui, se trouvant toujours bien, du moment qu'elle était à sa guise.

Il poussait le raffinement jusqu'à exiger qu'elle portât des gants au lit, dans l'appartement, à table, se réservant, quand il venait faire sa visite quotidienne, de mettre à nu sa petite main et d'en caresser doucement le satin. En partant, il la regantait. Elle ne prenait l'air que pour lui seul, comme le visage des femmes orientales, qui n'ôtent leur féridjé, que devant leur mari.

Ces originalités surprenaient Camélia et

14.

ravivaient ses espérances. Ce soin qu'il prenait, d'imprimer son goût à tout ce qui la touchait, faisait supposer plus que de l'amitié. Elle se persuadait qu'il l'aimait. Sinon, s'arrêterait-il à de telles futilités? Mais elle tombait subitement du haut de son illusion. Une vipère l'avait mordue au cœur; le souvenir de la princesse s'était glissé dans son rêve doré.

Cet amour, prisonnier de lui-même, sans cesse sur le point de forcer sa prison, se rongeait d'impatience. Le moral déteignait sur le physique. Déjà, une couche de bistre ombrait les yeux de la jeune fille, déjà, la fièvre les allumait d'un éclat maladif.

Ce dépérissement n'échappait pas à Raoul. Il lisait dans cette âme, à livre ouvert; mais c'était dans le programme. La souffrance jetait les assises de l'amour. Il n'y avait, là, aucun danger sérieux. Il ramènerait la santé quand il le voudrait. Pour que la convalescence fût complète, il était nécessaire que la maladie suivît son cours.

En outre, il goûtait une jouissance égoïste à sonder la plaie, à y remuer le fer, à en me-

surer la profondeur. Il disséquait cette âme
comme l'anatomiste, penché sur un cadavre,
le fouille à la pointe du scalpel, et en détache
délicatement les fibres.

XXIV

Tous les jours, à la même heure, le petit coupé venait stationner devant la grille du jardin.

Le plus souvent, Camélia, résistant aux obsessions de Mme Bernard qui la suppliait de prendre un peu de distraction, le renvoyait vide, comme il était venu.

Quelquefois, elle cédait, pour avoir la paix.

Autour du lac, ce va-et-vient continuel de gens, portant écrite sur leur visage la satisfaction d'être au monde, rembrunissait les teintes déjà bien sombres de sa mélancolie.

Les saluts et les sourires s'entre-croisaient
autour d'elle. Tout ce monde se connaissait; il
se trouvait là comme à un rendez-vous. Il
n'était pas jusqu'aux *cocottes*, qui ne fussent en
pays de connaissance. Elles aussi échan-
geaient des saluts et des sourires, elles aussi
passaient fêtées, entourées, étalant insolem-
ment leur luxe excentrique, défiant du regard
les femmes du monde qu'elles rasaient au
passage et semblant leur dire : « Qu'importe
votre mépris ! on vit sans estime. »

Camélia, dans son ignorance des choses de
la vie, ne saisissait pas la nuance qui distinguait les demi-mondaines des femmes du
monde, mais elle avait assez de perspicacité
pour remarquer que les premières faisaient
bande à part et qu'elles étaient au ban de la
société.

Et, chaque fois qu'elle se laissait conduire
au bois, c'était toujours les mêmes personnes
qui défilaient devant ses yeux, se saluant, et
se souriant.

Il n'y avait qu'elle qu'on ne saluât pas, à qui
on ne sourît pas. On la regardait avec curio-

sité. On se demandait entre soi quelle était cette belle étrangère, mais il ne venait à l'idée d'aucune femme de faire un pas vers elle. Elle ne leur avait pas été présentée ; elle n'était pas classée. Les hommes se fûssent bien enhardis, mais Mme Bernard les tenait en respect.

A force de passer et de repasser, elle était connue, et cependant on la traitait en inconnue, on l'isolait, on ne la comptait pas.

Cette solitude, en plein mouvement, l'attristait, l'aigrissait, la rendait envieuse de ce bonheur qu'elle trouvait partout, excepté en elle.

Tout-à-coup, une victoria à huit ressorts, attelée de deux superbes chevaux noirs, fendait la presse des voitures.

Elle tressaillait. C'était lui, lui, à côté de la princesse.

Un sanglot la serrait à la gorge, sa main se crispait à la brassière du coupé, et elle murmurait :

— Oh ! cette femme ! Encore cette femme ! Toujours cette femme !

Et lui, en passant près d'elle, détournait la

tête, sans affectation, comme s'il ne l'eût pas vue.

La rage et le désespoir s'emparaient de Camélia.

De deux choses l'une : ou il rougissait d'elle, ou il aimait la princesse.

Alors, elle se le représentait tel qu'il était, le soir, dans leurs causeries, et elle comparait. Ce n'était plus le même homme.

Dans l'intimité, il avait presque l'air de l'aimer ; en public, il ne la connaissait pas, il faisait semblant de ne pas la voir.

Pour une fille du caractère de Camélia, le coup était rude. A un autre elle ne l'eût jamais pardonné, mais à lui!...

Elle rongeait son frein et disait brusquement à Mme Bernard :

— Partons !

— Comment! déjà! s'écriait l'excellente femme, qui prenait plaisir à admirer les équipages et les toilettes.

— Oui, je me sens mal, le va-et-vient des voitures m'étourdit.

— Rentrons alors.

— Et Mme Bernard, baissant une glace de
devant, criait :

— A l'hôtel !

Toutes les humiliations, toutes les tortures,
la pauvre fille les avait endurées, pendant
ces quelques heures de promenade.

Décidément, elle préférait la solitude de sa
chambre aux échos de ce monde qui l'excluait
de son sein. Pourquoi? Sans doute à cause de
son infériorité première.

Parfois, elle reprochait à Raoul l'éducation
qu'il lui avait fait donner : « J'eusse été plus
heureuse, en restant ce que j'étais, » pensait-
elle.

Puis, ses reproches se retournaient contre
elle-même. « Ne devait-elle pas se contenter
de ce qu'il avait fait pour elle? N'était-ce pas
de l'ingratitude d'exiger davantage? »

Mais, quelle existence que la sienne! Pas
une amie en qui elle pût épancher ses chagrins. C'est si bon, quand on souffre, de parler
de ceux qui en sont la cause ! Réduite à la société de Mme Bernard! Et la pauvre femme,
au lieu de rompre la monotonie de sa vie

claustrale, lui faisait plutôt l'effet d'un éteignoir.

Quant à lui, le seul être qui se fût intéressé à elle, le seul être qui lui eût témoigné de l'affection, lui, qui était tout, à qui elle devait tout, il en aimait une autre, il la dédaignait; il ne lui accordait que quelques heures, le soir. Toute sa vie se résumait en ces quelques heures de tête-à-tête. La journée s'écoulait dans l'attente du soir, quand elle n'était pas accidentée par ces rencontres qui lui faisaient plus de mal encore que l'attente. Oh! lorsque la nuit commençait à tomber, lorsque le panneau glissait sur ses rainures, elle oubliait tout : ennui, attente, souffrances. Elle voulait jouir pleinement des rares instants qu'il allait lui accorder, et elle chassait tout nuage qui les eût obscurcis. Il lui semblait qu'un rayon de bonheur s'infiltrait dans son cœur, par l'ouverture de ce panneau, mais ce rayon, hélas! n'était que fugitif ; il s'éclipsait toujours trop tôt.

Et lui, arrivait, souriant, comme s'il ne se fût douté de rien.

15

En courant se jeter à son cou, elle avait la bouche ouverte pour lui dire :

« Vous l'aimez donc bien ? — Mais voyez comme je vous aime, moi ! Voyez ce que vos dédains me font souffrir ! »

Mais le cri expirait sur ses lèvres.

— Avait-elle le droit de parler ainsi ?

XXVI

La pauvre enfant s'étiolait à vue d'œil. Elle
était comme ces plantes tropicales, exubé-
rantes de force et de couleur, qui, transplan-
tées dans une terre préparée, sous le climat
artificiel d'une serre-chaude, penchent mélancoliquement leur corolle sur leur tige et se
fanent irrévocablement dès qu'on les touche,
ou comme ces brillants oiseaux-mouches qui,
vifs et sautillants sur les branches de leur
pays, meurent de langueur dans une cage,
faute de l'air natal et de la liberté. Ce qui
manquait à la jeune fille, c'était aussi l'air,

non pas l'air respirable, mais l'air d'un milieu
nettement défini ; c'était aussi la liberté, non
pas la liberté d'action, mais la liberté du
cœur.

Douée d'une nature essentiellement franche
et expansive, il lui en coûtait de confiner son
amour au plus profond de son cœur. Cette ré-
clusion de passion la fatiguait d'autant plus,
que, cela étant contraire à sa nature, elle
était sans cesse sur le point de se trahir, que,
dissimulant ses impressions, dans sa naïve
bonne foi, elle se figurait, qu'elle mentait. Et
le mensonge répugnait à la droiture de son caractère. Elle avait besoin d'épancher ses sensations, comme l'arbuste a besoin d'écouler
la sève qui l'excède.

Cette concentration d'amour affluant au cerveau, emmêlait l'écheveau de ses réflexions.
De là, cette idée fixe, saillant continuellement
du chaos de ses idées, toujours présente, sous
forme de pensée irréfléchie, quand elle n'y
songeait pas ; s'égarant dans un labyrinthe
de pensées attenantes, quand elle y réfléchissait, et se perdant finalement dans la mêlée,

ne laissant après elle qu'une réminiscence multiple, mais indistincte. Bref, elle avait le grain d'une maladie noire. Pour faire diversion, il n'y avait que lui, parce que lui, étant la cause, devait être le remède.

Mais, était-ce à elle de lui avouer qu'elle l'aimait? Était-ce à elle, la première, de mettre à nu son cœur? Non. Avec cette exquise délicatesse qui est le flair des femmes, elle comprenait que c'était à lui de faire le premier pas, en supposant qu'il l'aimât. — Et, parfois, à force de se pénétrer de cette supposition, elle la changeait en réalité. — Bien d'autres motifs s'opposaient encore à ce qu'elle parlât. Sa dignité de femme, d'abord, se révoltait à la possibilité d'une fausse démarche. S'il ne l'aimait pas, que penserait-il d'elle après un aveu de sa part? La déception ne serait-elle pas, pour elle, une souffrance plus aiguë que l'incertitude. L'incertitude la berçait d'espérance; la déception la foudroierait du coup. L'existence, auprès de lui, ne serait plus tenable, après un échec. Aimer et être dédaignée ouvertement, c'était au-dessus

de ses forces. Mieux valait donc l'incertitude, parce que l'ncertitude lui permettait de
vivre auprès de lui, et lui, c'était la vie. — C'é-
tait la vie! jusqu'à ce que fût la mort! — Cette
incertitude la minait pourtant, elle le sentait
bien, mais une étincelle en jaillissait soudain:
l'espérance ; et l'espérance l'aidait à dépérir.
Ensuite, c'était manquer au devoir sacré de la
reconnaissance, que la dénaturer en un sentiment qui impliquait l'égalité, par la communion d'âme. Enfin, son infériorité première, son
rôle de protégée, la condamnaient au silence,
parce que prétendre jusqu'à lui eût pu être
taxé d'intérêt et d'indélicatesse, parce que
s'élever de soi-même, au mépris de la modestie,
c'est abaisser son caractére, parce que c'est
au supérieur à tendre la main à l'inférieur.

Pour toutes ces raisons, elle ne devait pas
lui avouer son amour. Mais, cet amour, à force
de se grossir des sensations accumulées,
menaçait de faire éclater son cœur et de
s'élancer impétueusement. Déjà, ce cœur
était si éprouvé, par la pression d'amour qu'il
supportait, qu'il laissait fuser ses impressions

à tout moment. L'explosion était à redouter,
un jour à venir. Les forces humaines ont des
limites ; la raison a des heures d'égarement.

Il était donc nécessaire que cet amour trou-
vât une issue, qui lui permît de se dilater.
Pour cela, il fallait qu'il parlât de lui-même.
A qui ? A Mme Bernard ? La jeune fille, dans
les premiers temps, avait bien songé à en faire
une confidente, mais les consolations banales
que l'excellente femme lui avait prodiguées
l'avaient énervée, au lieu de la réconforter.
Quand on n'est compris qu'à moitié, on préfère
garder son amertume pour soi seul. — A une
amie, jeune comme elle, connaissant, comme
elle, l'amour d'impression présente, non de
souvenir, ayant, comme elle, la fraîcheur du
cœur, à une amie qui, naïve et sensible, s'é-
mût au récit de ses peines, comme si elle les
ressentait elle-même, et n'y répondît pas,
avec la compassion maternelle et doctorale
de Mme Bernard. Pour les confidences du
cœur, il faut qu'il y ait équilibre de sensibilité.

Et Camélia n'avait pas d'amies. Elle vivait

seule, réduite à la compagnie de Mme Bernard et de Raoul. Raoul lui eût suffi, Raoul eût comblé son suprême désir, mais elle le voyait si peu! En dehors de ces deux personnes, elle n'en voyait point d'autres, elle vivait, dans son nid capitonné, isolée du monde, comme dans une île déserte de l'Océan. Elle n'en avait même pas les échos, qui eussent égayé sa solitude d'un semblant d'animation.

Oh! comme cette solitude lui pesait! comme elle était curieuse de ce mouvement dont on l'éloignait! Comme son petit hôtel lui semblait triste et nu! c'était une tombe où elle était enterrée vive. Quand elle voyait le monde extérieur, ce n'était que par échappées, au bois, au théâtre, mais sans s'y mêler, toujours en étrangère; à ces conditions, elle préférait s'en abstenir.—Pourquoi la tenait-il ainsi séquestrée? Pourquoi?... Ce pourquoi était la préoccupation constante de son esprit, mais il n'y avait pas à enfreindre la consigne; c'était sa volonté à lui qu'il en fût ainsi; elle n'avait garde d'y désobéir.

Une amie! oh! comme elle désirait une

amie! une seule! Elle lui parlerait de lui; cette amie pleurerait avec elle; cette amie l'encouragerait. C'est si bon de confier ses chagrins à une âme sœur, qui s'en afflige avec vous; c'est si bon de pleurer en compagnie, c'est si bon de se laisser étourdir d'illusions par une autre que par soi, détachée de toute partialité!

Une amie! elle en avait une, une amie de pension, Alice de Trois-Ponts. Elle avait demandé à Raoul la permission de lui écrire, et il avait répondu: « Quand nous serons installés. » N'était-elle pas installée? il y avait quelques mois, déjà, qu'elle habitait son petit hôtel.

Alice ne devait plus être à la pension. Son père l'en avait probablement retirée. Lui écrire, cela n'allégerait pas assez son cœur; elle voulait la voir et lui raconter tout.

— Nous sortirons aujourd'hui, dit-elle un jour à Mme Bernard.

— Ah! vous devenez enfin raisonnable, mon enfant. Et nous irons au bois?

15.

— Nous irons chez une de mes amies.

— Monsieur le comte a-t-il donné des ordres?

— Vous savez bien, madame, répondit Camélia avec hauteur, que je ne fais rien sans son assentiment.

Mme Bernard comprit qu'elle avait dit une bêtise; elle essaya de pallier.

— Je ne savais pas... du moment...

A trois heures, comme d'habitude, le petit coupé s'arrêta devant la grille.

— Rue Bellechasse, 22! dit la jeune fille au cocher.

— Toi! s'écria Alice de Trois-Ponts, en tombant dans les bras de son ancienne amie.

— Tu ne t'attendais plus à me voir, n'est-ce pas?

— C'était à toi à m'écrire; tu savais où je demeurais, tandis que moi, j'ignorais ton adresse. Tu arrives juste pour apprendre une grande nouvelle.

— Voyons cette grande nouvelle!

— Je me marie.

— Ah !

— Un mariage d'inclination, ma chère, fit la malicieuse enfant, en se redressant avec importance. Un joli petit brun, aux cheveux frisés, avec une fine moustache en crocs. — A-t-il dû embrocher de cœurs, avec cette gredine de moustache ! — Nous nous aimons depuis longtemps. Tu te rappelles bien, à la pension, je te racontais... Ah ! j'oublie qu'on ne nous laissait jamais causer tranquilles ; enfin, dès cette époque, il me glissait des billets sous la table. Eh bien ! figure-toi, ma chère, qu'un jour, papa a surpris la petite poste, dans une glace, et il s'est fâché tout rouge, papa. Enfin, j'ai tant pleuré, tant prié, qu'il a ri, et qu'il a donné son consentement. C'est samedi prochain, à Saint-Thomas-d'Aquin. Tu me vois dans tous mes préparatifs. Tiens, le salon est encombré de cadeaux, je ne m'y reconnais plus. Je vais te montrer la corbeille. Il a bien fait les choses, mon petit Paul. Il s'appelle Paul — c'est très à la mode depuis *Paul et Virginie*. — Nous avons un délicieux petit appartement, boulevard Haussmann, une bonbonnière. Oh ! comme nous allons nous aimer là-dedans !

— Vous ne vous aimeriez pas aussi bien, ailleurs ? interrompit Camélia.

— Moqueuse ! Vois-tu, ma chère, si papa avait refusé son consentement, j'aurais pris le voile.

Alice avait un air si espiègle, que Camélia se demandait si elle parlait sérieusement. Elle savait son amie bien écervelée, et, à la pension, elle remplissait auprès d'elle l'office de contre-poids, mais elle ne comprenait pas qu'on traitât l'amour aussi lestement, qu'on le confondît dans une salade russe de détails secondaires, elle, pour qui son amour était une religion.

— Eh bien, tu ne me félicites pas ? s'écria Alice, étonnée de voir son amie pensive et froide.

— Si, si. Enfin, tu l'aimes sérieusement ?

— Naturellement; sans cela je ne l'épouserais pas. Songe-donc, ma chère, deux années de petite poste !

— Et lui, es-tu sûre que ce n'est pas un caprice ?..

— Lui ! il m'adore. Et, devine un peu ce qu'il aime en moi ?

— Quand on aime, il me semble qu'on n'aime pas partiellement.

— Je veux dire ce qui le captive par-dessus tout. Eh bien ! ma chère, c'est le « chien. »

— Le « chien » ?

— Tu ne sais pas ce que c'est que le « chien » ? C'est vrai, c'est de l'argot ; j'oublie que tu n'es nourrie que de classiques. Les classiques ! fi donc ! Vive l'argot ! l'argot est la langue du jour. C'est Paul qui m'a appris ce mot-là, mais il ne le dit pas devant papa. Papa n'admet l'argot qu'au front d'un bataillon.

— Mais enfin, qu'est-ce que le « chien » ?

— Le « chien », ma chère, c'est... Il est difficile d'en faire une définition exacte. C'est ce petit air chiffonné, ce petit fouillis, ce diable au corps, qui rend séduisantes les femmes qui ne sont pas franchement belles. Ainsi, toi, tu n'auras jamais du « chien ».

— Moi ! Pourquoi donc ?

— Parce qu'il faut être blonde et vaporeuse, parce qu'il faut avoir des contours fuyants, parce qu'il faut être faite d'ombres et de clairs, comme un dessin au fusain, parce qu'il faut avoir un grain de folie au cerveau, tandis que toi, tu es brune, tu as les contours arrêtés d'une statue, et tu raisonnes comme un professeur de mathémathiques.

Camélia sourit, mais de ce sourire triste et pâle où perce une nuance de pitié.

— Et tu vois dans ce mariage toutes les garanties d'un long bonheur? répondit-elle.

— Long... dame!.. jusqu'à ce que nous vieillissions.

— Et alors?

— Alors, nous jetterons un peu d'eau sur le feu, et, comme dit l'ex-second aide-de-camp de papa, un gros Flamand, nous éprouverons l'un pour l'autre une solide amitié.

— Ainsi, tu as déjà fixé un terme à la durée de ton amour?

— Eh! ma chère, on ne peut pas s'aimer toute la vie. La lune de miel, c'est très-gentil, mais si cela durait éternellement, ce serait ennuyeux. Il faut bien devenir sérieux.

Camélia regardait son amie avec un éba-

hissement sincère. Parler ainsi de l'amour !
quelle profanation ! Elle en était pénible-
ment affectée. Celle-là, non plus, ne la comprendrait pas. Où elle avait espéré trouver les
hautes consolations d'une âme-sœur, elle ne
rencontrerait que le persiflage d'une perruche.
D'où vient, alors, cette étroite amitié qui, à la
pension, unissait les deux jeunes filles? De ce
que, à la pension, enfants toutes deux, leurs
caractères opposés sympathisaient par le contraste. Camélia, ignorante encore des souffrances du cœur, était la petite mère de son
amie et n'était pas blessée par elle dans ses
secrètes affections. Depuis, Camélia avait
changé, elle était devenue femme ; son amie
était restée enfant, et elle traitait à la légère
ce dont, elle, souffrait. Elles ne pouvaient plus
se comprendre.

— Mais, reprit brusquement Alice, je parle
toujours de moi, et toi ?

— Moi !.. je suis malheureuse.

— Malheureuse ?

Camélia hésita. Enfin, cédant aux instances
de son amie, elle raconta tout.

— Comment ! interrompit celle-ci, tu habites chez un jeune homme ?

— C'est-à-dire que mon hôtel n'est séparée du sien que par un panneau mobile.

— Un panneau mobile ! c'est du roman tout pur. J'aimerais mieux l'échelle de soie, mais ton jeune homme préfère t'apparaître, comme l'archange Gabriel à la Vierge, par l'ouverture d'un panneau mobile, c'est plus biblique.

Camélia, découragée, se leva.

— Eh bien ! tu me quittes déjà ?

— Je crains d'abuser. Je vois que tu es très-occupée.

— Du tout, je vais prévenir papa que tu dînes avec nous. Tu verras mon petit Paul.

— Je regrette de ne pouvoir accepter, mais je suis attendue.

— Ah ! oui, l'archange Gabriel.. Va, ma chère, je ne te retiens plus. D'ailleurs, je viendrai te voir.

— Tu me feras plaisir.

Les deux amies s'embrassèrent.

Dans la voiture, Camélia fondit en larmes. — Pas même une amie qui la comprît !

Le soir du même jour, elle reçut une lettre, au timbre de Paris, et reconnut l'écriture de son amie.

Elle la décacheta rapidement.

« Ma chère Camélia,

« J'ai raconté ton roman à papa ; il trouve
« que ce n'est pas moral, de la part d'une jeune
« fille, de vivre avec un jeune homme, et il m'a
« signifié de rompre nos relations. Je suis
« donc dans la nécessité de t'en prévenir, pour
« que tu ne t'exposes pas, en revenant me voir,
« à une réception peu agréable. Inutile de te
« dire combien je me repens de mon bavar-
« dage, qui me prive de ma meilleure amie,
« mais papa a invoqué les convenances, et il
« ne transige pas avec les convenances, papa.
« Je n'en reste pas moins, ma pauvre Camé-
« lia, ton amie de cœur,

« ALICE DE TROIS-PONTS. »

Camélia froissa cette lettre avec rage.

Ce n'était pas qu'elle regrettât l'amitié d'Alice ; sa visite de la journée l'avait édifiée sur la valeur d'une telle amitié. Mais cette signification de rupture humiliait son orgueil.

Quelle créature était-elle donc pour qu'on la repoussât? Qu'avait-elle fait pour mériter cette insulte?

Elle avait beau fouiller dans sa conduite, elle ne trouvait rien qui motivât ces façons d'agir. Elle vivait avec un jeune homme, il est vrai, ou plutôt, elle était la protégée d'un jeune homme, mais qu'y avait-il dans leurs relations, qui prêtât au blâme? — Rien, absolument rien. Ce jeune homme était son bienfaiteur, pas autre chose. Elle l'aimait! mais est-ce un crime d'aimer, quand on renferme son amour dans son cœur, comme dans un sanctuaire?

Et c'était là ce monde qu'elle aspirait tant à connaître! Il tournait en mal ce qui était bien. Non, non, il n'était pas digne qu'elle s'y mêlât. Elle se jugeait au-dessus de lui, elle en était dégoûtée à jamais.

Dans son dépit, elle se prit presque à reprocher à Raoul de l'avoir recueillie. Que ne l'avait-il laissée sur le pas de la porte où il l'avait trouvée? — Elle fût morte de froid et de

faim, ou elle eût vécu misérable, mais insouciante. La misère est une amie pour qui n'a
connu qu'elle. Que ne l'avait-il abandonnée
à son ignorance ? — Elle n'eût pas eu connaissance de son cœur, elle n'eût pas acquis
cette délicatesse de sensibilité que lui avait
révélé l'amour par la souffrance, qui l'avait
rendue susceptible à l'humiliation. Elle fût
restée une fille des rues, dormant n'importe
où, se nourrissant d'une chanson, heureuse de
vivre, pleurant parfois, mais riant entre deux
larmes. — Allons! elle était injuste à son tour !
Elle reprochait au bienfaiteur ses bienfaits!
L'humiliation la rendait ingrate! Elle regrettait le temps passé ! — Oh! non, elle ne le regrettait pas. Elle l'aimait, lui ! et son amour
ulcéré avait grandi dans la solitude. Si elle
ne l'avait pas connu, elle ne l'eût pas aimé ; et
elle préférait encore souffrir de l'aimer, que
vivre heureuse, sans l'avoir connu.

A dix heures, Raoul vint faire sa visite quotidienne ; il remarqua, sur la cheminée, la lettre dépliée.

— Qui vous a écrit, Camélia ?

— Une amie de pension, chez qui j'ai été, dans la journée.

— Vous avez eu tort de ne pas me demander avis à ce sujet.

— Oh ! j'en ai été bien punie ! Lisez.

Raoul prit la lettre. — Quand il en eut achevé la lecture, il fronça les sourcils.

— Voilà bien ce que je craignais, dit-il. Si vous m'aviez consulté, avant de mettre votre projet à exécution, vous eussiez évité cette humiliation. Le monde, ma chère enfant, est capricieux et fantasque, comme les jolies femmes. Il brûle aujourd'hui ce qu'il a adoré hier, et adore le lendemain ce qu'il a brûlé la veille. Ses statuts sont d'une élasticité qui se prête à toutes les variations de son caprice. Croyez-moi, n'allez plus au-devant de nouveaux outrages, fuyez le monde; faites-en votre deuil. Dieu me garde de froisser inutilement votre amour-propre ! Si je vous parle ainsi, c'est parce que j'ai des raisons majeures de le faire, raisons que je me réserve de vous expliquer plus tard, quand une existence nouvelle s'ouvrira à vous. Cette existence nouvelle vous fournira peut-être une compensation, qui peuplera votre solitude et vous fera oublier les préventions d'une société dont vous seriez bien vite dégoûtée. Pour le moment, vivez dans le milieu où je vous ai placée, contentez-vous des distractions que je vous choisis. Vous savez que mon plus cher désir est de vous voir heureuse, car je vous aime.....comme un père.

Le cœur de la pauvre enfant avait bondi... cette pause d'une seconde en avait suspendu les battements... mais hélas! quelle chute!

— Vous me trouvez bien tyran, reprit-il. Ce que j'en fais, c'est pour votre bien. Ce qui vous touche me touche, et votre amour-propre m'est aussi précieux que le mien. D'ailleurs, je n'impose pas, je conseille. Je n'ai aucun droit à parler en maître; vous ne dépendez que de vous-même. Le jour où l'ennui vous inspirera la liberté, votre cœur décidera.

Camélia lui saisit vivement la main et la portant à ses lèvres :

— Oh! mon ami...

— Ne le prenez pas en mal, je comprends combien cette solitude doit vous être pénible.

A votre âge, avec votre tempérament vivace, il est triste d'être clôturée, comme une religieuse. Vous voyez, vous entendez ce mouvement autour de vous, et vous brûlez d'envie de vous y mêler; c'est tout naturel, mais, malheureusement, il y a des obstacles, obstacles contre lesquels vous vous êtes heurtée aujourd'hui même. Je devine votre mal, l'ennui y entre pour beaucoup, mais pas pour totalité; il y est compliqué d'une secrète aspiration que nourrit la solitude. Vous êtes à la phase où le cœur des jeunes filles commence à s'épanouir. Pour favoriser cet épanouissement, nous voyagerons; cet été, nous irons en Italie, le pays de l'idéal. Là, sous un ciel d'azur, dans l'atmosphère embaumée d'un éternel printemps, aux bords d'une mer transparente, face à face avec les merveilles de l'art et les ruines grandioses du temps passé, vous donnerez libre essor à votre âme impatiente.

Rien ne grandit et n'élève la pensée, rien ne parle au cœur, plus éloquemment, que l'influence du beau. Il semble qu'en ce pays enchanté, on ne doive vivre que pour s'aimer.

La jeune fille humait délicieusement ces paroles.

— Aimer! reprit-il, avec un profond soupir,
c'est bon d'aimer! tout le monde y arrive, un
jour ou l'autre. Nous sommes faits dans ce but.
L'amour est le ciment de la création. Il n'y a
que les maudits qui n'aiment pas! — Vous
aussi, vous aimerez; cette aspiration secrète
qui, en vous, est née de la solitude, c'est le
besoin d'aimer, c'est l'attraction irrésistible
d'une âme vers une autre âme. Oui, vous aimerez, vous aimez déjà. Vous ne savez pas
qui vous aimez, mais vous aimez... un inconnu. Cet inconnu se présentera sur votre
chemin, vous le reconnaîtrez au choc intérieur
que vous ressentirez à sa vue. Alors, mon
rôle, à moi, sera fini; je m'effacerai; votre
cœur ne m'appartient pas.

Camélia avait penché la tête sur l'épaule de
Raoul. Elle releva sur lui ses yeux, où les
larmes perlaient, aux bords des cils, et répondit :

— Pouvez-vous supposer, mon ami, qu'un
sentiment étranger fasse pâlir en moi le sou-

venir de vos bontés, au point que je les mette
en balance. Les filles de ma race n'oublient
jamais ! Vous êtes tout pour moi ; je ne connais rien de meilleur, rien de plus beau, rien
de plus parfait que vous. Toutes mes aspirations se résument en une seule, qui tend vers
vous. Je ne sais si c'est mal ce que je dis là, je
parle comme je pense. — Aimer ! je n'aimerai
jamais, je ne puis pas aimer, ou plutôt... Ah !
tenez, je vous en prie, ne me pressez pas
davantage, je n'ose regarder en mon cœur, ce
que je verrais est insensé. — Vous quitter !
moi, dont toute la vie est en vous. Ah ! il le
faudra peut-être, mais cela ne viendra pas de
moi, cela viendra de vous ; je vous quitterai,
lorsque je vous gênerai. Vous partagerez un
jour l'amour que vous devez inspirer ; vous
aimerez sérieusement, vous serez désireux de
vous faire une famille, vous vous marierez...

Il secoua la tête, en signe de dénégation.

— Oh ! vous n'y songez peut-être pas,
maintenant, reprit-elle, mais plus tard !...
peut-on préjuger de l'avenir ? Je n'ai pas d'expérience, moi, mais il me semble que le roman

d'un jeune homme se dénoue toujours ainsi.
Alors ce sera mon rôle, à moi, qui sera fini ; je
vous quitterai, avec la consolation de vous savoir heureux. Oui, je vous quitterai ; il le faudra, je le sens bien. Chaque pas que je fais
dans la vie m'est un enseignement. Il me
semble qu'insensiblement, un brouillard se
fond devant ma pensée. Cette lettre, en me
frappant au cœur, m'a appris qu'il était in-
convenant qu'une jeune fille vécût chez un
jeune homme, dans les conditions où nous
sommes vis-à-vis l'un de l'autre. Et cependant, il n'y a rien de mal au fond de notre
conduite? En me recueillant, vous avez fait une
bonne action ; en vous en témoignant ma
reconnaissance, en la publiant, j'agis, je ne
dirai pas suivant le devoir, ce serait un peu
sec, mais suivant mon cœur. Il paraît que
c'est contraire à la morale. Qu'est-ce donc que
la morale? Ma conscience m'approuve, cela
me suffit ; je dédaigne une morale qui pres-
crit l'hypocrisie et érige en vertu l'ingratitude. — Les déductions coulent de source : ce
qui, pour moi, est immoral, rejaillit forcément

16

sur vous. Le jour où vous vous marierez, je serai, conséquemment, un obstacle. Voilà pourquoi, mon ami, je prévois que, à un moment donné, je vous gênerai.

Raoul était ému, contrarié et ravi, tout à la fois. Emu, parce que tant de candeur, tant de simplicité l'étonnaient ; contrarié parce que cet aveu, tout gazé qu'il fût, provoquait une réponse ; ravi, parce qu'il se sentait aimé, comme jamais il ne l'avait été, et que cet amour virginal rajeunissait son cœur blasé. Mais, il ne voulait pas abandonner le terrain vague, sur lequel il avait maintenu la jeune fille jusqu'alors. Accepter son amour, c'était entrer dans la dernière période, et il jugeait que Camélia avait encore quelques étapes à franchir, avant d'y arriver.

Cependant, la jeune fille avait été trop explicite, pour qu'il fît semblant de n'avoir pas compris. Il fut tacticien ; il tourna la difficulté.

— Enfant ! dit-il, sur un ton paternel, vous parlez, avec la naïveté d'une âme neuve, pour qui l'impression première est censée la définitive. Vous ne connaissez que moi, et toutes vos pensées se portent naturellement vers

moi. L'ignorance des choses de la vie, l'isolement de votre cœur, vous font travestir un sentiment que la comparaison ne vous a pas encore donné d'établir. Je ne prends pas vos
paroles au sérieux, je ne veux pas m'y arrêter;
ce serait abuser de votre inexpérience. Vous
croyez aimer, oui vous aimez, mais, comme je
vous le disais tout à l'heure, c'est l'inconnu
que vous aimez; vous ne serez véritablement
fixée sur la portée de ce sentiment que lorsque vous aurez la liberté du choix. — Quant
à me marier, enfant, rassurez-vous; si vous
connaissiez ma vie, vous n'eussiez pas émis
cette supposition; elle est trop décevante
pour que je vous la raconte. Sachez seulement
que, quand on a trop aimé...

— Il est donc possible d'aimer plusieurs
fois?

— Quand on s'est trop acharné à l'amour,
veux-je dire, le cœur est faussé; on ne peut
plus aimer, ni être aimé. Ce teint de cire, ces
traits tirés, ces lèvres pâlies, ces cheveux
éclaircis aux tempes, ces ravages de l'abus, ne
trompent pas les femmes qui savent. Tout cela

parle, tout cela est un dossier vivant, tout cela dénonce des ruines. Ah! ma pauvre enfant, ne soulevez pas ces dépouilles, je vous ferais horreur!

— Oh! vous mettez de la coquetterie à vous vieillir.

Oui, il y mettait de la coquetterie. L'ingénuité de la jeune fille avait deviné le manége du blasé. Oui, il se vieillissait, il s'enlaidissait, il se dépréciait, afin de se faire remarquer et d'en ressortir plus séduisant. Ah! le serpent tentateur savait bien que, loin de repousser, il attirerait.

— L'amour, poursuivit-il avec un sombre sourire, ouvre le paradis, quand il n'ouvre pas l'enfer. Il ouvre le paradis aux âmes comme la vôtre; il ouvre l'enfer aux âmes comme la mienne. Allons! assez parlé de ces choses! Ne réveillons pas le maudit! Bonsoir, mon enfant.

Et l'embrassant paternellement, il la quitta.

Camélia était piquée de ce demi-échec. Elle avait été entraînée, par les circonstances, à dire plus qu'elle n'aurait voulu; bref, il

l'avait comprise et avait rejeté son amour.
« Il ne la prenait pas au sérieux! »

Qu'y avait-il donc dans son existence de si
épouvantable? Il était bon. Elle était une
preuve de sa bonté; il était incapable des
monstruosités dont il se chargeait.

Cela venait, disait-il, de ce qu'il avait abusé
de l'amour. Abuser de l'amour !...

Lui, vieux! Lui, laid! Lui, repoussant! Oh!
elle le voyait charmant, trop charmant!

XXVII

— Ne m'avez-vous pas dit, un jour, que vous chantiez ? Camélia.

— Oui, mon ami. Vous désirez m'entendre ?

— J'allais vous le demander.

— Oh ! je me suis peut-être un peu vantée, ce jour-là.

— N'importe, je vous en prie.

— Du moment que cela vous est agréable, je m'exécute. — Une romance ou un air d'opéra ?

— Un air d'opéra. Je trouve les romances fades et sans intérêt. La musique d'opéra est plus large et plus grandiose

— Avez-vous une préférence ?

— J'en ai quelques-unes, mais je laisse le morceau à votre choix.

— Alors, ce sera votre faute, si je tombe mal. Que diriez-vous de la scène de la folie de *Lucie ?*

— A merveille, c'est mon opéra favori.

On passa au salon, et Camélia, tirant du casier à musique la partition de *Lucie*, la plaça sur le pupitre d'un magnifique Pleyel à queue, qui était dans un des angles de la pièce.

— Ne soyez pas trop sévère, dit-elle, en haussant le tabouret sur sa vis d'acier. Je tremble devant vous, comme si je comparaissais devant le jury du Conservatoire.

— Oh ! rassurez-vous, je ne suis qu'un amateur, et mon jugement vous est acquis d'avance.

Elle s'assit devant le clavier et se délia les doigts par quelques accords.

Raoul était dans un fauteuil, à quelques pas en arrière, dans l'ombre, curieux de voir si cette créature originale avait l'étoffe d'une artiste.

Elle inclina vers lui la tête, par dessus l'é-
paule, et lui dit :

— Vous seriez bien aimable de venir me
tourner les pages!

Il vint s'appuyer contre la caisse du piano,
face à face avec la jeune fille que les bou-
gies des supports éclairaient en plein visage,
les yeux dans ses yeux, prêt à suivre sur sa
physionomie les impressions que la musique
allaient y faire passer.

Se sentant ainsi observée, elle rougit jusqu'aux oreilles.

Enfin, elle commença d'une voix timide,
hésitante. Puis, peu à peu, oubliant l'examen
dont elle était l'objet, elle s'identifia avec son
rôle. Sa voix se développa, large, sonore, facile, assurée, timbrée de ce son plein, métallique et pur, que rend le cristal de bon
aloi.

Les notes découlaient de sa bouche comme
une cascade de perles. Elle chantait comme
elle parlait, naturellement. Il est des cantatri-
ces, et la plupart de nos étoiles sont ainsi, qui
ne parviennent aux vocalises aiguës qu'au

prix d'efforts inouïs. Leur dos se voûte, leur tête rentre dans les épaules, sous la tension des efforts qu'elles font pour s'extirper les sons de la poitrine. On dirait qu'elles se déchirent les entrailles. Les auditeurs souffrent de leur malaise ; ils sont oppressés et ne respirent librement que lorsque le tour de force est accompli.

Camélia, au contraire, vocalisait avec une aisance parfaite. Elle faisait exécuter à sa voix des exercices de haute-école, de voltige. Donizetti l'eût entendue, qu'il eût haussé pour elle sa musique d'un ton. C'était la Pauline qu'il avait rêvée pour son *Poliuto*. Elle transposait les tons, tout en conservant à la mélodie sa couleur première. Et, phénomène bien rare ! elle sautait des notes les plus graves aux notes les plus élevées, sans prendre de souffle, pour se préparer à ce steeple-chase. Elle se faisait à volonté *contralto* ou *soprano*. Elle avait, surtout dans les notes graves, de ces intonations caverneuses vibrantes qui rendent d'une façon si poignante les angoisses de la tristesse et de la douleur.

Raoul, qui était assez musicien pour juger d'un talent, écoutait attentivement.

Mais ce n'était là qu'un prélude.

A mesure qu'elle avançait dans la mélodie, son âme se dégageait des liens matériels et s'élevait vers les régions éthérées où le compositeur avait trouvé son inspiration. Sa voix prenait des ailes. Elle montait et retombait, avec une agilité surprenante. Elle avait tour à tour les sons de l'orgue et de la flûte; elle s'imprégnait d'une harmonie céleste; elle s'épurait dans les espaces libres.

Tantôt la passion l'enflait, et elle débordait, farouche, éclatante; tantôt l'angoisse l'étranglait, et de *soprano* elle tombait à ce *contralto* mélancolique et traînant, qui éveille un écho dans le cœur des auditeurs et leur transmet un frisson par tout le corps.

Son visage, comme un miroir, reflétait les sensations diverses qui tourmentaient son âme.

Suivant l'intention de la musique, ses yeux s'allumaient et lançaient des éclairs ou devenaient limpides et tendres. Sa physionomie tout entière passait de la tempête à la sérénité.

Par moments, un sourire triste l'éclairait, comme, après l'orage, un rayon de soleil, filtrant à regret à travers le nuage noir. Alors, la voix devenait suave, douce, larmoyante.

Tout à coup, la folie égarant le cerveau de la pauvre Lucie, c'était une irruption tumultueuse de sentiments opposés : tout cela se fondant, sans se heurter, chaos merveilleux d'impressions dramatiques !

Le piano, lui-même, sous ses doigts, soupirait, suppliait, gémissait, pleurait, ou bien criait, mugissait, s'emportait, tonnait. Il avait les accents multiples d'un orchestre. Ce n'était plus de la musique, c'était de la symphonie imitative.

Camélia, transfigurée, planait. Elle semblait illuminée d'un reflet divin. Son regard, nageant dans l'extase, se perdait dans les abîmes insondables de la rêverie ; ses doigts couraient sur le clavier, sans qu'elle parût s'occuper de les diriger; ses cheveux s'épandaient sur ses épaules, ondulant en désordre aux mouvements de sa tête, suivant les secousses de la mélodie.

Au début, Raoul, accoudé au piano et tournant consciencieusement les feuillets, avait été surpris.

Bientôt, à mesure que cette voix, élargissant son cadre, atteignait les régions séraphiques, ses yeux, rivés à ceux de Camélia, s'étaient enflammés de la lueur qui brillait dans les siens. Un élan d'enthousiasme l'avait attiré vers elle. Il s'était rapproché, insensiblement, cédant à une traction magnétique, et haletant, fiévreux, suspendu aux lèvres de la jeune fille, il était tombé à genoux et embrassait follement les boucles de cheveux qui frôlaient son visage.

Enfin, Camélia, épuisée, cessa de chanter et laissa tomber ses mains inertes sur le clavier.

Il s'en empara avidement, et, sans pouvoir parler, tant l'émotion l'étranglait, il les garda longtemps, collées contre sa bouche.

Ses lèvres, quittant les mains de la jeune fille, montaient le long des bras, laissant après elles un sillage de feu. Des bras, elles gagnaient le cou; elles descendaient à la naissance de la gorge...

Camélia s'abandonnait à ces baisers, la tête renversée, fermant les yeux. Sa poitrine, encore gonflée par l'émotion, se soulevait par soubresauts précipités. Elle ne savait plus où elle était; elle ne savait plus ce qui se passait; elle ne savait plus ce qu'elle pensait. Elle était pâmée dans cet anéantissement qui vous éteint doucement dans le vague. A chaque baiser, elle frissonnait, et ce frisson lui secouait délicieusement le corps. Elle sentait comme l'empreinte d'un fer rouge, aussitôt rafraîchie par un baume. Elle éprouvait une angoisse indéfinissable, mêlée de jouissance et de douleur. Elle coulait à l'évanouissement et murmurait :

— Raoul !... Raoul !

— Camélia ! chère Camélia ! répondait-il.

Ses lèvres allaient se poser sur les lèvres de la jeune fille, lorsque, se relevant il l'enleva et, la portant sur un sofa, lui dit froidement :

— Vous avez le tempérament d'une artiste.

Puis, la laissant inanimée, sur le sofa où il l'avait déposée, il disparut.

XXVI

A ces mots, Camélia était revenue à elle, comme si elle eût reçue une douche glacée sur la tête.

Elle s'était élancée, pour retenir la vision qui s'enfuyait, se demandant si elle n'était pas le jouet d'un rêve, si c'était bien la voix de Raoul qu'elle avait entendue.

Mais, il n'y avait pas à se méprendre, la partition était encore ouverte sur le pupitre du piano, le tabouret était renversé.

Les meubles témoignaient de la scène qui venait d'avoir lieu.

La trace de ses baisers lui brûlait les mains, les bras, la gorge, le cou ; elle se sentait encore toute frémissante.

Oh ! il l'aimait à n'en point douter ! Mais alors !... — C'est qu'au plus fort de sa passion, il s'était souvenu de l'autre, et l'autre l'avait remporté.

Oh ! elle provoquerait, elle renouvellerait cette scène, dont les moindres détails lui revenaient à la mémoire ! Il l'avait aimée un moment ; cela n'avait été qu'une lueur, un éclair. Mais elle serait si habile, si séduisante, qu'il oublierait l'autre et qu'elle triompherait à son tour.

Et, s'étant rassise sur le sofa, le menton dans la paume de la main, elle réfléchissait, elle arrêtait son plan.

A partir de ce jour, son piano devint son confident, son ami. Au lieu de passer les journées à rêver, étendue sur sa chaise-longue, elle les passait à laisser errer ses doigts sur les touches, leur confiant ses peines.

Elle improvisait au gré de ses sensations ;

l'instrument docile les rendait fidèlement.
C'était des mélodies plaintives, nonchalan-
tes, comme des nocturnes de Schuloff, ou
heurtées, fantasques, comme des rêveries de
Chopin.

Ces épanchements d'harmonie la soula-
geaient. Ils exhalaient son amertume dans un
langage qu'elle seule comprenait.

La pauvre Mme Bernard la croyait folle.
Elle y gagnait toujours une distraction qu'elle
n'avait pas auparavant.

Enfoncée dans une large causeuse, au coin
du feu, les pieds sur un coussin moelleusement
rembourré, elle hochait la tête en cadence, tout
en croisant machinalement ses aiguilles à tri-
coter.

Mais, que s'était-il donc passé en Raoul ?

C'était le moment ou jamais... — Non, il
avait faibli, il avait reculé devant l'innocence
désarmée, il n'avait pas osé...

Lui, le fort des forts, tomber à ces scrupules
mesquins des consciences bourgeoises ! —
Cependant, effrayé de ces symptômes insolites,
il se sonda et constata qu'il n'était plus le

même. La cuirasse du blasé s'écaillait, comme les mailles d'une cotte d'armes.

Il jeta un coup-d'œil dans une glace et ne se reconnut pas.

Cet air d'indifférence superbe et dédaigneuse, ce sourire sardonique, ce regard froid et assuré, qui étaient l'estampille de sa physionomie, s'étaient fondus en une expression indécise et désorientée, grimaçante d'impressions affolées.

Il se sentait petit garçon, il se sentait timide. Pour un rien, il eût rougi.

Enfin, ses esprits l'abandonnaient, sa volonté capitulait.

En se voyant ainsi décomposé, il eut un rire nerveux.

Est-ce que Satan se serait pris à ses propres filets ? Est-ce que Satan serait amoureux ? Amoureux ! lui ! La chose serait plaisante ! Autant dire que le loup se résignait à garder les brebis. Amoureux ! Il ne voulait pas l'être. Il ne devait voir en la jeune fille qu'un hochet à son caprice : pas davantage. Amoureux ! et le ridicule ?...

C'est bon pour les petites gens d'être amoureux ! Un homme qui se respecte ne descend pas à de pareilles banalités.— Cependant, l'amour ! l'amour vrai ! l'amour pur ! c'était une volupté inconnue. Pourquoi n'y goûterait-il pas? — Non, non, il fallait réagir, quand il en était temps encore. Plus tard, il le voudrait, qu'il ne le pourrait plus. — Mais, c'est bien sec de se laisser aimer sans y répondre. Le charme de l'amour n'est-il pas dans la réciprocité, dans l'assimilation des âmes? — Allait-il donc s'arrêter à ces puérilités? Tomberait-il déjà en enfance ? Ah! son cœur faisait de l'opposition ! il dompterait le rebelle; il triompherait de l'émeute. Son orgueil y était engagé. La plus belle victoire est celle que l'on remporte sur soi-même.

Enfoncé dans un fauteuil, il soutenait l'assaut des mille pensées contradictoires qui se tiraillaient sa pensée.

Le matin le surprit ainsi.

La musique monotone d'un orgue de barbarie rompit sa méditation.

Il se leva, ouvrit la fenêtre et s'accouda à

la barre d'appui, avide de baigner d'air sa tête en feu.

De cette fenêtre, il dominait le mur de clôture de la cour et plongeait dans la rue.

Au milieu de la chaussée, un homme à l'air misérable, jeune encore, mais estropié d'un bras, tournait de l'autre la manivelle de l'orgue dont la complainte l'avait distrait. A quelques pas en arrière, assise sur le rebord du trottoir, une femme, jeune aussi, mais à la figure pâlie par les privations, aux joues creuses, aux pommettes saillantes, vêtue de guenilles, trop légères pour la saison, tenait un enfant sur ses genoux. L'enfant, qui avait à peine un an, était emmaillotté dans un lambeau noirâtre de couverture de laine, et avait la tête embéguinée d'une capeline d'étoffe voyante. Toutes les privations de ce couple misérable semblaient s'être concentrées en vue du petit être.

La mère l'élevait à la hauteur de ses lèvres et le mangeait de baisers. Elle lui faisait des agaceries, et le petit être y répondait par des risettes. De temps à autre, le père détournait la tête et souriait à l'enfant.

Les yeux de la pauvre mère brillaient de joie. Le sourire qui voltigeait sur ses lèvres blêmes éclairait son visage de ce reflet de douceur et de résignation que l'on prête aux saintes, dans les peintures mystiques. Oh ! à ce moment-là, elle ne songeait pas à sa misère, elle ne sentait pas les tortures de la faim déchirer ses entrailles, elle tenait le bonheur entre ses bras. Elle était riche à sa façon ; elle possédait un trésor : son enfant. Que lui importait le reste ?

Raoul contemplait ce tableau.

O miracle ! Une larme, une vraie larme, roula de ses yeux sur sa joue et glissa sur sa main.

Au contact de cette goutte tiède, il tressaillit. Un monde de pensées nouvelles s'agitait dans son cerveau :

— Cette femme était heureuse dans sa misère. On lui eût offert la fortune, en échange de son enfant, qu'elle eût refusé la fortune. Elle était heureuse, ! et lui était malheureux !

17.

Pourquoi était-il malheureux? N'avait-il pas tout ce qui contribue au bonheur? C'est précisément cette facilité à l'acquérir qui l'en avait éloigné. Il avait visé trop haut; il avait dédaigné les joies simples de la famille. S'il eût été pauvre, peut-être eût-il été heureux. Maintenant, il n'était plus temps, sa nature avait pris le pli... — qui sait? il était peut-être temps encore! Il pourrait... lui aussi!... — Non, non, on rirait.

On rirait! — Ainsi, cet homme, qui avait l'habitude de dominer, se laissait dominer à son tour par le plus mesquin des tyrans : l'amour-propre. Le bonheur lui apparaissait sous sa véritable expression, il lui souriait, il lui tendait les bras; il ne tenait qu'à lui de le réaliser! — Non, il le repoussait, tout en le désirant! Il tremblait devant la férule de son amour-propre!

O faiblesse de l'âme humaine! La crainte est l'élément principal de sa substance. Il faut qu'elle se manifeste, d'une façon ou d'une autre. Preuve certaine d'un créateur! preuve certaine de notre imperfection! Il faut que l'homme se courbe devant un maître. Quand il ne reconnaît pas le véritable : Dieu, il s'en fait un. Ce maître, c'est un roi, c'est la femme, c'est l'ambition, c'est l'orgueil, c'est l'argent, c'est le vice, c'est le ridicule, le ridicule surtout ; ce maître, c'est n'importe quoi, mais il s'y soumet. Jamais l'homme ne s'affranchit de la crainte. S'il l'a défiée, toute sa vie, elle l'attend au seuil mystérieux où les grands et les petits se confondent dans le même néant : la mort.

Mais les yeux de Raoul couvaient la mère et l'enfant. Ses deux voix luttaient en lui : — Un enfant ! Il aurait un enfant, lui, le maudit ! lui, le paria ! Il n'avait qu'à vouloir, et le bonheur viendait à lui. Le bonheur !...

Il eut un sourire amer. — Il était fou de croire au bonheur. Il s'était toujours trompé, il se trompait toujours. Il souffrait assez, sans aggraver ses souffrances, par une nouvelle déception. Le bonheur n'était pas pour lui. Le bonheur avait horreur de lui, suivant la loi immuable des antipathies.

Et, cet homme-là était sincère, quand il

disait que le bonheur était pour tout le monde,
excepté pour lui! Il s'était tellement faussé le
cœur et le jugement, qu'il se mentait à lui-
même, mais de bonne foi. L'habitude de l'observation, l'abus de scepticisme, avaient multiplié les ressorts de sa réflexion, au point
que, malgré lui, son esprit ne se plaisait
qu'aux raisonnements compliqués. Et cependant, quand on cherche tout l'amour, quand
on use de tant de raffinements, en vue de
l'inspirer, on n'est pas absolument insensible,
on est avide de le ressentir, et il est impossible qu'on ne le ressente pas, quand on s'applique tant à l'inculquer.

Il n'en marchait pas moins à la conversion, et s'il ne se rendait pas à l'évidence,
c'est parce qu'il avait à épuiser le pour et le
contre, devant un juge pointilleux : lui-même

— Ayez pitié d'un pauvre père de famille,
estropié à la bataille de Borny! gémissait
l'homme à l'orgue de Barbarie, qui avait cessé
de tourner sa manivelle.

Raoul mit la main à sa poche, en tira un
louis, le jeta dans la rue et referma précipi-

tamment la fenêtre, comme ayant honte de sa bonne action.

Une seconde larme humectait sa paupière.

Ces deux larmes avaient dégelé sa sensibilité. C'était les premières, depuis qu'il avait perdu sa mère.

XXVII

Camélia était entrée dans la dernière période. Après les effets moraux, les effets physiques. Une révolution s'était opérée en elle.
Les sens avaient parlé.

On était au commencement du printemps.

De sa fenêtre entr'ouverte, elle voyait, dans
le jardinet qui précédait la maison, les petits
oiseaux se becqueter, en se balançant aux
lianes flexibles du lierre; elle voyait, sur la
déclivité du toit pointu d'un kiosque chinois,
les pigeons roucouler, en se pavanant autour

de leurs femelles, avec des mines pleines de coquetterie provocante ; elle voyait les bourgeons percer aux nœuds des branches, et les arbres se revêtir de verdure ; elle voyait les fleurs s'ouvrir insensiblement à la vie et les gouttelettes de rosée trembler au fond de leur calice ; — le soleil, risquant frileusement ses premiers rayons, à travers un nuage retardataire, colorait cette éclosion de reflets irisés ; — elle entendait mille petits cris bruire dans l'air, avec le bourdonnement fourmillant d'une ruche. C'était comme un concert d'actions de grâces, qui montait vers le ciel.

Le sol dilatait ses pores, d'où s'exhalait un gaz subtil, à travers lequel, dans les traînées lumineuses qui se glissaient en biais dans sa chambre, par l'entrebaillement de la fenêtre, elle voyait des atômes impalpables ondoyer avec des vibrations tourbillonnantes. L'atmosphère se chargeait d'effluves capiteuses. La nature, enfin, respirait après une pénible oppression. Elle s'éveillait du sommeil léthargique de l'hiver.

Camélia, elle aussi, sentait quelque chose

s'éveiller en elle. Ce quelque chose l'oppressait et l'étourdissait. Ce quelque chose était affamé et demandait à être assouvi. Ce quelque chose avait des avidités impérieuses. Ce quelque chose ébranlait son être d'élancements charnels.

Qu'était-ce donc?

Elle ne le savait pas.

Elle se ressentait de l'influence contagieuse du printemps. La sève de ses seize ans se pressait dans ses veines, comme la marée montante, et affluait au cerveau, où, faute de débouché, elle le grisait de sa surabondance. La jeune fille se sentait impuissante à maîtriser ce flux envahisseur.

Les miasmes excitants, que lui apportait la tiède haleine de la brise, suscitaient en elle des aspirations qui l'effrayaient. Par moments, des bouffées de chaleur lui montant au visage, ses joues s'empourpraient, ses yeux voyaient trouble, sa tête tournoyait, ses jambes défaillaient, le cœur lui manquait. Puis, son sang refluant au cœur, une pâleur mortelle s'étendait sur son visage, un frisson rapide lui courait à fleur de peau, une sueur glacée lui mouillait la racine des cheveux, ses yeux s'allumaient d'un éclat fiévreux, ses mains devenaient moites et molles, ses dents claquaient. Elle grelottait.

Dix fois, vingt fois par jour, elle vaguait ainsi d'un extrême à l'autre : vapeurs d'abord, frissons ensuite.

La crise se terminait, d'ordinaire, par une attaque de nerfs, à laquelle succédait une torpeur extatique.

Le moral subissait le contre-coup de ces effets physiques.

Les idées bouillonnaient tumultueusement, dans la tête de la pauvre enfant, comme l'eau, dans une chaudière, sur le point d'éclater. C'était un fourmillement tel, que, souvent, elle perdait le fil de ses réflexions. Mais, la même idée fixe dominait cette ébullition : son amour.

Oui, elle aimait ! elle aimait ! de toute la vigueur de sa jeunesse, et elle avait besoin de le dire, de le crier. Cet amour captif prenait des proportions telles qu'il l'étouffait, qu'il menaçait de rompre la digue qu'elle lui opposait ; et, dans la lutte, chaque effort qu'elle faisait pour le contenir la laissait affaiblie.

Oui, elle aimait ! mais son amour était las d'obséder sa pensée, il parlait par ses sens.

Ces appétits, ces attractions, ces élancements de la chair lui apprenaient que l'amour ne réside pas seulement dans la pensée, qu'il a des tendances qui exigent une affinité, des besoins qui nécessitent un assouvissement, que sa véritable expression est un rapprochement matériel, une satisfaction sensuelle. Les lambeaux de phrases incomprises, qui l'avaient arrêtée dans ses lectures, sans s'éclaircir par la méditation, lui revenaient, alors, à la mémoire. Le brouillard se dissipait peu à peu. Sans distinguer nettement la réalité, elle l'entrevoyait, elle la pressentait. Mais, cette réalité, comment se traduisait-elle ?

Là encore, sa perception rencontrait un obstacle

Elle savait, à n'en point douter, qu'il manquait quelque chose à son amour, indépendamment de la communion du cœur. Mais « ce

quelque chose », elle ne se le représentait pas
d'une façon distincte.

Et sa pauvre tête travaillait, travaillait toujours.

Parfois, elle se plaisait à espérer qu'elle
trouverait en Raoul la satisfaction des aspirations de son être, mais aussitôt, le rouge de
la honte lui montant au front, elle devinait
qu'il y avait là quelque chose de mal et que
la réalisation d'un tel désir froissait la pudeur
de la femme.

La nuit, quand elle se trouvait seule avec
elle-même, elle donnait libre cours à son besoin d'épanchement. Elle racontait son amour
aux meubles de sa chambre, faisant à la fois
les demandes et les réponses. Les appellations
les plus tendres s'échappaient de sa bouche,
incohérentes et sans suite. Elle s'enivrait de
mots d'amour et s'envoyait des baisers dans
un miroir. Ce débordement de passion la sou-
lageait du trop-plein qui l'étouffait.

Enfin, elle se mettait au lit, mais ne pouvait dormir. Son insomnie était hantée de
cauchemars.

Alors les élancements de la chair redou-
blaient d'intensité. Elle se roulait, elle se tordait dans ses draps, et, dans leur frottement
contre son corps, elle éprouvait une volupté
douloureuse. Elle étreignait entre ses bras un
fantôme, qu'elle pressait sur sa poitrine, avec
une frénésie sauvage. Elle était frissonnante
et brûlante à la fois. Puis, les convulsions
devenaient plus rapides, plus brèves; elle
avait comme un hoquet des sens, elle poussait
un cri, se débattait contre le fantôme, et soupirait d'une voix entrecoupée : « Non! non!
laissez-moi! je ne veux pas! » Enfin, sa tête retombait sur l'oreiller, noyée dans ses cheveux,
ses paupières se fermaient, ses bras retombaient balants le long de son corps inerte.
Elle était terrassée, courbaturée, brisée.

XXVIII

Un vendredi que l'on donnait *Faust* à l'Opéra, la princesse écrivit à Raoul, dans la journée, pour le prier de l'y accompagner, le soir.

Il répondit affirmativement et alla, au bureau de location, retenir une loge de premier rang, juste en face celle de la princesse. Il en offrit le coupon à Camélia.

Elle accepta, toute joyeuse, et demanda :

— Vous y verra-t-on ?

— Peut-être.

— Vous me rendriez si heureuse !

— Je tâcherai de trouver quelques minutes.

— Quelques minutes!... seulement!

— J'ai des engagements antérieurs, aux-quels il m'est impossible de manquer.

— Oh! venez, venez, ne serait-ce qu'une seconde. Si peu que vous m'accordiez, ce sera le meilleur de ma soirée; sans vous, je ne goûterais aucun plaisir.

Elle lui dit cela si simplement, avec une inflexion de voix si triste, avec un regard si suppliant, si caressant, qu'il détourna la tête, craignant de faiblir devant tant de candeur.

— Oui, chère enfant, je viendrai, je vous le promets, répondit-il.

Et il lui pressa doucement la main.

Au contact de cette main, elle tressaillit comme si elle eût touché une torpille.

Le soir, elle se para de tout ce qu'il aimait.

Elle mit une robe de satin blanc, forme princesse, tout unie, modestement décolletée en carré, à demi-manches s'arrêtant au coude, en s'évasant. Un simple ruché de Valen-ciennes contournait l'échancrure du corsage et dépassait des demi-manches. Sur ses che-

veux, elle jeta une mantille de blonde blanche,
qu'elle fixa au côté, à l'espagnole, par un camélia rouge.

Rien de plus simple que cette toilette, et,
cependant, rien de plus gracieux. Pour se
permettre une robe princesse, il faut savoir
la porter, car il est plus difficile de paraître
distinguée, dans une toilette simple, que dans
une toilette à effet. La toilette simple moule la
personne telle qu'elle est, n'empruntant d'autre parure que la distinction naturelle. La toilette à effet dissimule, avantage même les dé-
fectuosités, et prête à la personne qui la porte
des charmes artificiels, une distinction d'em-
prunt.

Cette robe princesse seyait fort bien à la
jeune fille, qui, loin d'avoir à dissimuler, avait
à montrer. Elle dessinait exactement sa gorge
bombée, pointant ferme dans le corset, et
creusait une courbe vigoureuse vers sa taille
souple et fine, bien que solidement attachée à
des hanches amplement développées sous la
cuirasse prolongée du corsage; non pas une de
ces tailles ridicules à force d'être minces, que

les jeunes filles d'aujourdhui obtiennent par le carcan d'un corset à busc d'acier, au prix de maux d'estomac, d'anémie et de déplacements des organes génitaux; une taille de Vénus de Milo.

Aisée dans sa toilette, la jeune fille était exubérante de jeunesse, de force et de santé. C'était une beauté, dans la véritable acception du mot.

La mantille blanche était comme un cadre naturel aux boucles folles de ses cheveux noirs, sur lesquels tranchait le ton vif du camélia rouge.

Avant de partir, elle lança un coup d'œil interrogateur à son miroir et se sourit complaisamment. Elle avait le pressentiment d'une lutte décisive et s'armait de tous ses charmes.

Mme Bernard était folle à l'idée qu'elle allait enfin voir le grand escalier de l'Opéra, le *great attraction* du monument de Ch. Garnier.

Deux entr'actes étaient déjà passés et il n'avait pas paru, lorsque la porte d'une loge, encore inoccupée, s'ouvrit en face de Camélia, et Raoul entra, avec la princesse.

Camélia, dont le regard errait, en ce moment, de ce côté-là, comprima un cri. Elle
pâlit, et, brisant son éventail entre ses
doigts, dit à Mme Bernard :

— Partons, madame, je vais me trouver mal.

— Ce serait maladroit, mon enfant, répondit
Mme Bernard, il est plus digne de rester.

— C'est vrai, madame, vous avez raison.

Et elle lui prit les mains, qu'elle serra affec-
tueusement. Cette femme, avec son gros bon
sens, avait du tact.

— Pauvre enfant! fit Mme Bernard atten-
drie. — Oh! ces canailles d'hommes! Ah! si
feu M. Bernard!... — Retirez-vous un peu
dans le salon, ma mignonne, le temps de vous
remettre.

Camélia se leva, se jeta sur un divan dans le
fond de la loge, et donna libre cours aux sanglots qui la suffoquaient.

Quand elle eut bien pleuré et qu'elle se sentit soulagée, elle chauffa légèrement son mouchoir, de son haleine, et s'en tamponna les
yeux, afin de faire disparaître toute trace de
rougeur, visible à la lorgnette.

18

Puis, elle se composa un visage devant la glace et revint prendre place sur le devant de la loge. Raoul braqua aussitôt sa lorgnette sur elle.

La pâleur soudaine de la jeune fille à son entrée avec la princesse, sa disparition momentanée, il avait tout vu. L'observateur était à son poste.

Dans la loge opposée, une scène d'un autre genre avait lieu.

En s'asseyant, la princesse avait embrassé la salle d'un coup d'œil circulaire et, après quelques signes de tête, échangés à la volée, elle avait remarqué Camélia et Mme Bernard.

— Tiens ! s'était-elle écrié, avec ce ton sec et incisif qui était comme le dièze de sa voix, voilà votre bohémienne qui se donne maintenant des airs d'Espagnole !

— Où la voyez-vous, princesse ?

— Allons, ne faites pas le frère ignorantin, mon cher. — Là, juste en face, vous le savez aussi bien que moi.

— Oui, c'est elle, en effet. Quoi ! vous lui

reprochez de s'être mise une mantille; cela lui sied fort bien.

— Une mouche dans du lait. Je vous croyais plus de goût.

— Les goûts ne se règlent pas.

— Soit; mais vous avouerez que ce n'est pas là une toilette d'opéra; on n'y vient pas comme à une course de taureaux. Elle n'a donc rien à montrer cette fille ?

— Elle est modeste.

— Ce qui veut dire qu'elle réserve ses charmes pour vous seul. — La modestie est quelquefois de la rouerie.

— Elle trouve les expositions publiques banales. — C'est de la délicatesse, au contraire.

— Ah ça! mon cher, en seriez-vous amoureux ?

— Et, si cela était ?

— Ce serait drôle.

— Ce serait naturel.

— Assez parlé de cette fille ! ce me semble. Elle ne vaut pas l'honneur de défrayer plus longuement notre conversation.

Et, levant sa lorgnette, elle la dirigea distraitement vers différents points de la salle.

— Elle le vaut certes plus, riposta sourdement Raoul, que certaines femmes à qui leur nom tient lieu d'estime, et dont chaque halte de lorgnette signale un souvenir vivant.

Un éclair de haine luit dans les yeux d'oiseau de proie de la princesse.

— Monsieur le comte!..

— Quoi! princesse! vous sentiriez-vous désignée? Je ne fais pas de personnalités.

Elle se mordit les lèvres.

— Oh ! vous avez une manière fort habile de décocher des allusions indirectes. Comme femme du monde, j'en accepte l'excuse; comme femme, je vous le revaudrai, et vous ne perdrez rien pour attendre.

— La lutte! je ne demande que cela.

— Quand elle tourne en votre faveur.

— Rarement, elle m'est contraire.

— Oui, je vous vois venir : toujours cette vieille histoire ! Vous dormez trop facilement à l'ombre de vos lauriers, vous au-

tres, Français. Le réveil est quelquefois pénible.

— Laissons de côté la politique; elle est
étrangère au débat.

— Ce qui veut dire que j'ai touché juste.
Mais, puisque vous me ramenez à ce fameux
pari, sur lequel vous basez votre infaillibilité,
à mon tour, je vous en propose un.

— Proposez; j'accepte d'avance.

— C'est que, en dépit de vos savantes ma-
nœuvres, vous échouerez au dernier acte.

— Vraiment! — L'enjeu!

— Rien du tout. Je suis plus grande que
vous, moi. Je ne fais pas, de mes paris, une
spéculation. Je me contente de la satisfaction
d'avoir gagné.

— Alors, c'est la belle que nous jouons?

— C'est la belle.

Il y eut un temps de silence.

Tous deux, absorbés par leurs pensées intimes, paraissaient suivre la représentation, à
laquelle, en vérité, ils n'accordaient aucune
attention.

De temps à autre, Raoul glissait un regard

18.

vers Camélia, pour s'assurer de sa contenance.

Elle jouait l'indifférence.

De plus près, il eût remarqué que l'impassibilité de ses traits trahissait une certaine contrainte; la rigidité de sa pose, un effort d'énergie.

Cette attitude l'étonnait et le dépitait.

Pour faire diversion à l'impression pénible que lui causait cette indifférence affectée, il se retourna vers la princesse.

— Et peut-on savoir, interrogea-t-il, ce que vous comptez faire, pour obtenir ce résultat?

— Voilà une question bien naïve. Ah! comte, vous baissez.— Bizarre sentiment que l'amour! il fait un niais d'un homme d'esprit. Mais, j'ai pitié de vous et je réponds, quand même. — Rien.

— Rien?

— Oui, rien. Je m'en rapporte aux événements.

— Sérieusement?

— Je n'ai pas l'habitude de mentir! monsieur le comte.

— Je ne mets pas en doute votre parole, princesse, mais je trouve cette confiance en les événements un peu aventureuse.

— C'est une explication catégorique que vous provoquez, je ne vous la marchande pas.

— Il arrivera tout bonnement ceci : qu'ayant grandi avec la notion du devoir, elle ne consentira pas à transiger, que sa fierté se refusera à déchoir, qu'elle exigera tout ou n'accordera rien.

— Vous la jugez, sans la connaître.

— Je la juge d'après vous. Voulez-vous une preuve que je vous connais suffisamment, vous, pour la connaître, elle?

— Je serais curieux...

— Eh bien ! vous me comptez pour un moyen, et, en ce moment, vous la traitez par la jalousie.

— Oh !...

— Je précise. Mon arrivée à Paris vous a d'abord gêné. Ensuite, vous en avez pris votre parti, et vous avez songé à l'utiliser. C'est peut-être trop adroit. L'expérience des femmes vous a appris que la jalousie est un moyen d'éveiller, de stimuler le cœur qui s'ignore, et de conduire la femme à la chute par le triomphe de l'amour-propre. Il en est qui s'y laissent prendre, mais pas toutes ; il se pourrait bien que celle-là fût des dernières. Vous l'avez fait trop bien élever, je le répète. Tout votre machiavélisme court le risque d'échouer contre la vertu granitique, comme vous appelez la vertu à toute épreuve, et ce serait un sot dénoûment. A votre place, j'eusse été plus fine : au lieu de confier l'enfant à des mains étrangères, je me fusse acquittée moi-même de la première ébauche ; je n'eusse pas attendu que la femme eût dépouillé l'enfant, pour fausser son jugement. Ce que l'on enseigne à l'enfant demeure gravé dans sa tête, ce que l'on inocule à son cœur germe, sans possibilité de retouche. La femme pousse, greffée sur l'enfant L'impression première est la semence qui engendre la sève, et ses racines pénètrent d'autant plus profondément dans le cœur, qu'elle est le bien, c'est-à-dire qu'elle paraît simple, naturelle et logique. Tandis que si, dès le premier jour,

vous eussiez pris la peine de lui présenter le
mal, sous les apparences du bien, c'eût été le
mal, qui fût devenu simple, naturel et logique.
Maintenant, au contraire, il y aura révolte, et
cette révolte ne sera pas à votre avantage. De
deux choses l'une : ou elle vous aime, ou elle
poursuit un but d'intérêt. — Si elle vous aime,
j'admets que la jalousie ait fortifié son amour;
mais vous lui avez laissé trop le temps de réfléchir; sa position vis-à-vis de vous lui semble irrégulière; elle n'est pas sans se sentir
isolée et sans chercher à pénétrer les causes
de son isolement, elle n'est pas sans rêver mariage, et sans s'être aperçue que les liaisons,
en dehors du mariage, sont réprouvées par la
société. Sa tête travaille. Lorsque vous lui
parlerez amour, elle vous répondra mariage,
le plus naturellement du monde. Si vous
persistez, non-seulement elle se refusera à
réaliser vos projets, mais elle vous quittera
peut-être, car, tout innocente qu'elle est, elle
comprendra que ce que vous lui demandez est
mal. Ces choses là se devinent. — Si elle poursuit un but d'intérêt, raison de plus pour ne pas

se livrer et pour vous tenir la dragée haute. Toute sa tactique consistera à se faire désirer et à ne se rendre qu'à des conditions honnêtes. Vous voulez entrer par la petite porte, elle vous ouvrira la grande. Vous rêvez d'acquérir la propriété, par acte sous seing-privé, vous ne l'obtiendrez que par acte légalisé en bonne et due forme ; mais, à ce prix, vous l'obtiendrez. Alors le dénoûment ne sera plus sot, il sera ridicule.

Raoul ne répondit pas ; il songeait. — Si elle allait avoir raison ! se disait-il.

— Voilà, poursuivit la princesse, les raisons pour lesquelles je me suis prêtée à votre combinaison. Ce dilemme me donnait la certitude que votre excès d'adresse vous nuirait plutôt qu'il vous servirait. J'avais bien songé, d'abord, à entrer en partie dans votre déconfiture, mais, réflexion faite, j'ai trouvé indigne de moi de me commettre avec cette fille, j'ai préféré laisser aux événements le soin de ma vengeance, persuadée qu'ils me donneraient raison. Et, à l'heure qu'il est, je me félicite d'autant mieux de ma neutralité, que vous

me enferrez vous-même, parce que vous
l'aimez...

Il tressaillit, et, éclatant soudain :

— Eh bien ! oui, je l'aime ! je l'aime ! comme
je m'ai jamais aimé, n'ayant jamais aimé jusqu'à ce jour. Je l'aime, parce que, loin de
chercher cet amour, c'est lui qui est venu à
moi, qui s'est insinué, qui s'est imposé ; parce
que, sentant son empire, j'ai tout fait pour
le chasser ; parce que, craignant de voir trop
clair en mon cœur, j'ai ri de cet amour et je
l'ai blasphémé. Je l'aime, enfin, parce que,
dans ces tiraillements entre le vieil homme et
le nouveau, j'ai faibli et j'ai souffert. Oui ! je ne
puis plus longtemps nier l'évidence. Je l'aime !
— Ah ! je sais donc ce que c'est que l'amour !

Il s'arrêta, pour maîtriser le courant qui
l'emportait, et reprit, d'une voix plus calme,
mais encore vibrante d'émotion :

— Croyez-vous qu'ayant recueilli une enfant, l'ayant fait élever, la retrouvant femme
et belle au-delà de tout rêve, la sentant
auprès de moi, aimante, caressante, candide et innocente, jouant avec son cœur, il

soit possible de rester froid aux séductions
que l'on a fécondées en elle, avec tant d'art ?
Croyez-vous qu'à force de manier l'amour,
on ne s'y blesse pas ? Croyez-vous que la contagion d'une âme pure ne s'infiltre pas peu à
peu dans le cœur le plus endurci ? Croyez-vous
que le caprice suffise à combler les rêves
d'une âme ivre de volupté ? Non, non, on est
homme, on est désarmé, et on aime à son tour.
Et on aime d'autant plus profondément, qu'on
s'en est défendu. Ah ! je ne sais ce qui se passe
en moi, mais il me semble que le blasé s'efface
et qu'un autre homme naît de ses cendres ; je
ne me reconnais plus. Hier encore, j'essayais
de m'abuser, aujourd'hui je ne le veux plus ;
je me plais à constater ma métamorphose.
Comme c'est bon d'être naturel ! comme c'est
bon de sentir en soi l'angoisse poignante de
l'émotion ! Que la vie m'apparaît belle et ra-
dieuse, à présent ! Que je suis avide de vivre
pour aimer ! Ah ! assez de préambules, assez
d'épreuves ! j'ai hâte de goûter à l'amour ! A
quoi bon faire souffrir, quand on peut rendre
heureux ? A quoi bon souffrir, soi-même, quand

on n'a qu'à tendre la main, pour saisir le bonheur ? — Tenez, princesse, savez-vous ce qui m'a sauvé ? j'ai pleuré, moi, j'ai pleuré, et j'ai entrevu le bonheur à travers cette larme.

La princesse écoutait, les lèvres pincées par une moue de pitié dédaigneuse.

Quand il s'arrêta, tremblant d'émotion :

— Décidément, mon cher, répliqua-t-elle, vous tenez pour le ridicule.

— Le ridicule ! Le ridicule est la religion des sots.

— Allez plus loin : épousez-la.

— Pourquoi pas ?

— Elle le regarda, d'un air si franchement surpris, que ce regard, équivalant à un point d'interrogation, il répéta :

— Pourquoi pas ?

Ce « pourquoi pas ? » était-il l'expression exacte de sa pensée ? Non, il l'avait lancé malicieusement, et, intérieurement, il jouissait de l'effet produit. Il était sincère, quant à aimer Camélia, mais quant à l'épouser il n'y songeait nullement. Le blasé avait encore à combattre

19

un dernier parasite : l'amour-propre, et celui-là était, de tous, le plus tenace.

La princesse partit d'un éclat de rire, mais ce rire dissimulait mal le dépit.

— Cette petite vous trouble le cerveau ; c'est une maison d'aliénés qui vous convient. Heureusement, vous avez des amis, de vrais amis, qui ne vous laisseront pas commettre une telle folie. Moi, la première, je me fais un cas de conscience de mettre obstacle à ce projet baroque.

— Ne deviez-vous pas laisser agir les événements ?

— Oui, tant que je croyais les événements raisonnables, mais du moment qu'ils s'écartent du bon sens, je me fais un devoir de les redresser.

— Nous y voilà donc !

Le rideau tombait sur le dernier acte.

Raoul revêtit la princesse de sa sortie de bal, non sans glisser un regard fugitif vers Camélia, qui s'apprêtait de son côté.

Il était mal à l'aise. Il avait promis à la jeune fille d'aller la visiter dans sa loge, et il n'avait pas tenu sa promesse. — C'eût été trop d'audace.

Les deux femmes se croisèrent sur le palier supérieur du grand escalier.

Elles se toisèrent longuement.

Raoul, suivant son habitude en pareil conflit, détourna la tête.

Les deux couples descendirent parallèlement le grand escalier et se rencontrèrent de nouveau à la dernière marche.

Camélia n'y tint plus ; elle entraîna Mme Bernard.

XXIX

Après avoir reconduit la princesse au Grand-Hôtel, Raoul rentra chez lui.

L'heure du dénoûment avait sonné.

Il ne cherchait plus à tromper son émotion, il aimait.

Il fit un pas vers le panneau et recula.

Les hypothèses de la princesse lui revenaient à l'esprit. Il doutait de lui-même. « Si elle allait avoir raison ! »

Cependant, il rappela à lui sa volonté et marcha droit au panneau ; il porta vivement la main au ressort ; cette main tremblait. Il

resta ainsi quelques minutes, la main en suspens, n'osant appuyer, retenant son souffie,
en proie à une sorte de vertige, appelant vainement à son aide sa volonté défaillante. A
cette heure solennelle, il était aussi faible
qu'il avait été fort. Enfin, il appuya...

Il était une heure du matin.

Camélia n'était pas encore couchée. Elle
était assise au coin du feu, enveloppée dans
un peignoir de nuit, en batiste, garni de
dentelles, dont les pans mal rejoints laissaient
voir son sein demi-nu, à peine gazé par une
chemise légère, à travers laquelle on devinait
ce qu'on ne voyait pas.

Ses cheveux dénoués ruisselaient sur ses
épaules.

Au grincement du panneau, glissant sur ses
rainures, elle se leva précipitamment et jeta
un cri.

Par un geste rapide elle croisa son peignoir
sur sa poitrine et, plaçant entre eux deux la
causeuse qu'elle venait de quitter :

— Une visite !.. à cette heure ! monsieur...

Il approchait, les bras tendus. Il l'enlaçait

déjà, lorsqu'elle fit un bond de côté et se réfugia à l'extrémité de la pièce.

Elle était vraiment superbe de pudeur effarouchée.

Ce peignoir, croisé à la hâte, profilant les rondeurs du buste, modelant les contours du corps, ombrant le rosé des chairs qui transparaissaient sous la batiste ; ces bras nus, se dégageant d'un nuage de dentelles ; ces cheveux épars, encadrant le visage, illuminé d'indignation et d'effroi ; cette attitude de beauté surprise dans le simple appareil de ses charmes ; ce négligé, enfin, la rendaient idéalement belle.

Cette protestation muette était un suprême commandement.

Raoul, médusé, recula et s'adossa contre le marbre de la cheminée.

— Je venais, ma chère Camélia, balbutia-t-il, vous faire mes excuses de n'avoir pas tenu ma promesse, mais...

Elle ne le laissa pas achever.

— Oh ! pas d'excuses, monsieur ; vous avez bien fait de ne pas la tenir. Je vous en remercie, au contraire. En m'offrant cette loge, vous saviez, à l'avance, que vous viendriez à la représentation avec la princesse, vous aviez l'intention ferme et arrêtée de nous mettre en présence.

Il tenta de placer un mot; elle le prévint encore :

— Oh! ne niez pas, restez au moins gentilhomme.—Pourquoi m'offrir cette loge, juste le jour où vous deviez accompagner cette femme à l'Opéra? Pourquoi m'opposer cette femme face à face? Pourquoi cette rencontre préméditée? Pourquoi?.. — Ah! tenez, mille souvenirs me reviennent maintenant à l'esprit.

— Pourquoi ces cruautés inutiles, quand vous savez que j'en souffre! quand vous savez que je vous aime !

Raoul, ne s'attendant pas à cet aveu, à brûle-pourpoint, perdit contenance; il esquissa un geste inconscient.

— Oh! vous le savez! vous le savez! poursuivit-elle, je me suis trahie assez de fois pour que vous m'ayiez devinée. Je n'ai pas un caractère à dissimuler mes impressions; elles percent, malgré moi. C'est mal ce que vous faites-là, monsieur, c'est odieux, c'est lâche. On ne joue pas ainsi avec le cœur d'une femme. Ah ! assez de souffrance amassée ! il faut que je parle, il faut que je vous dise tout ce que je pense : Dans quel but m'avez-vous recueillie ? Dans quel but m'avez-vous fait donner une éducation brillante ? Dans quel but me séquestrez-vous à votre portée, séparée, seulement, de votre hôtel, par l'épaisseur d'un panneau mobile ? Dans quel but ce luxe dont vous me comblez ? Dans quel but vos prévenances et vos galanteries ? Dans quel but le soin minutieux que vous prenez des futilités de ma toilette ? Dans quel but les lectures empoisonnées dont vous m'entretenez l'esprit ? Dans quel but le mystère où vous me renfermez ? Dans quel but vos tendresses dans l'intimité, et vos dédains en public ? Dans quel but, la position inespérée où vous m'avez élevée ? — La charité ne va pas jusqu'à faire d'une mendiante ce que vous avez fait de moi. On agit ainsi envers les femmes que l'on aime, et tout me prouve que vous ne m'aimez pas. — Vous avez un but. Ce but, je

veux le savoir; j'exige une explication. Où
voulez-vous en venir? Que voulez-vous de
moi ?

En prononçant ces derniers mots, sa voix
trahissait une hardiesse hésitante, son regard
se défiait, suppliait, interrogeait. Elle était
tremblante comme la feuille et pâle comme un
linceul, étonnée de son audace, et soulagée
dans sa franchise.

Sa voix intérieure l'avertissait qu'une scène
décisive allait avoir lieu; que, de cette scène,
dépendait le bonheur de sa vie entière. Et,
cette scène, elle la désirait et la redoutait,
tout à la fois.

Lui, d'abord stupéfait de cette révolte, don
il la croyait incapable, avait eu toutes les peines du monde à rentrer dans son sang-froid.
Il éprouvait une gêne pénible et ne savait
quelle contenance observer. A la fin, comprenant le ridicule, qui suivrait un plus long embarras, il s'élança vers elle et lui prenant la
taille, sans qu'elle tentât de s'en défendre —
elle avait dépensé toute sa réserve d'énergie:

— Ce que je veux, dit-il, d'une voix saccadée par l'émotion, en posant ses lèvres sur les lèvres de la jeune fille, ce que je veux, c'est que tu m'aimes autant que je t'aime!

— Ah!..

Elle chancela, ferma les yeux, et se renversa dans les bras de Raoul.

C'était trop de joie, d'un seul coup.

Quand elle rouvrit les yeux, elle était dans la causeuse, où il l'avait portée, et lui, était à ses genoux, couvrant ses mains de baisers.

Elle le regarda, d'un air effaré, comme rassemblant difficilement ses souvenirs, puis, se redressant brusquement :

— Est-ce bien vrai? je ne me trompe pas? je ne rêve pas? je ne suis pas folle? Vous m'avez dit que vous m'aimiez? je l'ai bien entendu? Oh! non, c'est impossible! je n'y puis croire! tant de bonheur!... Et moi! je vous reprochais vos bienfaits! j'en soupçonnais la sincérité! j'étais assez ingrate!... Oh! pardon! pardon! je souffrais tant!... Et vous m'aimez encore, après tout ce que je vous ai dit?

— Oui, je t'aime, je t'aime plus que jamais, je t'ai toujours aimée, je n'ai aimée que toi!

— Mais alors?..

— La princesse?..

— Oui.

— Enfant, je ne l'ai jamais aimée. Si j'affectais de me montrer partout avec elle, si, ce soir enfin, je te l'ai opposée face à face, c'était afin d'enraciner plus profondément l'amour dans ton cœur, par la jalousie.

— Vous n'en aviez pas besoin; un mot eût suffi. J'eusse été si heureuse! vous m'eussiez épargné tant de chagrins.

— Pauvre enfant! et tu me pardonnes?

— Oh! vous me le demandez! Ah! redites-moi encore que vous m'aimez; je m'y attendais si peu!

— Oui, oui, je t'aime! je ne me lasserai jamais de te le répéter.

— Pourquoi ne l'avez-vous pas dit plus tôt?

— Parce que je pensais que tu m'aimerais davantage, en souffrant un peu.

— Méchant!

— Et, maintenant, si tu veux savoir pourquoi je t'ai recueillie, pourquoi je t'ai fait élever, pourquoi je t'ai gardée près de moi, pourquoi je t'ai cultivée avec tant de raffinements, c'est parce que, le jour où je t'ai trouvée, à moitié morte de froid et de faim, sur les marches du Vaudeville, j'ai senti que je t'aimerais. A ce moment-là, quoique tu fusses une enfant, je t'aimais déjà, mais je ne voulais pas me l'avouer.

— Pourquoi?

— Parce qu'on souffre, quand on aime, et que je voulais être aimé, mais ne pas aimer, parce que j'étais égoïste, et que je voulais la rose sans les épines.

— C'était très-laid, ce sentiment-là.

— Oui, mais je l'ai bien expié, car j'ai souffert depuis.

— Oh! bien volontairement.

— Je n'en ai pas moins souffert, et c'est ainsi que j'ai découvert que je t'aimais.

— Et, maintenant, vous avez renié l'égoïste?

— Oh! oui.

— Bien vrai?

— Je me confesse avec assez de franchise, pour te le prouver.

— Quel vilain homme vous avez dépouillé

— C'est ce qui t'explique mes tendresses et mes froideurs. Deux hommes luttaient en moi, l'ancien et le nouveau. C'est le nouveau qui l'a remporté.

Ce disant, il s'était coulé près d'elle, aux bords de la causeuse, et prenant doucement sa place, l'avait attirée sur ses genoux. Il la pressait amoureusement dans ses bras ; ses lèvres butinaient sur le visage de la jeune fille, effleurant ses cheveux, cueillant un baiser rapide sur sa bouche, fermant doucement ses paupières, descendant sur son cou et frôlant sa gorge.

Elle, la tête inclinée sur la poitrine de son amant, savourait ces caresses. Chaque baiser la faisait frissonner délicieusement. Les symptômes qui s'étaient déclarés en elle, après la scène de *Lucie*, et qui l'avaient troublée dans sa solitude, se renouvelaient en ce moment, mais plus prononcés, plus aigus. Elle était brûlante et glacée. Elle avait des moiteurs, des éblouissements, des défaillances, des spasmes intérieurs, des élancements. Elle ne pensait plus, elle perdait la notion des choses, elle se sentait mourir de volupté.

De temps à autre, elle relevait languissamment les yeux sur lui, et absorbait à longs traits
le regard de son amant. Ses lèvres appelaient
les siennes, et leurs bouches ne se désunissaient que pour murmurer : « Je t'aime ! »

Raoul, que l'ivresse gagnait, sentait un
fluide émaner de ses yeux, de ses bras, de ses
mains, de ses jambes, de tout son corps, et
passer de lui en elle. Ce fluide lui laissait au
bout des doigts un léger chatouillement, et répandait à l'entour une atmosphère électrique
et capiteuse.

A mesure qu'ils s'échauffaient, un aimant
les attiraient l'un à l'autre, leur étreinte se
nouait ; leurs yeux, attisés par la fièvre
du désir, plongeaient dans leurs yeux et se
dévoraient ; leurs bras se roidissaient et craquaient, à force de s'étreindre. Le contact de
leur corps les secouait, tous deux, de tremblements convulsifs. Leurs baisers devenaient
plus chauds, plus âpres, plus lourds, plus
charnels. Ils usaient l'épiderme et tiraient le
sang sous la peau.

La jeune fille sentait ses idées se volatiliser ;

son regard se noyait dans le trouble, croyant voir les meubles de la chambre danser une ronde fantastique. Enfin, elle glissait à l'anéantissement intellectuel, elle ne vivait plus que par la perception des sens.

Mais, tout à coup, elle s'arracha des bras de Raoul, se leva d'un bond, avec l'air égaré d'une somnambule, et, passant ses mains sur son 'front, comme pour chasser ce fluide qui irritait ses sens, elle s'écria, folle de peur et de désir :

— Ah! laisse-moi! laisse-moi! ces baisers me grisent!

Le brouillard venait de se dissiper. Le mystère s'annonçait; elle le pressentait, au trouble de son être. Sa voix intérieure l'avertissait que là était le danger, que s'abandonner plus longtemps à cette ivresse des sens, c'était rouler à l'abîme.

Raoul, non moins grisé qu'elle, par cette assimilation des fluides, s'était levé en même temps et l'avait enlacée de nouveau.

La jeune fille se débattait en vain contre ces bras qui l'emprisonnaient, en se rétrécissant, comme un étau de fer ; elle faiblissait dans cette lutte inégale.

Penché à son oreille, il lui soufflait ces paroles rapides :

— Pourquoi me fuir ? Tu m'aimes, je t'aime. Abandonnons-nous au charme de l'amour. Aimons-nous, sans crainte, sans remords. Rien ne s'y oppose, nous sommes libr s, tous deux, nous ne devons compte de nos actions qu'à nous-mêmes. Faisons notre bonheur. Sois à moi !

Alors, elle cessa de se défendre et, le regardant d'un air surpris et joyeux :

— Je n'avais jamais osé y songer, mon ami, répondit-elle. Vous savez bien que je suis une fille des rues, que vous avez ramassée en haillons. Il y a entre nous un obstacle infranchissable : le monde. Vous n avez pas réfléchi. Oh ! réfléchissez ! réfléchissez ! je vous en conjure ! Pas de faux espoir ! le réveil serait trop pénible. — Oh ! j'ai profité des lectures que vous m'avez conseillées ; j'ai saisi bien des nuances. C'est une mésaillance que vous me proposez ; à ce sujet le monde est impitoyable.

N'avancez pas ce que vous n'auriez pas le courage de tenir. Réfléchissez ! réfléchissez encore ! Vous avez un nom, une fortune ; vous vous devez à ce nom, à cette fortune. Le monde m'ignorera telle que je suis, mais il ne m'acceptera jamais pour votre femme.

Raoul eut un mouvement d'impatience. Il la ramena à la causeuse, et se couchant à ses pieds :

— Tu ne m'as pas compris, Camélia ; il ne m'est pas venu à l'esprit de te proposer ce que des raisons de famille rendent, malheureusement, irréalisable. Il est un moyen d'être l'un à l'autre, sans se soumettre, pour cela, à l'approbation de la société. Il n'est pas besoin de formules sacramentelles, pour unir deux cœurs ; il suffit de leur libre consentement. Reste, pour le monde, ma pupille, mais, dans l'intimité, quand nous serons seuls, comme aujourd'hui laisse-toi aller au charme du plaisir secret, loin des propos du monde qui nous ignore. Nous sommes chez nous, personne ne nous épie ; à quoi bon publier notre amour? Gardons-le pour nous, pour nous seuls. Il n'en aura que plus de prix. Camélia, chère Camélia, puisque tu ne peux être ma femme, sois...

— Votre maîtresse, n'est-ce pas ?

Elle s'était redressée, frémissante, les narines dilatées, le regard allumé, les mains crispées. La tzigane surgissait de l'effacement moral où la solitude et la passion l'avaient éteinte.

— Camélia !... supplia-t-il.

— Oh ! vous alliez le dire ! — Ainsi donc, pleura-t-elle, avec un rire strident qui chevrotait comme un sanglot, c'est pour me faire payer par la honte les intérêts de votre charité que vous m'avez recueillie. Ainsi donc, cette éducation brillante, ce luxe, ces raffinements, ces lectures. tout cela devait me conduire au déshonneur. Oh ! je comprends enfin !... Et c'est vous !... vous que je priais comme on prie Dieu, vous que je respectais comme un bienfaiteur, vous que j'aimais comme l'idéal du bien, vous que je me représentais si digne d'estime ! Oh !...

Il était à genoux, la tête courbée sous la bourrasque.

Bientôt, il n'entendit plus rien. Il releva la tête. — La jeune fille n'était plus là.

Il courut à la porte du boudoir et essaya de l'ouvrir. — Impossible ! le verrou était tiré de l'autre côté.

— Camélia ! Camélia ! gémissait-il, au nom du ciel ! ouvrez-moi !

Pas de réponse.

Il ébranlait la porte à grands coups d'épaule.

— Camélia ! Camélia ! recommençait-il ; je suis un misérable, oubliez ce que je vous ai dit !

Rien !...

Et, pendant une grande demi-heure, il supplia, pleura, cria, s'acharnant à forcer cette porte.

A la fin, éperdu, fou de douleur, il prit son élan d'un bout de la pièce et fondit sur la porte.

Elle craqua sous le choc et s'abattit avec fracas.

Il jeta un coup d'œil avide dans la pièce.

Personne !

Sur la cheminée, ce billet laconique :

« Monsieur le comte,

« Vous comprendrez qu'après ce qui vient de se passer entre nous, je ne puis désormais accepter vos bienfaits. Le mobile qui vous les a inspirés me délie de toute reconnaissance.

« Camélia. »

Il resta, attéré, au milieu de la pièce, froissant stupidement cette lettre entre ses doigts.

Oh! à cette heure, il eût donné sa fortune, pour avoir laissé la jeune fille sous l'impression de la méprise; à cette heure, il l'eût épousée, car il l'aimait, comme un homme qui n'a jamais aimé, d'un de ces amours tardifs, qui poussent dans un cœur desséché, comme les herbes sauvages dans les crevasses d'un mur, et repoussent plus vigoureux, quand on les a extirpés.

Oui, il aimait, il aimait véritablement! C'en était fait du blasé.

— Elle ne peut être loin, pensa-t-il, sortant de son abattement.

Et il ouvrit la porte qui donnait sur le palier de l'escalier.

Au même moment, il entendit la grille de la rue se refermer avec violence.

Il courut à la fenêtre et écarta vivement le rideau de guipure.

Un fiacre en maraude s'était arrêté devant la grille. Deux femmes y montaient ; le cocher fouettait.

— Trop tard !

Il voulut s'élancer, dans l'espoir de les rattraper ; ses jambes s'y refusèrent ; il s'affaissa lourdement sur le tapis.

XXX

Quant il revint à lui, il faisait grand jour.
En se voyant étendu à terre, il eût quelque
peine à se faire à la réalité, mais, ses souvenirs s'élucidant peu à peu, il se rappela la
scène de la nuit.

Alors, il se releva, en trébuchant comme un
homme ivre, et, machinalement, il explora
tout ce qui avait appartenu à Camélia, fouillant
la garde-robe, ouvrant les armoires, sortant
les tiroirs, tremblant, dans sa perquisition, de
découvrir quelque correspondance révélatrice.
Mais, il ne trouva rien qui donnât prise au

plus léger soupçon, rien qui fût de nature à compromettre la jeune fille. — Si elle était partie, c'était donc à cause de lui, à cause de son infâme calcul ?

Tout était en ordre. Il ne manquait qu'une robe, la plus simple, une pelisse de fourrures et un petit paquet de linge.

Où pouvait être la malheureuse enfant ? Qu'allait-elle devenir avec si peu ? Mille pensées s'entrechoquaient dans la tête de Raoul et il ne se fixait à aucune.

Ah ! comme il regrettait d'avoir suivi les suggestions de son amour-propre ! — Avoir réalisé le rêve de toute sa vie et le laisser s'envoler sottement !

Mais il la retrouverait, il fouillerait Paris, il parcourrait l'Europe, il mettrait sur pied la police, s'il le fallait.

Un peu réconforté par ce dernier espoir, il rentra dans son hôtel.

En franchissant le seuil de son cabinet de travail, un vide le frappa dans une des panoplies.

Le kriss ! le kriss empoisonné avait disparu !

— Si elle allait se tuer avec ce poignard ! Ce ne pouvait être que dans ce but qu'elle l'avait dérobé. Oh ! c'était horrible !

Il se prit la tête à deux mains et crut qu'il allait devenir fou.

Puis, se calmant, il songea : son passé lui revint à l'esprit, sa vie stupide, écoulée dans le dégoût, jusqu'au jour où un coin d'azur avait éclairé les ténèbres de sa mélancolie, pour s'évanouir aussitôt entrevu.

Il en était là de ses réflexions, quand Pierre vint annoncer que le déjeûner était servi.

— Je ne déjeûne pas.

— Monsieur le comte est indisposé ?

— Laisse-moi !

— Monsieur le comte me permettra de m'inquiéter.

— Laisse-moi ! te dis-je ; il s'agit bien de déjeûner, quand elle est partie.

— Elle ! mademoiselle Camélia !

— Oui.

— Oh ! elle a noblement agi.

— Tu dis, malheureux ?

— Je dis, sauf le respect que je dois à mon-

sieur le comte, qu'une honnête fille n'avait que
cela à faire.

— Comment tu oses !... Ah ! ça, tout le monde
est donc contre moi. — Va-t'en ! va-t'en ! je ne
veux plus te voir !

Dans la journée, un commissionnaire apporta un paquet, de la part d'une personne
inconnue.

Raoul eut une lueur d'espoir.

— Qu'il entre ! ordonna-t-il.

Le commissionnaire entra.

— Répondez franchement à toutes mes questions, mon brave. Votre fortune en dépend.

— Je ferai de mon mieux, monsieur.

— Savez-vous le nom de la personne qui
vous a remis ce paquet?

— Non, monsieur.

— Son adresse ?

— Non, monsieur.

— Et, d'abord, qui vous l'a remis ? un
homme ou une femme?

— Une femme.

— Vieille? Jeune?

— Entre deux âges.

20

— Son signalement ?

— Petite, ridée, les cheveux en frisures, de chaque côté des tempes, mise baroque.

Ce devait être Mme Bernard.

— Elle était seule ?

— Oui, monsieur.

— Elle ne vous a indiqué aucune adresse où vous pussiez rendre réponse ?

— Aucune.

— Où vous a-t-elle remis ce paquet ?

— Au coin du boulevard et de la rue Drouot.

— Quel chemin a-t-elle pris, en vous quittant ?

— Les boulevards, tout droit.

— Dans quelle direction ?

— Dans la direction de la Madeleine.

— Jusqu'où ?

— Je ne sais pas.

— Cherchez bien.

— Je l'ai perdue de vue.

— Voyons, mille francs pour aider vos souvenirs.

— Je n'en sais pas davantage.

— Deux mille.

— Je n'en sais pas davantage.

— Dix mille.

— Je n'en sais pas davantage. Si je savais ce que vous me demandez, monsieur, je ne me laisserais pas marchander.

— Tant pis pour vous, alors.

Et il congédia, du geste, le commissionnaire.

Le bonhomme poussa un gros soupir. Dix mille francs! une fortune! Il n'aurait tenu qu'à lui de les posséder, au prix d'un renseignement. Ah! il se promit bien à l'avenir de guetter ses clients.

Raoul commanda son coupé et se fit conduire à la préfecture de police.

— Le chef du bureau des garnis? demanda-t-il.

— Au deuxième étage, couloir à droite, porte nº 15.

— Merci.

— Qui dois-je annoncer, monsieur? demanda l'huissier de service.

— Le comte de Vassenay. Voici ma carte.

L'huissier revint au bout de quelques minutes.

— Veuillez entrer, monsieur.

Et il s'effaça pour le laisser passer.

— Que désirez-vous de moi, monsieur ? dit le chef de bureau.

— Un renseignement, monsieur.

— Je vous écoute.

— Avez-vous, sur les derniers bulletins des hôtels garnis et maisons meublées, les noms de Mlle Camélia Morawitz et de Mme Bernard ?

— A quel titre recherchez-vous ces personnes, monsieur ? Êtes-vous un parent ?

— Non, monsieur.

— Alors, je regrette, mais je ne puis accéder à votre désir.

— Mais, monsieur...

— Impossible !

— J'ai cependant quelques droits.

— Lesquels, monsieur ?

— La jeune fille que je recherche est une orpheline que j'ai recueillie, enfant, que j'ai fait élever et dont je me suis occupé jusqu'à ce jour ; l'autre personne est une dame de compagnie que j'avais chargée de veiller sur elle. Toutes deux ont disparu, cette nuit, de chez moi. J'espère, monsieur, qu'à ces titres, que vous ne refuserez plus de déférer à ma réclamation.

— En effet, monsieur, c'est différent. Quels noms dites-vous ?

— Mademoiselle Camélia Morawitz et Mme Bernard.

Le chef de bureau pressa la poire d'un cordon qui pendait au-dessus de la table-bureau où il travaillait.

Un employé entra.

— Les bulletins de la nuit dernière?

L'employé revint, avec une liasse de petits papiers, que le chef de bureau se mit à feuilleter.

— Je tiens ce que vous désirez, monsieur, dit-il, après un rapide examen. — Mademoiselle Camélia Morawitz et Mme Bernard, hôtel du Brésil, rue du Helder.

Un éclair de joie brilla dans les yeux de Raoul.

Il se leva, et, tendant la main au chef de bureau, étonné :

— Ah ! monsieur, fit-il, merci, merci

20.

mille fois! Vous m'avez peut-être sauvé la
vie.

Le chef de bureau s'inclina et le recondui-
sit à la porte.

Dans le couloir, Raoul croisa Flavel.

— Toi! ici! s'écria-t-il.

— *Vade retro, Satanas!*

— Ah! ne me repousse pas! je suis si malheureux...

Flavel se retourna :

— Toi! malheureux!

— Elle est partie.

— Partie! Pourquoi ?

— Ma voiture est en bas; viens avec moi,
je te raconterai cela, en chemin.

— Mais... je n'ai pas le temps...

— Au nom de notre ancienne amitié!

— Allons!

Ils descendirent et montèrent dans le coupé,
qui stationnait sur le quai.

— Hôtel du Brésil, rue du Helder! cria
Raoul, au cocher.

Quand la voiture fut en marche :

— Eh bien? interrogea Flavel.

Raoul lui raconta tout, depuis le jour où il avait recueilli Camélia, jusqu'à la scène finale. Enfin, il fit une pleine et entière confession, sans omettre les détails à sa charge.

— Et tu l'aimes ? interrompit Flavel.

— Je l'aime... à l'épouser.

— En es-tu bien sûr ?

— Puisque je te le dis.

— C'est qu'avec toi...

— Ah ! si tu savais la révolution qui s'est faite en moi.

— Diable ! diable ! c'est grave.

— Peut-être qu'à cet hôtel...

— Nous allons voir.

— Mais toi ? que faisais-tu à la préfecture ? demanda Raoul.

— J'étais allé m'informer si l'on n'avait pas rapporté la montre de ma femme ; elle l'a perdue, ces jours-ci, au sortir du théâtre.

— Tu es marié ?

— Depuis sept mois.

— Ah !...

— Il ne tenait qu'à toi d'en faire autant.

— Ne m'accable pas, je le regrette assez. Voyons, raconte-moi ton mariage.

— Oh! c'est bien simple. En face de chez moi, habitait une petite modiste, vivant avec sa mère. Tous les matins, nous nous rencontrions dans la rue, à la même heure. Elle allait porter les commandes de la veille ; moi, j'allais faire mon cours au lycée. Cela dura ainsi huit mois. Informations prises, croyant trouver en elle toutes les garanties sérieuses de bonheur, je chargeai un de mes amis de demander sa main. Ma démarche fut accueillie favorablement et, six semaines après, nous étions mariés.

— Et vous êtes heureux ?

— Très-heureux. Si tu savais comme c'est bon, le soir, quand on rentre à la maison, de se délasser du travail de la journée, auprès d'une petite femme attentionnée à vous être agréable, de causer ensemble de ses espérances, de se consoler de ses déceptions, d'être à deux, enfin, pour partager ses joies et ses chagrins. Si tu savais le plaisir honnête et pur que l'on goûte, le dimanche, à se promener

bras-dessus bras-dessous, à la campagne,
après une semaine laborieusement remplie;
si tu savais comme le cœur se dilate, et
comme on remercie Dieu de vivre! Que sera-ce
quand nous aurons un bébé! Car ma femme est
enceinte de sept mois. Avec quelle impatience
nous l'attendons, ce chérubin! Comme nous
fêterons sa venue! Un bébé! un bébé à moi!
bien à moi! Mais, c'est à devenir fou de joie!
Oh! pardon! mon ami, j'oubliais...

— Oui, murmura Raoul, avec un gros soupir, le bonheur bête...

— Tu dis? riposta vivement Flavel.

— Je dis que tu es heureux et que je t'envie,
je dis que le bonheur est pour ceux qui le
prennent tel qu'il est, et non pour ceux qui
essayent de le fabriquer à leur façon. Ceux-là,
sont comme les savants qui travaillent à faire
le diamant, à l'aide de procédés chimiques;
ils n'obtiennent que de la poussière.

— Tout n'est peut-être pas perdu.

— Je le crains. J'ai débuté dans la vie du
mauvais pied, je ferai fausse route tout du
long.

— Ne te presse pas de jeter le manche après la cognée, nous voici arrivés.

En effet, la voiture s'était arrêtée devant l'hôtel du Brésil.

Raoul et Flavel descendirent.

— Vous avez, ici, mademoiselle Camélia Morawitz et Mme Bernard? demanda Raoul à la buraliste.

— Nous les avions, monsieur, mais nous ne les avons plus.

Raoul pâlit.

— Ces dames ont quitté l'hôtel, il y a à peine trois heures.

— Et elles ont laissé leur nouvelle adresse?

— Non, monsieur.

— Mais elles ont sans doute fait chercher une voiture? peut-être, par le cocher, pourrait-on savoir!..

— Non, monsieur, elles ont réglé et sont parties à pied.

Raoul s'appuya au bras de Flavel.

— Trop tard! murmura-t-il, toujours trop tard! — Merci, madame.

— A l'hôtel! cria-t-il au cocher, en remontant en voiture.

— Je te quitte, dit Flavel.

— Pas du tout; je te garde à dîner.

— Mais...

— Tu ne peux pas m'abandonner en un pareil moment. Je suis capable de tout.

— Allons ! Il faut en passer par où tu veux.

Et il monta.

— Tu vois bien que c'est fini, bien fini, je ne la retrouverai plus, gémit Raoul.

— Qui sait! quand on s'aime, on se retrouve toujours.

— Si j'avais un indice, au moins, mais rien de rien. Pour qu'elle ait quitté l'hôtel, il faut qu'elle soit dans une maison particulière, ou qu'elle soit partie pour l'étranger. Comment savoir quelle ligne elle aura prise? On n'inscrit pas les noms des voyageurs, en leur délivrant un billet. Ah! elle est perdue ! perdue à jamais !

— Quand tu seras plus calme, nous raisonnerons.

— Raisonner! il y a bien à raisonner, où toutes les conjectures échouent inévitablement. Ah! tiens, vois-tu, en ce moment, si je ne t'avais pas à côté de moi, je ne sais pas ce que je ferais!

— Serais-tu bien avancé de te tuer?

— Je ne souffrirais plus !

— C'est lâche de se dérober à la souffrance.

— Bah! c'est au collège que l'on enseigne cette morale.

— Crois-moi, il faut vivre, pour la retrouver.

— Mais je ne la retrouverai pas.

— Essaye.

— Courir le monde à la recherche d'une femme, c'est chercher une aiguille dans une botte de foin.

— Il te faut un prétexte pour détourner de son objectif ton esprit malade. Ce prétexte est tout trouvé : tu n'as jamais rien fait de ta vie, sois enfin utile à ton pays; engage-toi dans les ambassades.

— Puisque je ne sais pas où elle est.

— Raison de plus. Si tu la cherchais, tu

ne la trouverais pas. C'est en ne la cherchant pas, que tu la trouveras. Moi, de mon côté, je te promets de faire, à Paris, toutes les démarches nécessaires pour la retrouver, si elle est encore à Paris.

— Tu me le promets?

— Je te le promets, mais à une condition...

— Laquelle?

— C'est que tu l'épouseras, si je la déniche.

— Tu me le demandes?... mais, cent fois pour une.

— Alors, c'est entendu?

— J'irai, demain, solliciter du ministre le poste d'attaché, en Russie.

— Tu as fait ton droit?

— Sommairement.

— C'est qu'il faut avoir ses grades et subir un examen, pour entrer dans les ambassades.

— Le ministre est un ami de mon père.

— Voilà qui aplanit toutes les difficultés

21

XXXI

Le lendemain, en effet, Raoul se rendit au ministère des affaires étrangères et fit passer sa carte au ministre.

Le ministre le reçut cordialement, signa, devant lui, le décret de nomination au poste d'attaché à Saint-Pétersbourg, promit de le soumettre, le lendemain matin, en conseil, au contre-seing du Président de la République et de le lui expédier aussitôt, par estafette.

Raoul remercia chaleureusement.

En sortant de chez le ministre, il alla faire

une visite d'adieu à la princesse, devant laquelle il ne voulait pas avoir l'air de fuir.

— Princesse, dit-il, je quitte la France. Je vais à Pétersbourg, en qualité d'attaché d'ambassade. Mais, avant de partir, je tiens à acquitter loyalement mon pari. J'ai perdu.

— Ah!... pour un homme d'esprit, vous avez été bien sot !

— Le sot est mort, n'en parlons plus.

Cela fut dit sur un ton sec et net, qui n'admettait pas de réplique.

XXXIII

Deux années s'étaient écoulées.

La suite des événements nous ramène à Rome.

Ce soir-là, au théâtre *Apollo*, débutait, dans la *Favorita,* une étoile : la Fioretti.

Il est utile de donner quelques détails sur l'aménagement des salles de théâtre, en Italie, afin de mieux faire comprendre les scènes qui vont suivre.

Elles sont différemment distribuées qu'en France : derrière l'orchestre, d'abord, sur l'emplacement de notre parterre, s'étend un

espace vide, où les spectateurs peuvent cir-
culer, pendant la représentation.

La salle est bordée de quatre ou cinq
étages de loges, suivant la dimension du
théâtre. Ces loges sont séparées, les unes des
autres, par des cloisons pleines, de manière
que les abonnés soient chez eux, — car presque toutes les loges, à part quelques-unes
réservées à la location courante, sont prises
en abonnement. Il en est même qui appar-
tiennent, en propriété, à leur titulaire et se
transmettent par héritage.

Derrière les avant-scènes de premier et de
second rang, est pratiqué un vaste salon, que
le titulaire fait décorer à son goût, et où il
peut recevoir, prendre le thé et même fumer.

C'est l'usage, en Italie, de se faire des visites, de loge à loge. Et ces visites comptent,
comme si elles étaient faites dans un salon,
un jour de réception.

Aussi, est-ce un curieux va-et-vient, pendant les entr'actes. Quelques personnes en-
tendent un acte dans une loge amie, les sui-
vants dans d'autres, n'ayant fait qu'apparaître

dans la leur, pour la forme, ou pour attendre les visiteurs. Tout le monde se connaît; c'est un chassé-croisé de saluts et de sourires.

Ce soir-là, vu la célébrité de l'étoile, il y avait représentation de gala.

Dans l'avant-scène de droite, le roi Victor-Emmanuel II, celui que la chronique a surnommé « *il re galantuomo* », étalait sa moustache triomphante et sa poitrine chamarrée de croix et d'aiguillettes. A ses côtés, étaient le prince Humbert, à cette époque, héritier présomptif, le duc d'Aoste, ex-roi d'Espagne, et le prince de Carignan.

Derrière, se tenaient les officiers de la maison du roi.

En dessous, dans l'avant-scène de rez-de-chaussée, le corps diplomatique était au complet.

Toute la noblesse romaine était disséminée dans les loges. Enfin, l'assistance n'était composée que de hauts dignitaires et de grands personnages.

L'avant-scène de gauche, vis-à-vis celle du

roi, appartenait, en propriété, à la princesse Palmieri.

La princesse n'y avait fait qu'une courte apparition, pour saluer le roi et faire acte de présence, et s'était retirée dans le salon attenant.

Ce salon était séparé du corps de l'avant-scène par une portière en velours cramoisi. Il était capitonné de satin cerise, avec divans circulaires et fauteuils de même étoffe. Au milieu : un canapé en rotonde, dont le dossier, en forme de cône, était couronné par une jardinière de fleurs naturelles. Au-dessus : un lustre. Contre les panneaux : des torchères. En face la portière de séparation : la porte d'entrée, masquée par une portière semblable, et ouvrant sur une petite antichambre, où se tenait un valet de pied, pour annoncer les visiteurs.

La princesse avait une prédilection particulière pour ce *buen-retiro*, où elle tenait cour, tout comme le roi.

Les personnages de distinction s'y donnaient rendez-vous, et, ce soir-là, plus que jamais. Il faut ajouter, pour être impartial, que la société y était fort mélangée. Les princes contrôlés coudoyaient les princes de contrebande, et, cependant, les vrais et les faux s'y serraient la main. Cette confusion tient à l'affluence cosmopolite que Rome attire annuellement, par son climat et ses merveilles artistiques. Les déclassés de tous pays y viennent chercher les bribes de considération qu'on leur refuse chez eux, persuadés que, là, on ne prendra pas la peine de gratter leur blason. Le scandale même y est autorisé, à titre de passe-temps.

Citons dans le nombre : la comtesse Tcherbykine, une russe aux yeux fauves, beauté sur le déclin, noblesse authentique, exilée de Russie, pour raisons inconnues. On se disait, tout bas, que le véritable motif de ce bannissement était que la princesse avait trop radicalement guéri d'un gros rhume le prince, son mari, en lui offrant une pastille de sa bonbonnière. — Mlle Nadèjda Tcherbykine, sa fille, une blonde enfant de dix-sept ans, à la taille pleine de promesses, au regard candide,

qui avait une façon bien simple d'amener sa
mère à conciliation, quand celle-ci contrariait
ses caprices ; elle lui répondait ces simples
mots : « Je dirai tout.» — Le prince Manesco,
un Valaque, aux longs cheveux bouclés, aux
traits fins, aux manières efféminées ; un
prince de contrebande, celui-là. On se disait,
aussi, tout bas, qu'il se faisait escompter ses
bonnes fortunes. Vivant magnifiquement et
prônant ses ancêtres, qui avaient régné en
Valachie , dans les temps reculés. — La duchesse d'Aquaforte, une vieille coquette, qui
réparait des ans l'irréparable outrage, à l'aide
de blanc de lys et de rouge végétal ; noblesse
de la veille. Manesco remplissait auprès d'elle
les fonctions de cavalier servant. — Le général Buffa, commandant la place de Rome, un
excellent homme, parvenu à la pointe de
l'épée. — Le comte Corsi et le chevalier Mar-
morino, aides-de-camp de Sa Majesté, courtisans accomplis ; le commandeur Risotto, que
nous connaissons déjà, etc., etc.

L'orchestre exécutait les premières mesures de l'ouverture.

21.

Contrairement à nos usages, en Italie, on arrive de bonne heure, à l'Opéra, par la raison que l'on dîne à cinq heures et que l'on soupe à minuit.

— Qui est-ce que cetteFioretti? demandaitla princesse au commandeur.

— C'est une étoile de première grandeur, princesse. Notre intelligent impressario l'a enlevée à la *Fenice* de Venise, et il la tient, en vertu d'un engagement, en bonne et due forme, garanti par un dédit de vingt-cinq mille francs, en cas de résiliation, de la part de sa pensionnaire.

— A-t-elle réellement le talent qu'on lui prête ?

— Plus, si c'est possible. J'étais de passage à Venise l'hiver dernier, eh bien ! princesse, de ma vie, je n'ai entendu pareille voix depuis la Malibran. Cette jeune femme,— elle a dix-neuf ans à peine, — chante avec une âme, avec un goût ; elle joue avec un réalisme... enfin, elle est cantatrice et tragédienne, tout à la fois.

— Le roi n'en est-il pas épris ?

— On le dit. Sa Majesté l'a entendue, à Venise, incognito, et c'est sur ses instances, instances appuyées d'une généreuse subvention, que notre impressario a traité avec la Fioretti. Il était question, hier soir, au Quirinal, d'une rivière en diamants que Sa Majesté lui aurait offerte et qu'elle aurait refusée.

— C'est une vertu granitique, dirait le comte de Vassenay.

— Jusqu'à nouvel ordre, observa finement le commandeur.

En ce moment, l'étoile annoncée entrait en scène.

— Tenez, princesse, si vous voulez en juger, la voici. — Il écartait, d'une main, la portière de séparation.

La princesse avança la tête et recula de surprise.

— Vous paraissez la connaître? princesse, remarqua le commandeur.

— En effet, répondit-elle évasiment, elle ne m'est pas inconnue.

— Désirez-vous l'entendre de plus près?

— Non, merci.

Le commandeur laissa retomber la portière.

A la portière opposée, le valet de pied annonça :

— Madame la marquise Orféolo !

La princesse était allée au devant de la marquise et l'avait fait asseoir à ses côtés sur le canapé en rotonde.

— Comment se fait-il qu'on ne vous ait pas vue, hier, à la cour? s'écria, aussitôt, la marquise.

— Qu'y avait-il donc?

— Comment! vous ne savez pas? Mais vous ne savez rien! L'ambassadeur siamois, Tien-Tsi-Kien-Kung, remettait ses lettres de créance à Sa Majesté.

— Tout cela m'ennuie.

— Figurez-vous que je venais de recevoir de Worth, vous savez, le grand couturier parisien, une robe cuisse de nymphe émue, d'une teinte et d'une coupe divines. Enfin, j'ai fait fureur. Sa Majesté m'a dévisagée. Le marquis était furieux.

— Pauvre marquis !

—J'ai profité de ce succès, pour prier Sa Majesté d'envoyer à Worth le cordon des SS. Maurice et Lazare. Sa Majesté a trouvé l'idée originale, et j'espère qu'en revenant à la charge...

— Pour garnir une de vos robes.

— Mais non, ma chère, pour reconnaître les services rendus...

— A la bourse des maris.

— Certes, le marquis ne peut trouver de meilleur placement que celui qui fait valoir sa femme,

La marquise était une évaporée incorrigible. Aussi, dans la société romaine, l'appelait-on « *la marchesana* » — petite marquise.

— Délicieux ! délicieux ! s'exclamait Manesco, qui plongeait sur la scène, par l'entre-baillement de la portière. Cette prima donna possède une voix... à croire qu'elle a un rossignol dans le gosier. Et jolie !..

— Ici ! Manesco ! appela la vieille duchesse, comme s'il se fût agi de son caniche. — Elle était médiocrement satisfaite de l'enthousiasme de son cavalier servant.

— Mais, duchesse... hasarda Manesco, en se retournant.

— Ici !

Devant ce nouvel rappel à l'ordre, Manesco vint docilement se rasseoir, à côté de la duchesse.

La comtesse Tcherbykine, qui, causait, non loin de là, avec le général, se pencha vers Manesco, et lui glissa dans l'oreille ces mots rapides :

— Dites donc, Manesco, cette fidélité doit vous rapporter de gros dommages et intérêts.

Manesco fit semblant de n'avoir pas entendu.

Melle Nadèjda Tcherbykine avait accaparé un jeune attaché de l'ambassade de France, présenté, le soir même, à la princesse.

— Ah ! vous êtes bien heureux, vous autres hommes ! soupirait la suave enfant.

— Dans quel sens, mademoiselle ?

— Dans le sens le plus intéressant. Il vous est permis, à vous, de cueillir des maîtresses comme nous cueillons des fleurs, et nous, on ne nous tolère pas la plus légère incartade.

— Oh ! se récria le jeune attaché, que les

jeunes filles françaises n'avaient pas habitué
à cette hardiesse de langage.

— Où est le mal? Dans l'idée qu'on se fait de
la chose. Les préjugés sont peut-être nécessaires au bon ordre, mais ils doivent s'oublier
dans l'intimité. Ah! que je voudrais les oublier!

— Comment! vous cherchez!...

— Pardon, n'intervertissons pas les rôles,
je permets de trouver.

Mme Tcherbykine, qui, à ce moment-là,
s'était levée et passait près de sa fille, entendit ces derniers mots.

— Nadèjda! fit-elle, d'un ton de reproche.

La jeune fille regarda sa mère dans les yeux,
et froidement :

— Je dirai tout.

Charmante enfant!

— A propos, continuait la *marchesana*,
s'adressant, en *a parte*, à la princesse, je vous
donne en mille à deviner qui j'ai rencontré,
aujourd'hui, au *Pincio*.

— Faites-moi grâce des devinettes

— Le personnage en vaut la peine.

— Raison de plus, pour aller droit au fait.

— Eh bien! chère... le comte de Vassenay.

Cette fois encore, la princesse eut un mouvement de surprise. Décidément, c'était le jour de l'imprévu.

— Lui! s'écria-t-elle.

— Lui-même. Il est venu me saluer, dans ma voiture, et m'a fait un doigt de cour. Savez-vous qu'il est charmant! ce français, aimable, galant, empressé, mordant quelquefois, mais cela lui va si bien! Quelle tournure! Quelle distinction! Il a dans le regard quelque chose qui vous fait tourner la tête. Joignez à cela qu'il est garçon. Garçon! soupira-t-elle. — Ah! c'est désespérant que le marquis soit si bien portant!

—Monsieur le comte de Vassenay! annonça le valet de pied.

Toutes les femmes levèrent les yeux, dans la direction de la porte. Parmi elles, il en était plus d'une, peut-être, pour qui Raoul avait été plus qu'un ami.

Raoul s'avança vers la princesse.

— Comment! vous, comte! fit celle-ci, en lui tendant la main.

Il prit cette main, et en baisa l'avant-bras, au-dessus de la naissance du gant.

— Moi-même, princesse. Aussitôt arrivé à Rome, j'ai tenu à venir vous présenter mes hommages. — Marquise ..

La *marchesana* salua, d'un signe de tête.

— Et d'où nous tombez-vous? demanda la princesse.

— De Pétersbourg.

— Je vous croyais à Madrid, d'après les échos.

— Le fait est que, depuis deux ans que je suis dans les ambassades, j'ai fait la navette de Pétersbourg à Madrid et de Madrid à Pétersbourg, où m'appelaient, alternativement, les devoirs de mon poste. J'ai suivi les fluctuations du ministère. Si le ministre est un homme de ma couleur politique, il m'envoie, l'hiver, à Madrid, et, l'été, à Pétersbourg; si c'est un adversaire, il m'envoie, l'hiver, à Pétersbourg, et, l'été, à Madrid. Et, Dieu sait combien de fois, cette année seulement, j'ai fait ce trajet des antipodes ! Exemple : cet été , le ministère tombe... je reçois du nouveau ministre l'ordre de suivre mon ambassadeur à Madrid. Je monte en wagon ; à Wirballen, je trouve cette dépêche : « *Ministère renversé, repartez pour Pétersbourg.* » — J'avais été le jouet d'un cabinet mort-né. — Enfin, ces jours-ci, j'ai eu la chance de tomber sur un ministère mixte, qui m'a envoyé à Rome, comme premier secrétaire. Et voilà comme quoi le gouvernement influe sur la santé de ses fonctionnaires, en les faisant passer, sans transition, de 28 degrés à l'ombre à 15 degrés au-dessous de zéro.

— Ainsi, vous êtes à Rome pour quelque temps?

— Jusqu'à ce que le ministère actuel cède la place à un ministère opposé. Alors, le nouveau ministre, ne pouvant me casser de mes fonctions, sans raison majeure , aura peut-être la fantaisie d'en finir avec moi par une bonne fluxion de poitrine, en m'expédiant, à mission continue, du Maroc en Suède, et de Suède au Maroc, jusqu'à extinction définitive.

— Vous êtes donc bien intransigeant ?

— C'est-à-dire que je ne sais pas nager entre deux opinions.

— Vous savez peut-être mieux nager entre deux cœurs ? riposta la princesse ; avec un sourire significatif.

— Non, princesse, je préfère m'en tenir à la surface.

— Vous avez, cependant, coulé à fond, il y a deux ans.

— C'est possible, mais je remonte à la surface, puisque je reviens à vous, accentua Raoul, avec le même sourire significatif que la princesse avait eu à son adresse.

— Ah ! comte, ce n'est pas de jeu, interrompit la *marchesana*, vous m'avez fait la cour tantôt, et vous êtes déjà transfuge !

— Si je suis coupable envers vous, pardonnez-moi, marquise, je ne m'étais qu'exercé.

— Impertinent !

Et la *marchesana*, piquée au vif, se leva, laissant la princesse et Raoul en tête-à-tête.

Les deux interlocuteurs mirent une sourdine à leur conversation.

— Dites-moi, comte, fit la princesse, est-ce que, pendant la durée de votre absence, le service postal était interrompu, sur la ligne de Pétersbourg à Rome ?

— Il y a eu beaucoup d'accidents, cette année.

— Vous êtes gentilhomme, je crois ?

— A moins qu'il n'y ait eu substitution, à ma naissance.

— Est-ce d'un gentilhomme de ne pas répondre à une femme, quand cette femme lui fait l'honneur de lui écrire ?

— Oh ! princesse, je suis désolé. Voilà bien des tours de mon secrétaire. Il lui arrive, journellement, de mettre deux lettres dans la même enveloppe.

La princesse frappa du pied.

— Tenez, comte, reprit-elle, brisons-là ; nous posons l'un et l'autre.

— Je serais tenté de le croire, princesse.

— A quoi bon nous reprocher mutuellement ?

— Mutuellement est de trop. Je ne vous reproche rien, moi.

— Ne jouons pas sur les mots. J'ai mauvaise grâce à me plaindre d'un oubli que, comme vous, j'ai mis à profit.

Elle appuya sur ces derniers mots.

Raoul ne broncha pas.

— Eh bien! poursuivit-elle, j'ai une proposition à vous faire : brûlons le Carnaval et, sur les cendres de nos vieilles amours, bâtissons une jeune amitié. Est-ce dit?

— C'est dit, princesse. Vous me comprenez à merveille. Merci, d'être venue au-devant de ma pensée.

Pour la seconde fois, la princesse frappa du pied. Plus que jamais, elle subissait l'ascendant de cet homme.

En ce moment, sur la scène, on était au fameux passage où Fernand, apprenant que sa fiancée est la maîtresse du roi, jette son épée aux pieds de ce dernier et décline l'honneur d'épouser la *Favorite*. Léonora exhale son désespoir en cris déchirants.

Raoul, du salon où il était, accordait une extrême attention à cette scène. La voix de la cantatrice évoquait en lui des souvenirs. Il cherchait dans sa mémoire où il avait entendu cette voix.

— Il reste seul, — un, deux, trois, — avec son déshonneur, fit la princesse. On dirait, mon cher comte, que vous entendez la *Favorite*, pour la première fois.

— Il est des airs qui ne vieilliront jamais, et celui-là entre autres, tant il est marqué au coin de la plus noble inspiration.

— Est-ce là tout ce qui vous frappe?

— J'avoue que la cantatrice à une voix admirable.

— C'est une débutante, pour l'*Apollo*.

— Oui, la Fiorretti; j'ai lu ce nom sur l'affiche.

— Vous ne l'avez jamais entendue?

— Jamais.

— Vous n'êtes donc pas entré dans la salle, avant de venir à ma loge?

— Si, mais l'étoile n'était pas en scène.

Raoul prêtait de nouveau l'oreille.

— C'est curieux, disait-il, se parlant à lui-même, comme cette voix ressemble... c'est à s'y méprendre.

Un étrange sourire passa sur la physionomie de la princesse.

— Et votre bohémienne? interrogea-t-elle
brusquement, l'avez-vous retrouvée?

Raoul tressaillit.

La princesse avait mis le doigt sur la corde
sensible.

— Je ne l'ai même pas cherchée, répondit-
il, avec une indifférence jouée.

— Alors, vous êtes éteint?

— Aussi éteint que le Vésuve.

— Le Vésuve a quelquefois des rats.

— Moi, je suis sûr de ne plus en avoir.

— Ah!...

— Ce « ah! » m'a l'air de masquer une arrière-pensée.

— Aucune. — Votre bras, comte, nous
allons entendre la fin de cet acte. — Mesdames, ajouta-elle, en s'adressant à son
entourage, vous ne me suivez pas, dans la
loge?

Les couples se formèrent et s'avancèrent
sur le pas de la princesse et de Raoul.

Le salon était exhaussé de quelques marches au-dessus du niveau de la loge, de manière que, du haut de la première marche, on dominait la scène.

Raoul souleva la portière, pour livrer passage à la princesse.

A peine eut-il fait ce mouvement qu'un cri s'échappa de sa bouche :

— Camélia !

Et, pâlissant affreusement, il s'appuya, d'une main, au dossier d'un fauteuil.

Un autre cri répondit, de la scène, comme un écho.

Camélia, car c'était elle, la Favorite, avait les yeux dans la direction de la loge, au moment où Raoul, donnant le bras à la princesse, avait soulevé la portière.

La princesse releva la tête et, fixant sur Raoul un regard triomphant :

— Ah ! monsieur le comte, grinça-t-elle d'une voix, que la vengeance satisfaite et l'ironie rendaient acide, il y avait longtemps que je vous devais cette revanche !

Il demeurait, les yeux rivés à la scène, semblable à une pétrification de la stupeur.

— Ah! vous tranchez du vainqueur ; a chacun son tour! Je vous ai dit que je laisserais agir les événements; les événements m'ont servi à souhait. C'est de bonne guerre, ou je me trompe fort. Votre point vulnérable était le ridicule, il paraît que j'ai fait mouche.

En effet, dans le salon, on avait été témoin du double coup de théâtre qui venait de se produire, dans la loge et sur la scène.

Les dames chuchotaient entre elles, derrière leurs éventails, et riaient de la singulière contenance de Raoul. Les hommes, meilleurs que les femmes en pareille circonstance, le plaignaient, du fond du cœur.

— Allons, monsieur le comte, un bon mouvement, poursuivit la princesse impitoyable, prenez mon bouquet, et jetez-le à la pauvrette.

Raoul avait perdu la tête, il ne savait plus ce qu'il faisait. Machinalement, il prit le bouquet des mains de la princesse, et le jeta sur scène.

Camélia était restée, bouche béante, en retard de plusieurs mesures sur l'orchestre, qui continuait tonjours, malgré les efforts du

22

maestro pour arrêter le courant lyrique.

Elle vit Raoul prendre ce bouquet des mains de la princesse et le lui jeter.

C'en était trop! L'ironie dépassait les bornes. Elle poussa, du pied, le bouquet, qui alla rouler vers la rampe, et tomba évanouie, dans les bras du ténor.

La toile tomba sur cet incident.

XXXIV.

L'émoi avait été grand dans les coulisses.

Aussitôt la toile tombée, on avait transporté Camélia dans son *camerino*.

La foule des satellites qui gravite toujours
autour d'une étoile, surtout quand cette étoile
joint la beauté au talent, avait envahi le *camerino* de l'artiste.

On se disputait un flacon de sel. C'était à
qui aurait le privilége de le tenir sous les narines de l'étoile et d'obtenir ainsi son premier
regard. La fidèle Mme Bernard, qui avait suivi

la jeune fille dans tous ses voyages, enleva péremptoirement le flacon à celui à qui il était échu, après avoir fait la chaîne.

Déjà, un chambellan de Sa Majesté venait prendre des nouvelles de la cantatrice, de la part de son auguste maître.

Enfin, Camélia revint à elle. Elle remercia le chambellan de Sa Majesté, et pria qu'on la laissât seule avec Mme Bernard.

Les courtisans, éconduits, se retirèrent piteusement.

Quand elle fut seule avec Mme Bernard, elle éclata en sanglots.

— Lui ! lui ! disait-elle entre ses larmes, avec cette femme ! Toujours avec cette femme ! Il m'a jeté le bouquet de cette femme ! Comprenez-vous, madame, le bouquet de cette femme ! l'ironie, après l'affront! Oh! c'en est trop! c'en est trop! je ne puis pas souffrir davantage, il faut en finir !

Elle s'était levée, exaltée, l'œil en feu.

— Voyons, mon enfant, observait doucement Mme Bernard, calmez-vous; ce bouquet, il vous l'a jeté par distraction.

— Oh! non, madame, on ne commet pas de ces distractions-là.

— Il vous aime, il n'a pu retenir un cri, en vous voyant en scène.

— Un cri d'étonnement, pas autre chose... Non, non, c'est cette femme qu'il aime ; il n'a jamais aimé qu'elle.

— Vous exagérez, ma mignonne, vous mettez les choses au pire.

— Je me rends à l'évidence.

— Quand vous l'avez quitté, il vous aimait.

— Non, madame, il ne m'aimait pas; on ne traite pas, comme il m'a traitée, les femmes que l'on aime. J'étais une poupée entre ses mains : voilà tout. Oh! mais maintenant, je sais ce qu'il me reste à faire.

— Vous m'effrayez!

En ce moment, on frappait à la porte du *camerino*.

— Qui est là? demanda Mme Bernard.

— Le régisseur.

— Que voulez-vous?

— Je viens m'inquiéter si Mlle Fioretti est

22.

décidée à tenir son rôle, jusqu'à la fin de la représentation.

— Je jouerai quand même, répondit Camélia, d'une voix ferme, je ne demande qu'un quart d'heure, avant de rentrer en scène.

— Merci, mademoiselle.

Et le régisseur s'éloigna, satisfait.

— Vous avez de mauvais projets, mon enfant? questionna madame Bernard.

— Lesquels? madame.

— Ce que vous m'avez dit, tout à l'heure, me fait craindre un coup de tête.

— J'ai dit que je savais ce qu'il me restait à faire. Ce qu'il me reste à faire, c'est de me consacrer entièrement à l'art, rien qu'à l'art. — L'art! il n'y a que cela de vrai! il n'y a que cela de pur! il n'y a que cela de sublime! Fi! des autres passions qui avilissent le cœur et font déchoir la femme! — L'art! l'aspiration du beau! les émotions du succès! les bravos de la foule! les hommages de l'admiration! est-ce que cela ne suffit pas aux tendances du cœur? Ah! je suis acclamée! je suis adulée! on prétend que j'entre dans la personnalité de mes rôles ! que je les chante comme si je les vivais ! ce n'est pas assez ! non, ce n'est pas assez ! je veux mériter les palmes immortelles, par une création sans précédent ! je veux être si vraie, que le souvenir en devienne une légende ! oui, je veux être martyre de mon art ! je veux mourir sur un lit de fleurs ! je veux que les applaudissements du public en délire saluent mon dernier soupir ! Ah ! je veux !... Vous verrez, vous verrez, madame, comme je vais être belle ! vous verrez ce qu'inspire le feu sacré !

Et elle sortit du *camerino*, en glissant dans son corset un objet qui traînait sur sa table de toilette.

Dans le couloir, les courtisans attendaient.

Camélia traversa cette haie, les yeux levés, avec l'expression d'une victime qui marche au supplice, comme au bonheur éternel.

L'un d'eux, un tout jeune homme, le prince Géraldi, de la maison Torlonia, s'avança vers elle, un écrin à la main :

— Signorita, dit-il, permettez au plus dévoué de vos adorateurs de vous offrir cette modeste parure, en gage de son admiration.

Camélia laissa tomber sur le prince un regard écrasant :

— Monsieur le prince, je sais ce que signifient de pareils présents, il faut payer de retour, et je ne veux rien devoir à personne !

— Messieurs, dit le prince, en se tournant vers les courtisans, les hermines sont rares à la scène, saluons-en une, et effaçons-nous, nous la tacherions.

Les courtisans s'écartèrent et s'inclinèrent respectueusement, sur le passage de l'artiste.

XXXV

De l'avant-scène royale, on n'avait rien
perdu de ce qui s'était passé dans l'avant-
scène opposée.

Raoul, se sentant pris entre deux feux de
regards, fit un effort d'énergie et, rappelant à
lui tout son sang-froid, essaya de réagir, par
un trait de cynisme et de lâcheté, sur l'impression produite, dans l'entourage de la princesse.

Ah! la princesse avait habilement combiné
son effet. Elle ne pouvait mieux imaginer pour
abattre l'orgueil de cet homme ; elle avait visé

son amour-propre par le ridicule, et cet homme était l'esclave de son amour propre.

Cet amour-propre revêche l'avait déjà perdu, une fois, en déterminant la fuite de Camélia, il le perdait, cette fois encore, en l'humiliant publiquement, qui sait? en éloignant à jamais Camélia, par suite de cette bévue du bouquet, alors qu'il la retrouvait, providentiellement, après tant de recherches.

— Mesdames, s'écria-t-il, avec un rire strident, voilà bien de l'émoi pour une baladine! La princesse a voulu nous ménager un coup de théâtre; j'avoue qu'il a parfaitement réussi. C'est une double représentation à laquelle vous avez assisté.

La *marchesana*, une bonne âme, malgré sa légèreté, s'approcha de Raoul et lui dit à mi-voix :

— Monsieur le comte, je vous plains sincèrement.

— Merci, marquise, répondit-il, sur le même ton.

En dépit de sa fausse assurance, il était sur la sellette, ne pouvant quitter la loge,

sous peine d'aggraver sa mésaventure, con-
damné à braver le ridicule jusqu'à la fin.

Il s'était assis derrière la princesse et
causait avec elle, comme si rien ne se fût
passé.

La toile se releva sur le dernier acte.

Camélia, en le revoyant, impassible, derrière
la princesse, faillit manquer son entrée, mais
elle s'était préparée à toute éventualité et
s'était remontée d'énergie. Excitée par un
sentiment secret, elle fut admirable, elle se
surpassa.

Raoul la dévorait des yeux. Il ne les détachait d'elle que pour les reporter sur la princesse. C'était, entre eux deux, un dialogue
muet, où la haine faisait tous les frais.

A la scène où Léonora s'empoisonne, dans le
cimetière, au pied de la croix, Camélia, au lieu
de tirer de son sein la fiole de poison tradi-
tionnelle, en tira un petit poignard, à manche
court et à lame recourbée, que Raoul reconnut
aussitôt, — le kriss! le kriss malais, disparu
de sa panoplie! la nuit de la fuite de Camélia.

A la vue de cette arme, il devint livide. Son sang se figea dans ses veines.

D'après le libretto, ce n'était pas par le poignard que devait finir l'héroïne, c'était par le poison. Pour qu'elle eût substitué le poignard au poison, et ce poignard, qu'elle et lui savaient empoisonné, il fallait donc !...

Une sueur glacée mouilla son front Il voulut crier, la voix lui manqua, tant l'émotion l'étranglait ; il voulut se lever, une force invincible le tenait scellé à sa chaise.

La princesse avait compris la pensée de la jeune fille. Elle suivait, avidemment, les péripéties du double drame qu'elle devinait.

Dans la salle, les spectateurs, habitués au dénoûment par le poison, croyaient à un caprice de l'artiste et n'attachaient aucune importance à cette substitution.

Sur la scène, les acteurs, dans la chaleur de leur rôle, ne remarquaient pas le poignard, dans les mains de la jeune fille.

Enfin, Camélia leva le kriss, se le plongea dans le sein gauche, à la limite de l'échancrure du corsage, et le rejeta sanglant.

— Personne, ni dans la salle, ni sur la scène, ne distingua le rouge qui en teignait la lame.

Raoul le vit, lui, de la place où il était, mais il ne bongea pas ; l'émotion le paralysait. Ses yeux hagards se fixaient sur la scène, avec une expression de folie idiote. Il paraissait changé en statue de sel.

La princesse le vit, elle aussi, mais un éclair sinistre zébra son regard. Elle triomphait pleinement.

Camélia pâlissait à vue d'œil, une blancheur neigeuse envahissait déjà son visage, mais, se raidissant contre la défaillance qui la gagnait, la courageuse enfant chantait, chantait quand même, avec d'autant plus d'âme, d'autant plus de vérité tragique, qu'elle se débattait contre l'étreinte de la mort.

Il y avait, dans cette voix expirante, une expression si profondément pathétique, si profondément déchirante, il y avait, dans les gestes de l'artiste, s'agrippant à la vie décroissante, un tel art, un tel réalisme, que la salle entière, frissonnant de la chair de poule, se levait enthousiasmée, et applaudit frénétiquement.

23

En même temps, une pluie de fleurs inondait la scène.

Jamais, de mémoire humaine, on n'avait vu pareille tragédienne ; jamais, on ne s'était senti remué par une voix plus touchante, plus passionnée, plus aérienne. C'était le chant du cygne.

Camélia remercia la foule en délire, d'un sourire indéfinissable. C'était le suprême triomphe qu'elle avait ambitionné, mourir dans tout l'éclat de la jeunesse, de la beauté et du génie ! Mais elle chancela et fléchit. Alors, se traînant sur les genoux jusqu'à la rampe et portant la main à sa poitrine, comme pour retenir son âme prête à s'échapper, elle leva vers Raoul un dernier et long regard et s'affaissa sur un monceau de bouquets.

Par un effort surhumain, elle était arrivée à la fin de son rôle, mais, en expirant dans la pièce, elle avait sans doute expiré réellement, car elle gisait sur les planches, inanimée.

Des gouttelettes de sang perlaient aux lèvres de sa blessure et glissaient, comme des rubis, sur le velours de sa robe noire.

La vue de ces gouttelettes, qui coulaient pour lui, comme des larmes de sang, éveilla Raoul, du plus profond de son être.

Il se leva, d'un bond automatique, et, sans faire attention à la princesse, à son entourage, à la loge royale, à la salle entière, enfin à tous les regards braqués sur lui, il enjamba la balustrade de la loge et sauta sur la scène.

Rapide comme la pensée, il avait enlevé la jeune fille, dans ses bras, et l'avait emportée dans les coulisses.

XXXVI

Laissons la salle en proie à un désordre in-
descriptible, et suivons Raoul dans le *came-*
rino où il avait transporté la jeune fille.

La cohue des courtisans se pressait à la
porte.

— Arrière ! messieurs ! arrière ! criait Raoul,
fou de désespoir. Que personne n'entre ! —
Qu'on aille chercher un médecin !

On ferma les portes. Le médecin arriva,
aussitôt.

Il sonda la blessure et hocha la tête.

— Eh bien! docteur? interrogea anxieusement Raoul.

— Mademoiselle Fioretti n'est pas morte, mais la blessure est grave, très-grave. Le poignard, pénétrant entre les côtes, a perforé le poumon gauche. Je ne puis répondre que ceci : si le délire se manifeste, elle est sauvée; sinon, elle est morte.

— Mais, docteur! docteur! s'écriait Raoul, en se tordant les mains, le poignard était empoisonné! empoisonné au curare! Avez-vous bien examiné? examinez encore, je vous en supplie!

Le docteur examina de nouveau la plaie.

— Il n'y a aucune trace de dépôt purulent, aux lèvres de la blessure, dit-il, après un examen minutieux. Monsieur, je vous certifie, moi, que le poignard n'était pas empoisonné.

— Docteur, je vous affirme, à mon tour, qu'il était empoisonné; c'est un kriss malais qui m'a été donné, comme étant empoisonné, par un capitaine de vaisseau de mes amis.

— Qu'on apporte le poignard et de l'eau bouillante! commanda le docteur.

On revint bientôt avec le poignard, que l'on avait trouvé sur la scène, et de l'eau, que le docteur fit chauffer sur une lampe à esprit de vin, qui se trouvait dans le *camerino*, et servait, en temps ordinaire, à la jeune fille, pour s'onduler les cheveux.

Ces quelques minutes parurent un siècle à Raoul. Il ne tenait pas en place, il tremblait que cette expérience ne donnât une certitude terrible.

Enfin, quand l'eau eût suffisamment chauffé, le docteur y plongea la lame du poignard. L'eau ne changea pas de couleur.

— Voyez vous-même, monsieur, dit-il, rayonnant, l'eau n'a pas changé de couleur. Si la lame avait été empoisonnée, l'eau eût pétillé et se fût colorée d'une teinte grisâtre.

Il fallait bien se rendre à l'évidence.

Mais, pourtant, ce poignard, il le savait empoisonné! il y avait là un mystère à éclaircir.

Tant qu'il n'en aurait pas eu l'explication, le doute assiégerait son esprit.

Une habilleuse, qui avait assisté à l'expérience du docteur, s'avança.

— C'est moi, monsieur, balbutia-t-elle timidement qui, voyant, sur la toilette de Mademoiselle Fioretti, un poignard à lame rouillée,
l'ai porté à l'armurier du théâtre, pour en
faire remplacer la lame.

Raoul faillit sauter au cou de l'habilleuse.

— Ah! merci! merci! dit-il, si elle est sauvée, c'est à vous que nous le devrons. Et elle
sera sauvée, elle ne peut pas, elle ne doit pas
mourir!

XXXVII

Camélia, toujours sans connaissance, avait été transportée chez elle, au palais Neroni, *piazza d'Hispania.*

Raoul s'installa à son chevet, assisté de Mme Bernard.

—Me direz-vous, madame, lui dit-il, profitant de cet instant de tête-à-tête, ce que vous êtes devenues, toutes deux, depuis la fameuse nuit où vous avez disparu?

— En quittant l'hôtel, monsieur le comte, répondit la pauvre femme, tremblante comme devant un juge d'instruction, nous avons

été passer le reste de la nuit dans un hôtel de
la rue du Helder; puis, dès le matin, nous
sommes venues rôder autour du jardin de votre
hôtel; mademoiselle Camélia, se glissant
par la petite porte que le jardinier avait laissée
entrebaillée, a pénétré dans le jardin et, de là,
dans votre cabinet, par la baie grande ouverte
par le valet de chambre qui faisait les pièces
du rez-de-chaussée. Profitant d'un moment
favorable, elle a ravi, à la panoplie, le kriss
qu'elle m'avait dit vouloir emporter comme
souvenir de vous, et est venue me rejoindre, par
le même chemin, dans la rue où je l'attendais.
Puis, nous avons été chez l'ancien maître de
chant de mademoiselle, qui s'était fait fort de
lui trouver un engagement pour l'étranger,
quand elle y serait disposée.

Précisément, ce jour-là, il recevait à déjeûner un de ses amis, Scalaberni, diréteur
de la *Scala* de Milan, de passage à Paris, pour
recruter une troupe d'artistes. Scalaberni fit
chanter mademoiselle et, séance tenante,
émerveillé de son talent, lui offrit un engagement qu'elle accepta aussitôt. Il poussa même

la générosité jusqu'à avancer le premier mois, afin de nous permettre de partir le soir même ainsi que le désirait mademoiselle. Nous partîmes par le rapide de 7 heures 15 du soir. Depuis, mademoiselle a chanté, successivement, à la *Scala* de Milan, au *San-Carlo* de Naples et à la *Fenice* de Venise, qu'elle a quittée pour venir à Rome, où le directeur de l'*Apollo* lui offrait un plus brillant engagement. Ah ! monsieur le comte ! pardonnez-moi d'avoir été complice de cette évasion !

— Je n'ai rien à vous pardonner, madame, j'ai plutôt à vous remercier du dévoûment que vous avez témoigné à ma chère Camélia. La preuve en est que je vous garde auprès d'elle, en qualité de lectrice, car, maintenant nous ne nous quitterons plus... s'il plaît à Dieu qu'elle en revienne, ajouta-t-il, avec une larme dans la voix.

— Ah ! merci ! merci ! monsieur le comte. Je l'aime tant, la chère enfant !

Camélia fut trois jours dans un état d'évanouissement voisin de la mort. Le docteur augurait mal de cette syncope persistante.

Raoul était dans les transes.

Enfin, le soir du troisième jour, elle ouvrit les yeux, et le délire commença.

Raoul se précipita sur les mains de la jeune fille et les baisa avec transport; elle était sauvée!

— Je veux mourir! je veux mourir! s'écriait-elle, dans son délire. Ah! que la mort est longue à venir! je me suis mal frappée. — Le poignard! Le poignard! — Elle se tut, murmura quelques paroles inintelligibles, et reprit: — Ces bravos m'ont donné la force d'aller jusqu'à la fin! la foule a salué mon agonie, je suis morte en artiste. Mon souvenir vivra éternellement! — Morte! hélas! non, je ne suis pas morte. Et pourtant, je voudrais mourir! je souffre tant! Non, non, je ne veux plus le voir; il m'a sacrifiée à cette femme! non content de me préférer à elle, il me raille. Oh! ce bouquet!.. me jeter ce bouquet que je lui ai vu prendre des mains de cette femme! je ne veux plus le voir! je préfère mourir. — Si, si, je veux le voir encore, une dernière fois. Je l'aime tant!... — Oh! s'il pouvait m'aimer, ne fût-ce qu'une minute, je mourrais complètement heureuse!— mais qui est là? là, à côté de moi? — mon Dieu! je ne me trompe pas? Serait-il possible? Est-ce bien lui? Lui!,. — Ah!

Raoul s'était élancé et la soutenait dans ses bras.

Le délire avait ce: sé ; elle rouvrit les yeux.

— Lui! lui! oui, c'est bien lui! répéta-t-elle, et je vais mourir!..

— Non, non, tu ne mourras pas! répondit Raoul, appuyant ses lèvres sur le front de la jeune fille. Tu es sauvée, maintenant. Tu vivras, je te le jure, tu vivras pour être heureuse, car je t'aime, je t'aime toujours, je n'ai jamais aimé que toi, et je ne désire plus qu'une chose, c'est que tu sois ma femme.

Elle jeta un faible cri, pencha la tête vers lui, déposa un baiser sur ses cheveux et s'évanouit de nouveau. Mais, cette fois, c'était de bonheur.

XXXVIII

Un mois après, le mariage eut lieu à la chapelle française de la villa Médicis.

Les témoins furent, pour la mariée, le comte Corsi, délégué par Sa Majesté, et le prince Géraldi, le converti de la soirée mémorable ; pour le marié, l'ambassadeur de France et Flavel, mandé de Paris, pour la circonstance.

A quelques jours de là, il y eut bal à l'ambassade de France.

Raoul prit sa femme par la main, et la con-
duisant à un groupe au milieu duquel trônait
la princesse :

— Princesse, dit-il, j'ai l'honneur de vous
présenter madame la comtesse de Vassenay.

XXXIX

Raoul a quitté la diplomatie. Croiriez-vous que, de toutes les nostalgies, il en a conservé une, — oh! bien innocente! — la nostalgie du boulevard?

Le blasé est mort à jamais.

Aujourd'hui, il siége à la Chambre des députés, où il représente un arrondissement de la Touraine; il est membre de la commission du budget et profite de cette situation exceptionnelle, pour réparer, honnêtement, cela va sans dire, les brèches faites à sa fortune par le blasé d'autrefois.

— Enfin! lui dit Flavel, toutes les fois qu'il vient dîner chez lui, te voilà donc quelqu'un !

Il adore sa femme et, comme Henri IV, il passe ses plus chers instants à faire danser ses enfants sur ses genoux.

FIN

Paris. — Imprimerie MÜLVERGE et DUBOURG
rue du Cardinal-Lemoine, 11.

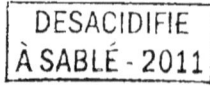

CHEZ LE MEME EDITEUR

LES CONTES TOURANGEAUX, gais devis recueillis par un
lettré Poitevin. 1 vol. grand in-18 6

L'AMOUR EN PRUSSE, par *Charles Laurent*. 1 vol. gr. in-18   3 5c

LES HONNÊTES GENS, par *Capus* et *Von Oven*, 1 vol.
gr. in-18 3

LE SALON DES REFUSÉES, par *George Vautier*. 1 vol. gr. in-18   3

LA GRÈVE DES FEMMES, par *George Vautier*, 5ᵉ édition.
1 vol. grand in-18. 3

LE CRIME DU SUBSTITUT, par *George Vautier*. 3ᵉ édition.
1 vol. grand in-18. 3

LA REVANCHE DU MARI, par *George Vautier*. 2ᵉ édition.
1 vol. grand in-18. 3

LE ROMAN D'UNE CRÉOLE, par *André Surville*. 1 vol.
grand in-18. 3

LA TENTATION DE GILBERT, par *Paul Dufour*. 2ᵉ édition.
1 vol. grand in-18. 3

UNE BONNE FORTUNE, par *J. Yed*. 1 vol. grand in-18. . 3

LE ROMAN D'UN EXILÉ EN SIBÉRIE, par *Louis Collas*.
2ᵉ édition. 1 vol. grand in-18. 3

LES HALTES, par *André Chanet*. Nouv. édit. 1 vol. in-12   3 5c

LES CHANTS DU MATIN, par *Albert Chateau*. 1 vol. in-12   2 5c

DEUX ANS DE JEUNESSE, par *Léon Bonadier*. 1 vol. gr. in-18   2 5c

VOYAGES DE LORD HUMOUR. « Le pays des Rétrogrades »
par *Edmond Thiaudière*. 1 vol. grand in-18. 3

LA VIE EN CASQUE. « Carnet intime d'un officier, » par
Ernest Billaudel. 4ᵉ édition. 1 vol. grand in-18. . . . 3 5c

HISTOIRE AMOUREUSE DE DEUX COUPS DE COUTEAU, par
Ernest Billaudel. 3ᵉ édition. 1 vol. in-18 jésus 3 5c

LES NOCES VERMEILLES, par *Ernest Billaudel*. 1 vol. gr. in-18   3

LA CONSPIRATION DE SALCÈDE, par *Ernest Billaudel*. 1 vol.
grand in-18 3

UNE SEMAINE AU CHATEAU DE KERNOZ, par la *Marquise
de Longuerue*. 1 vol. grand in-18 3

LES FILOUTERIES DU JEU. « Révélations, » par *A. Ca-
vaillé*, inspecteur principal du service de surveillance
des jeux clandestins à la préfecture de police. 2ᵉ édition. 1 vol. grand in-18 3

UNE PARISIENNE CHEZ LES ANTHROPOPHAGES, par
Thiercelin. 2ᵉ édition. 1 vol. grand in-18. 3

Paris. -- Imp. MALVERGE et DUBOURG, 41, rue du Cardinal-Lemoine.

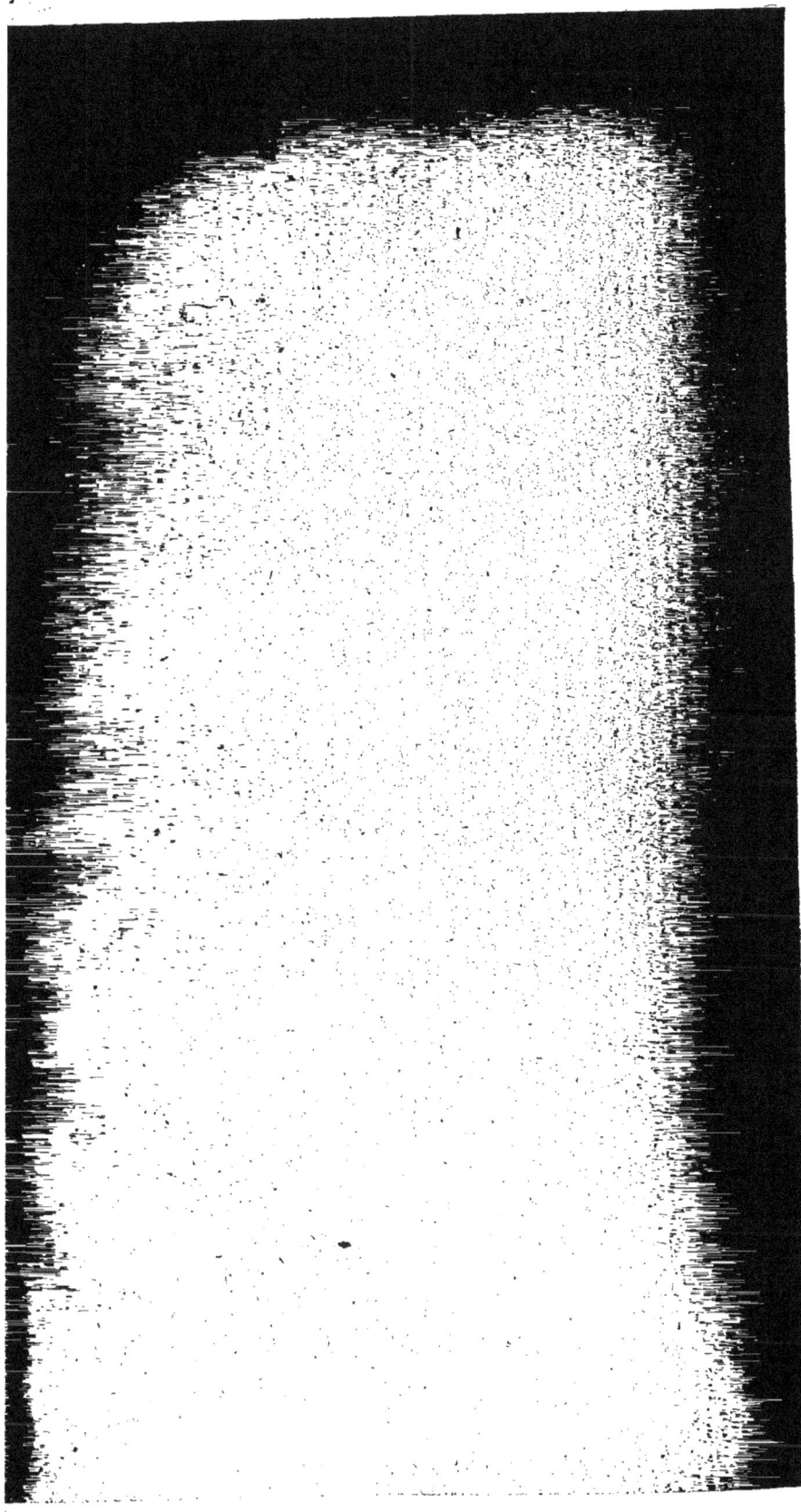

www.ingramcontent.com/pod-product-compliance
Lightning Source LLC
Chambersburg PA
CBHW070546030726
47505CB00001B/176